LE MONDE NE NOUS EFFACERA PAS

Titre original : *Mistä valo pääsee sisään*

Ouvrage originellement publié par Otava
Uudenmaankatu 10, 00120 Helsinki, Finlande

1, rond-point du Général-Eisenhower, 31101 Toulouse Cedex 9, France.

La présente édition française de ce roman a été publiée avec l'accord d'Anne-Maija Aalto et d'Elina Ahlback Literary Agency, Helsinki, Finlande.

Illustration de couverture : Yogi Fahmi Riandito
Mise en page : Petits Papiers
Correction : Manon Le Gallo et Catherine Rigal

Dépôt légal : janvier 2026 – ISBN : 978-2-408-04704-7
Achevé d'imprimer au 4e trimestre 2025 en Espagne par Rodesa.

Plus d'informations sur la fabrication de nos livres :
editionsmilan.com/comment-fabriquons-nous-nos-livres

Certifié PEFC
Ce produit est issu de forêts gérées durablement
PEFC
PEFC/14-38-00306
www.pefc.es

Anne-Maija Aalto

LE MONDE NE NOUS EFFACERA PAS

Traduit du finnois
par Lauriane Renquet

milan

I can't run no more
With that lawless crowd
While the killers in high places
Say their prayers out loud
But they've summoned, they've summoned up
A thundercloud
They're going to hear from me

Ring the bells that still can ring
Forget your perfect offering
There is a crack, a crack in everything
That's how the light gets in

Leonard Cohen, *Anthem*

Avertissement

Ce roman aborde des thématiques qui peuvent heurter la sensibilité des lectrices et des lecteurs : pensées suicidaires, violences physiques, sexuelles et psychologiques, abus de position dominante.

Nous conseillons la lecture de ce livre à partir de 15 ans.

CHAPITRE 1
Aleksei

Quand les premiers immeubles surgissent de l'eau derrière le rideau nuageux, je ne ressens d'abord rien. Je m'attendais à ce que revenir ici me procure au moins un semblant d'émotion, mais quand je regarde la ville qui s'étale en contrebas, je n'éprouve ni regret, ni soulagement. Rien que du vide dans ma poitrine.

En seulement trois ans, j'ai eu le temps d'oublier à quel point La Nouvelle-Tokyo est grande. Ici, tout n'est que lumières. Partout, elles criblent le crépuscule hivernal de points brillants comme autant de têtes d'épingles. Au loin, le sommet blanc du mont Fuji paraît solitaire, comme s'il appartenait à un monde différent – non pas au nôtre, aux humains, mais à ce qui a existé ici avant nous et sera encore là bien après.

Quand j'étudiais à Moscou, on me demandait souvent de parler de ma ville. Ceux qui sont nés à l'intérieur des terres ont du mal à imaginer à quoi ressemble la vie sur la côte, où la mer grignote un peu plus le rivage chaque année.

J'avais envie de répondre : « Imaginez d'abord la partie immergée. Des squelettes d'immeubles à perte de vue, comme des coraux aux flancs verdâtres léchés par l'eau. Le vide, là où les bâtiments les plus bas ont été entièrement recouverts par les vagues. Des centres commerciaux en ruine dont les toits plats forment d'étranges îles. Imaginez un monde entier accessible uniquement par l'eau. Placez dans ses recoins les plus reculés des silhouettes menant dans l'ombre leurs petites embarcations le long de ce qui était autrefois des rues, collectant dans les décombres de la ferraille ou tout ce qui peut encore être échangé contre de l'argent. Les bâtiments engloutis sont désormais habités non plus par des humains mais par des poissons, qui s'y introduisent par les fenêtres et trouvent refuge dans les vieux meubles.

« Imaginez ensuite la partie de la ville qui a été épargnée : des immeubles, des rues labyrinthiques et des panneaux lumineux qui diffusent les informations jour et nuit. Imaginez de superbes parcs parfaitement entretenus, qui laissent cependant un sentiment d'étrangeté dont on finit par comprendre la raison : ils sont déserts. Où sont les gens ? La métropole dort à présent sous les vagues. Après la montée des eaux, ne sont restés que ceux qui étaient trop obstinés pour partir.

« Les nouveaux quartiers, ceux où vivent les riches, sont gardés jour et nuit par l'armée. Les lumières y restent allumées chaque soir, alors qu'ailleurs, beaucoup doivent vivre dans le noir. Les rayons des supermarchés sont à moitié vides, l'eau potable coûte plus cher que la nourriture – qui est pourtant elle-même hors de prix.

« Imaginez les sirènes d'alerte qui brisent le silence à toute heure de la journée, annonçant que la qualité de l'air est à nouveau tombée à un niveau dangereusement bas, que nous respirons des particules d'on ne sait quoi qui colorent en jaune nos masques de protection en à peine le temps d'une promenade.

« Imaginez la pauvreté indescriptible de ceux qui ne possèdent absolument rien, que l'on fait disparaître dès qu'ils installent leur matelas au coin d'une rue. Imaginez, en contrepoint, ceux qui vivent dans une opulence inconcevable, conduisent des voitures rutilantes, habitent des penthouses au soixante-dixième étage, portent des vêtements luxueux et détiennent un pouvoir absolu.

« Et maintenant, imaginez l'agitation qui couve lentement au-dessous, comme une bombe à retardement. »

Bien sûr, je n'ai jamais rien dit de tout cela. J'ai raconté la version officielle, comme tous les autres les rares fois où ils parlaient de leur propre ville.

Il pleut. La bruine semble flotter dans l'air comme si les gouttes tombaient dans la mauvaise direction, du sol vers le ciel. L'institut de recherche n'est pas encore visible. Nous volons désormais plus bas ; le vrombissement des pales de l'hélicoptère résonne en écho entre les bâtiments. L'appareil oscille et je ferme les yeux. Derrière mes paupières closes, l'espace d'un instant, la ville semble encore lointaine. Le temps ralentit. Si seulement je pouvais rester ici encore un peu, dans les airs, entre deux mondes...

Mais la cité se rapproche inexorablement. Elle semble même être devenue encore plus dense depuis mon départ. Comme si les immeubles avaient cherché refuge en se serrant les uns contre les autres, ne laissant entre eux que des rues trop étroites. Nous survolons à présent le mur anti-inondation qui divise notre monde en deux : la partie immergée au nord-est, qu'on devine encore habitée à ses lumières éparses, et La Nouvelle-Tokyo au sud-ouest.

À la lisière d'un parc est érigé un solide bâtiment triangulaire. Vu du ciel, sa petite taille me surprend. Dans mes souvenirs, il était beaucoup plus grand ; il était un monde à part entière.

Alors que l'hélicoptère commence sa descente, j'ai l'impression de remonter le temps. La dernière fois que j'ai vu l'institut depuis les airs, c'était le jour de mon départ. Je n'avais alors que quinze ans, mais je pensais déjà savoir qui j'étais. En regardant la silhouette de l'édifice s'estomper, je m'étais promis de ne jamais revenir. Je voulais mettre tout un continent entre moi et le passé, commencer ma propre vie, enfin. Aujourd'hui, je suis de retour, mais cette ville n'est plus la mienne.

L'appareil atterrit avec quelques secousses sur l'héliport. Lorsque j'en sors, un vent humide m'assaille, suivi par une pluie fine qui mouille mes cils et me picote le visage. La bourrasque charrie l'odeur de la mer agitée, mêlée d'un relent familier de produits chimiques et de désinfectant. Certaines choses ne s'oublient jamais, même avec la distance ou les années.

Je scrute le bord de la piste d'atterrissage et aperçois la silhouette sombre de Melnikov. Je me redresse et me hâte de parcourir la distance qui nous sépare, ne levant les yeux vers lui que lorsque je suis tout près. La déception m'envahit avant que je puisse la réprimer. Ce n'est pas Melnikov, mais le docteur Xao.

– Aleksei, m'accueille-t-il avec un grand sourire qui lui fait plisser les yeux. Ravi de te revoir enfin.

Je remarque immédiatement les marques que les trois dernières années ont laissées sur lui. Son visage porte de nouvelles rides, ses cheveux sont devenus poivre et sel, et il a l'air fatigué et maigre dans son manteau d'hiver. Son sourire est resté le même, mais j'ai l'impression qu'il me cache bien des choses.

– Ton père aurait aimé venir, mais il est resté pour préparer l'arrivée de nouveaux cobayes. Un chargement en provenance du nord est prévu ce soir, pour la première fois depuis longtemps. Ça tombe plutôt mal. Il m'a chargé de te dire qu'il était désolé, qu'il te retrouvera plus tard au dîner.

Xao passe son bras autour de mes épaules et m'entraîne vers l'entrée. Je déglutis, sans parvenir à chasser la boule dans ma gorge. Tout me revient trop vite, les souvenirs affluent comme une masse gluante. Et pendant un instant, j'ai du mal à respirer.

Melnikov a été promu directeur de l'établissement l'hiver dernier. Il habite au dernier étage de l'aile est, où il a pas moins de quinze pièces à sa disposition. Ça lui convient certainement : il a toujours eu besoin d'une forteresse pour s'isoler du reste du monde.

Je suis reçu par un jeune homme à peine plus âgé que moi. Il s'incline.

– Bonsoir, *gospodi*. Je m'appelle Yasunari et j'ai l'honneur d'être votre serviteur personnel, me salue-t-il d'un ton solennel.

Je lui tends mon manteau. Il s'en saisit et l'accroche à une patère avant de prendre mes bagages et de me guider à travers l'appartement.

Toutes les pièces sont décorées dans le même style ostentatoire : des meubles anciens en bois massif, des tableaux aux cadres dorés, de lourdes étagères chargées de livres. J'ai l'impression de me trouver dans un musée. Partout on ressent le poids du passé, la fidélité à la nation. Sur un mur du salon est accroché le vieux drapeau de la Ligue marchande de l'Est. Lorsque j'étais enfant, Père aimait expliquer à ses invités qu'il s'agissait de l'un des premiers drapeaux de l'Union. Il n'arbore pas l'aigle devenu familier au cours des décennies suivantes, mais juste les initiales stylisées de l'Union, dorées sur un fond bleu profond. « Il est rare d'en trouver en si bon état », ajoutait-il, et tous hochaient la tête respectueusement en regardant le drapeau avec une expression équivoque.

Le serviteur énumère chacune des pièces devant lesquelles nous passons : le bureau de Melnikov, les chambres d'amis, le spa privé, le sauna, la chambre de Melnikov, la cuisine, la salle à manger, la bibliothèque… Cet appartement n'est qu'une suite de portes fermées.

– Et qu'est-ce qu'il y a, là-bas ? je demande en désignant un couloir menant à une énième porte close.

– Les appartements de madame Melnikova, *gospodi*, répond-il, impassible.

Je n'ai plus eu de nouvelles de Maman depuis longtemps. Face au silence oppressant qui s'élève de l'autre côté du battant, je devine qu'elle est toujours dans son propre monde auquel je n'ai pas accès. La déception me gagne aussitôt, comme par réflexe ; je n'arrive pas à la chasser. J'essaie d'imaginer le visage de ma mère, sans y parvenir ; seuls des fragments me reviennent – des yeux agités, des rides au coin des lèvres, un front haut.

La chambre préparée à mon intention est aussi grandiose que le reste de l'appartement. Le lit est impeccablement fait, on a placé sur la table de chevet une bouteille d'eau – purifiée, la plus chère, importée directement du continent – et un verre posé à l'envers. Une armoire en chêne occupe l'un des murs, complétée d'un bureau et d'un grand miroir. J'éteins immédiatement le plafonnier éblouissant, envoie valser mes chaussures et m'allonge sur le matelas.

La vitre est opacifiée. Je règle la molette jusqu'à ce que le paysage devienne visible et que la ville apparaisse à ma fenêtre. Les hautes tours cachent le ciel qui s'assombrit déjà. La nuit tombe tôt en cette saison.

J'écoute le silence de l'appartement autour de moi – pas un signe de vie : ni bruit de pas, ni conversation, ni tintement de vaisselle. Je retrouve la tombe silencieuse familière de mon enfance.

Je déballe mes affaires et tue le temps en parcourant les dernières nouvelles sur mon projecteur, mais je me sens nerveux.

J'hésite à sortir de ma chambre, craignant de croiser Melnikov. Dans ma tête, je passe en revue les mots que j'ai préparés, mais ils me semblent de plus en plus inconsistants. Je pensais revenir ici endurci sous une nouvelle carapace, mais le passé m'attendait patiemment, et il a pénétré ma cuirasse dès que j'ai respiré ma première bouffée d'air de l'institut.

Je sors un inhalateur de la poche de mon pantalon et y place avec soin une demi-dose d'efexa synthétique, juste assez pour calmer les nerfs. Ce n'est pas un produit dangereux – tout le monde en utilise, des femmes au foyer aux écoliers. J'actionne le boîtier, le porte à mes lèvres et inspire. Une vapeur légèrement sucrée emplit mes poumons, puis une sensation de chaleur envahit mes membres. Mon cœur se calme. J'aspire encore à deux reprises, jusqu'à ce qu'un bip m'indique que la dose est épuisée. Je laisse mon corps s'enfoncer un peu plus dans le lit, je ferme les yeux. Peu à peu, j'ai l'impression de me liquéfier, de m'effacer complètement.

Il y a en moi une part d'ombre. Pourquoi n'ai-je jamais le sentiment d'être à ma place, pas même ici, dans mon propre foyer ? Allongé là, j'ai à nouveau douze, dix, sept ans. Melnikov est au travail, Maman est repliée sur son désespoir, le reste du monde est si loin que c'est comme s'il n'existait pas.

L'effet de l'efexa s'intensifie. Mes sensations s'atténuent et, pendant un moment, j'ai l'impression de flotter sur une mer calme. Mes poings se desserrent. Quoi qu'il arrive, mon cœur continue de battre et mes poumons de s'emplir d'air. C'est inéluctable.

CHAPITRE 2
Aleksei

C'est le son de la cloche du repas qui me réveille. Pendant quelques instants, je ne distingue rien dans la pièce et je ne sais plus où je suis. Je sors du lit. Un immense miroir me renvoie le visage inquiet d'un inconnu.

– Je suis chez mon père, je dis à voix haute à mon reflet, qui répète mes mots avec incrédulité.

Ma chemise et mon pantalon sont froissés par la longue journée de voyage et mes cheveux sont en désordre, mais je n'ai pas le temps de me changer : hors de question d'être en retard pour le premier dîner. J'arrange mes boucles puis lisse les plis les plus visibles de ma tenue.

La boule dans ma gorge demeure, témoin de la même sensation dévorante d'échec qui m'a suivi de l'enfance à l'âge adulte, jusque de l'autre côté de la mer et sur le grand continent.

La salle à manger est vide, à l'exception de mon serviteur qui me salue poliment et me fait signe de m'installer. De nouveau, la déception m'envahit : la table n'a été mise que pour moi. Je m'assois et, un instant après, le jeune homme m'apporte un potage.

– Melnikov ne vient-il pas dîner ?

– Pas ce soir, *gospodi*. Il a fait savoir qu'il était occupé.

Il garde les yeux baissés. Son cou est aussi mince que celui d'un tout jeune garçon, son menton ne porte même pas une ombre de barbe. Lorsqu'il déglutit, sa pomme d'Adam saillante bouge sous sa peau comme une larve dans sa chrysalide. Je détourne le regard.

– Et madame ?

Je pose la question, même si j'en connais déjà la réponse. Le serviteur lève vers moi un regard timide où transparaît un étonnement non dissimulé. Puis il répond avec la plus grande politesse :

– Madame prend toujours ses repas seule dans sa chambre.

– Oui, bien sûr. Merci. Tu peux te retirer.

Le couloir de service du deuxième étage offre la meilleure vue sur la cour intérieure de l'institut, éclairée par de puissants projecteurs. Je m'installe à l'endroit où je me suis tenu de nombreuses fois auparavant. Le parapet est froid contre mes bras nus, la climatisation souffle de l'air ionisé sur mon visage. En contrebas, quelques dizaines de nouveaux cobayes sont alignés en trois rangées bien droites. Ils étaient bien plus nombreux dans mon enfance. Ce n'est pas surprenant : d'après ce que Xao a dit, il n'est plus aussi facile de se procurer de nouveaux sujets d'expérimentation.

Lorsque nous étions petits, avec Igor et Jin, nous avions pour habitude de nous poster à cette fenêtre pour observer leur arrivée. À cette époque, un nouveau chargement de plusieurs dizaines de nouveaux spécimens était livré deux fois par mois. C'étaient en grande partie des citoyens étrangers, mais il y avait toujours dans le lot quelques citoyens de plein droit, qu'on appelait des « cafards » – des traîtres de basse extraction qu'on envoyait directement au département de recherche physiologique.

Les cobayes étaient amenés dans de gros camions aux bâches fermées, pour qu'ils ne soient pas visibles avant d'être débarqués dans la cour. Ils se ressemblaient tous ; ils avaient la même allure effrayée, les mêmes vêtements crasseux, les mêmes visages déformés par la peur. À l'époque, je pensais encore que les citoyens étrangers n'avaient pas d'autre expression que celle-là.

La plupart étaient des femmes ; les hommes en bonne santé étaient plutôt envoyés en mission de travail. Les femmes, elles, venaient des centres de traitement des prisonniers de villes éloignées, certains même à plusieurs jours de voyage d'ici ; beaucoup étaient dans un tel état de faiblesse en arrivant qu'elles tenaient à peine debout lorsqu'elles étaient alignées pour l'inspection initiale. Nous avions l'habitude de parier sur le nombre de prisonniers qui s'évanouiraient avant le tri.

Tout d'abord, on séparait les cafards du reste du groupe. Depuis notre point d'observation, je me retenais de leur cracher dessus ; j'avais envie de crier : « Honte à vous ! » Nous faisions toujours délibérément du bruit quand c'était leur tour. Cela faisait partie du jeu. Déjà à l'époque, il fallait bien montrer que nous n'étions pas dans le même camp.

Ensuite, le garde scannait les puces d'identification implantées dans le cou des citoyens étrangers et les enregistrait. Presque toutes les jeunes femmes et une partie des jeunes hommes se retrouvaient envoyés au département de recherche psychologique, tandis que les détenus les plus âgés étaient dirigés vers l'aile de recherche physiologique, tout comme les femmes enceintes, dans les rares cas où il y en avait. Ces dernières permettaient de recueillir des informations précieuses, notamment dans le cadre d'expériences sur des médicaments ou des poisons.

Je me souviens d'une fois où l'une des prisonnières a craché au visage du gardien qui effectuait l'inspection. C'était une jeune femme, exceptionnellement musclée et qui semblait être en bonne santé. Derrière la fenêtre, mes amis et moi avons tressailli à cette vision.

– C'est dégoûtant, a commenté Jin, saisi d'un haut-le-cœur.

– De la bave de citoyen étranger ! Répugnant ! a ajouté Igor.

Qui sait quelles maladies ils pouvaient transmettre ? Aux informations, on parlait sans cesse des virus qui infestaient leurs villages d'internement. Nous savions bien qu'il valait mieux éviter de toucher ces individus à mains nues. Moi aussi, cette vision m'avait fait frémir, mais ce que je ressentais était beaucoup plus complexe. J'essayais d'imaginer ce qui animait cette femme. Quelle sorte de rage portait-elle en elle ?

Le garde a instinctivement levé son arme, mais mon père lui a interdit de tirer : les cobayes étaient la propriété de l'institut et une denrée précieuse.

Je l'ai observé s'approcher de la femme et lui dire quelque chose que je ne pouvais pas entendre d'où j'étais. Elle a baissé la tête, dissimulant sa colère. Père n'a même pas eu besoin de la toucher ; ses mots étaient plus forts que des poings. *C'est ça, le vrai pouvoir*, j'ai alors pensé. À cette époque, je ne pouvais qu'espérer devenir un jour comme lui.

Je reviens au présent. L'inspection initiale est terminée et les cobayes ont été répartis en différentes rangées. La suite se déroule comme si je regardais un film. Mon père se tient au milieu de cette scène dans sa blouse blanche, comme tant de fois auparavant. Boris Melnikov. Un homme de haute stature, calme, à la posture droite. Je l'observe dans la pénombre. D'une certaine manière, c'est satisfaisant de pouvoir le voir tout en restant dissimulé.

– Je savais que je te trouverais ici, dit alors une voix familière.

Un jeune homme grand et solide s'approche de moi en souriant. Il me faut un moment avant de reconnaître mon ami.

Il a grandi, est devenu large d'épaules, et son visage n'a plus rien d'enfantin.

– Igor, je le salue en tendant la main. Le bleu te va bien.

Il me serre la main fermement. Un sourire familier en demi-teinte étire ses lèvres. Face à son uniforme bleu d'agent de sécurité et à l'aigle doré qui s'exhibe sur sa poitrine, je ressens de la tristesse, mais lui rayonne de fierté.

– Bon sang, Aleksei ! Ça fait combien de temps ?

– Trois ans.

– La dernière fois, tu n'avais pas même un poil au menton.

– Toi non plus.

Cela le fait rire, et ce rire me ramène des années en arrière. À des souvenirs à la fois bons et mauvais. Il s'installe à côté de moi et pose ses coudes sur le parapet. Dehors, les infirmiers ont commencé à guider les nouveaux cobayes à l'intérieur.

– Ils ne m'ont pas encore laissé décharger le camion, m'apprend-il, et je note une pointe de déception dans sa voix. J'ai commencé il y a seulement quelques semaines ; je dois d'abord acquérir de l'expérience avant de pouvoir faire le vrai boulot. Patrouiller est un peu monotone, mais il faut bien débuter quelque part. Il y a pas mal de tâches à la noix à se coltiner avant d'accéder au grade de commandant, mais je suis patient.

– Ta mère doit être fière.

– Elle me traite comme un roi. Avant, elle ne consentait même pas à faire mon lit, mais maintenant...

Igor ne termine pas sa phrase. Nos regards se fixent, dans le crépuscule, sur les derniers prisonniers que l'on fait rentrer. Un instant plus tard, mon ami continue :

– C'est à nouveau la guerre dans le Sud, l'armée a désespérément besoin de soldats supplémentaires. Je partirai probablement sur le terrain d'ici un an au plus tard.

– Vraiment ? Félicitations, je réponds, tandis que le nœud en moi se resserre.

Mon projecteur d'informations tinte légèrement dans ma poche, signe qu'une fois de plus, une nouvelle attend d'être consultée, qu'une fois de plus, une grande victoire a été remportée, un conflit résolu ou une rébellion étouffée dans l'œuf.

– Alors comme ça, tu es diplômé. Qu'est-ce que tu prévois de faire ensuite ?

– Je pars à Pékin à la fin de l'hiver pour étudier la médecine.

La réponse arrive toute prête, nul besoin de réfléchir. Elle m'a été inculquée dès l'enfance.

– Tu continues sur les traces de ton vieux père ! C'est une très bonne chose. Tu as toujours été le plus intelligent d'entre nous.

Gêné, je lui jette un regard en biais, mais Igor semble sincère. Il est si déroutant de revenir ainsi dans le passé, comme si les dernières années n'avaient été qu'une parenthèse de mon histoire...

– Ton père est un *big boss* ici, maintenant.

– Oui, c'est ce que j'ai entendu dire.

– C'est un type bien. Il m'a toujours soutenu.

La haute silhouette de Melnikov se détache dans l'obscurité. Je suis incapable de répondre.

– Tu n'es pas revenu ici depuis ton départ. Tu n'as pas eu droit à des jours de repos ?

– Le voyage est si long que j'ai préféré rester étudier à l'école, même pendant les vacances.

– Je comprends.

Puis, cédant à la curiosité, il demande :

– Allez, raconte. Comment est vraiment la vie à Moscou ?

Je ne suis pas prêt à retourner là-bas tout de suite, surtout pas avec Igor. Si j'entrouvre ne serait-ce qu'un peu la porte, tout se déversera comme un torrent. Alors, à la place, je lui dis ce qu'il veut vraiment entendre :

– Moscou n'est pas aussi extraordinaire qu'on le raconte. On y trouve tout en abondance, y compris les problèmes.

J'espère que cela suffira pour aujourd'hui. Le climatiseur bourdonne. Deux gardes passent et saluent mon ami. Je réprime un bâillement, mais il le remarque :

– Tu es fatigué, je te laisse te reposer. Je t'offre un verre après le travail demain ? On a des tas de choses à se raconter.

Il arbore un sourire satisfait et me tape si fort sur l'épaule que je chancelle.

– Ce bon vieil Aleksei. Tu n'as pas changé d'un iota.

Il n'a aucune idée d'à quel point il se trompe.

CHAPITRE 3
Cobaye

Le camion sent l'humain – la saleté, la sueur, la peur. Dans cet air à l'odeur de renfermé, je perçois tous ceux qui ont été là avant nous.

Tout le monde ne peut pas s'asseoir, car nous sommes vingt et le camion n'est pas bien grand. Certains sont dans un piètre état, je choisis donc de rester debout. Mais quand le voyage se prolonge encore et encore, ponctué de longs arrêts pour charger davantage de prisonniers à bord, je me lasse d'être polie. Je me recroqueville comme un chat à côté des cartons ; je serre mes genoux contre ma poitrine et tente de me faire la plus petite possible. J'essaie de dormir. J'y parviens un peu.

Au bout d'un moment, la luminosité change : un nouveau jour se lève. Les lueurs du matin s'insinuent dans les interstices des bâches installées à la hâte sur le toit. J'en approche mon visage, inspirant l'air frais du dehors. Mon souffle crée des petits nuages de vapeur. J'entrevois de la neige et une forêt. Une forêt ! Je n'ai pas vu d'arbres depuis que j'ai été faite prisonnière. Dans ma cellule, le paysage se résumait à des murs de pierre et à l'unique morceau de ciel visible depuis ma fenêtre.

Il fait très froid, alors nous nous blottissons les uns contre les autres. Je ne suis vêtue que d'une fine blouse et d'un pantalon usé. À côté de moi, Miyako se balance comme un jeune arbre dans le vent. C'est la seule dont je connais le nom : nous avons passé les trois derniers mois dans le même centre de détention, en périphérie de la ville d'Otasaki. Je ne suis toujours pas certaine des raisons de sa présence, mais je pense qu'elle s'est fait prendre en train de voler des citoyens de plein droit. C'est un crime de gravité moyenne, qui ne mérite pas la peine de mort, mais il est clair qu'elle ne retournera jamais dans son village natal. Tout comme moi.

À travers l'interstice, je vois la forêt s'éclaircir et disparaître, remplacée par des bâtiments plus hauts que je n'en ai jamais vu. Je m'écarte et ferme les yeux. Sous mes paupières, je vois encore les montagnes.

Lorsque nous nous arrêtons enfin, le véhicule est débâché et le ciel pluvieux d'un bleu sombre se déverse sur nous. Les lumières vives de la ville font briller les nuages d'un éclat jaune artificiel.

Nous avons été emmenés dans la cour intérieure d'un immeuble ; je ne vois rien d'autre que ses hauts murs et l'obscurité du ciel au-dessus. Un instant, je repense à la prison d'où je viens. Mais je ne crois pas que cet endroit puisse être encore pire.

L'air sent le sel – une odeur reconnaissable entre toutes : nous sommes près de la mer. Le garde scanne la puce d'identification implantée dans mon cou comme dans celui de tous les citoyens étrangers, japonais de naissance. Le scanner émet trois bips. Sans le vouloir, je récite aussitôt mentalement mon numéro d'identification. J'aimerais m'en détacher, être juste moi pour une fois, mais on ne m'a jamais donné la possibilité de choisir ma propre vie, et ce n'est pas aujourd'hui que ça va changer.

Miyako et moi sommes dirigées vers une queue avec d'autres jeunes femmes. Tous les hommes et les femmes plus âgées sont rassemblés dans une deuxième file. Qu'est-ce que ça signifie ? Je n'en ai aucune idée. Plus loin, des médecins s'adressent des messes basses tout en nous observant. Je voudrais leur ordonner de détourner le regard, mais je n'en ai pas la force. Mon corps a reçu trop de coups inutiles.

Le crépuscule s'épaissit et fait place à la nuit tandis qu'on nous guide vers l'intérieur du bâtiment. En passant le seuil, je me promets que le prochain que je franchirai sera celui de ma propre maison.

Mais il m'est de plus en plus difficile d'y croire.

***

INSPECTION INITIALE / Cobaye Y-981

Cinquième jour de la première lune de l'année 212 du nouveau calendrier.

Responsable de l'inspection : Boris Melnikov.

Individu féminin. Âge : 18 ans. État de santé satisfaisant.

Prise de sang effectuée, pas de maladies contagieuses. Recommandons tout de même les précautions habituelles et l'utilisation de gants de protection lors des manipulations avant la désinfection et le déparasitage.

L'inspection initiale ne révèle rien de notable. Le sujet s'est montré docile et discipliné.

Cependant, les informations transmises par la prison font état d'un comportement violent : par précaution, recommandons de poursuivre l'administration du sédatif (actuellement Hafal 5 mg deux fois par jour, posologie à augmenter si nécessaire) et de retirer les ongles.

En termes de capacités cognitives, l'individu se classe dans la moyenne des citoyens étrangers. Comprend les questions, répond quand on lui parle, obéit aux ordres. Parle couramment la langue commune. Sur la base de la discussion initiale, orientons le cobaye vers le département de recherche psychologique pour un test de manipulation de la mémoire.

CHAPITRE 4
Marija

La ville flottante est un endroit dangereux dans l'obscurité, même pour ceux qui la connaissent comme leur poche. Quand la marée change, il faut être prudent : les courants sont forts, il n'y a pas vraiment de lumières par ici, et les débris forment de nombreux écueils qu'il faut savoir contourner.

Il a plu toute la semaine et l'eau du canal tourbillonne autour de nous, menaçant de déborder. La cité abandonnée semble se balancer et flotter au gré des courants. Mais nous sommes bientôt arrivés. Je me remémore soigneusement les virages à prendre et lis les points de repère familiers comme sur une carte. Après l'ancienne banque, nous devrons encore une fois tourner à droite, et nous serons déjà presque rentrés de notre mission de ravitaillement.

Un immense bâtiment s'élève de l'eau sombre comme une montagne de verre ; notre barque le longe sans bruit. Nous évitons la cime d'arbres en décomposition tandis que Petrov nous dirige vers le milieu du canal. Le courant nous fait accélérer ; nous entrons soudain en collision avec quelque chose. Je pousse un juron. Le bateau tangue dangereusement, mais nous restons à flot.

– Un réverbère ? demande Petrov, s'adressant plus à lui-même qu'à moi.

– Alors que l'eau est si haute après la pluie ? Je ne crois pas, je réplique. C'est certainement de la ferraille. Attends, je vais jeter un coup d'œil.

Sasha allume une lanterne solaire, normalement réservée aux urgences, et je l'arrête aussitôt. Dans ces zones, la lumière est dangereuse : elle attire les regards indiscrets – et les papillons de nuit. Éblouie par le faisceau, je ne distingue déjà plus rien dans l'obscurité. Je plonge ma main dans l'eau fraîche et touche quelque chose de métallique.

– C'est bien ça. Un véhicule, je suppose. Parfois, le courant les fait remonter à la surface, j'explique à Sasha.

Un bruit, devant nous. Petrov sort silencieusement sa rame de l'eau et je l'imite. Je lis de l'inquiétude dans ses yeux. Nous tendons l'oreille, écoutons la nuit. Un choc sourd résonne quelque part. Nous nous blottissons aussitôt au fond de notre barque.

Nous avons été repérés.

Je le sais avant même que les projecteurs ne s'allument et que les moteurs des hors-bord militaires ne démarrent dans un rugissement assourdissant. Dans le silence, tous les sons se démultiplient, glissent sur l'eau et se réverbèrent contre les murs des bâtiments.

Nous n'avons pas le temps de réfléchir. Des réminiscences de mon entraînement me reviennent aussitôt : il faut plonger, fuir, chercher un refuge. Petrov est déjà à l'eau. Je me lève et tire Sasha par la manche, mais les lumières l'ont cloué sur place.

Je saute par-dessus bord pour fuir les projecteurs. Sous la surface, l'eau est froide et d'un noir de jais. Malgré la peur qui me saisit, je me souviens que dix mètres à gauche, il y avait un immeuble résidentiel avec des fenêtres ouvertes : je dois le rejoindre. Mes mains cherchent le béton à tâtons et mes pieds battent l'eau opaque tandis que les bruits sourds se poursuivent au loin.

Il faut faire attention à ne pas plonger trop profond. Prendre garde aux débris sous-marins. Ne pas se tromper de direction. Ne pas paniquer.

Enfin, mes doigts rencontrent le mur du bâtiment et je remonte à la surface, à bout de souffle. Les faisceaux des projecteurs balayent rapidement l'eau, encore dangereusement proches. Au loin, j'aperçois une tête qui émerge soudain comme un bouchon, haletante ; elle a des cheveux noirs et un visage pâle. *Bon sang, Sasha !*

La lumière l'éclaire brutalement et il plisse les yeux. Il se met à appeler à l'aide, à *crier nos noms*. Il a cédé à la panique. Il saigne de la tête. C'est aussi simple que ça ; il suffit d'une seule erreur. Il y a plus de dix mètres d'eau dans ces rues, mais dans ces profondeurs se dressent encore de vieux bâtiments, des lampadaires et des troncs d'arbres, toutes sortes d'obstacles sur lesquels on peut se blesser.

Petrov m'attrape fermement par l'épaule. « Viens », dit son regard, et nous plongeons à nouveau.

Mes mains suivent le mur gluant où pousse un duvet vert. Mes poumons me brûlent, réclamant de l'oxygène. Lorsque je trouve enfin une ouverture qui fut autrefois une fenêtre, j'y suis Petrov. Mais mon pied se coince dans quelque chose et, quand je me penche pour le libérer, je me cogne la tête. Soudain, je ne sais plus dans quelle direction aller et je bois la tasse, tâtonnant frénétiquement, avant de monter, encore et encore, jusqu'à rencontrer enfin la surface.

Nous avons émergé juste au-dessous du toit du bâtiment. Il nous reste encore cinquante centimètres d'air, mais c'est la marée montante ; nous n'avons pas beaucoup de temps.

Ils ont eu Sasha.

Quel idiot ! Pourtant, je sais bien qu'on ne peut pas vraiment lui en vouloir. Il est plutôt jeune, il n'a même pas seize ans. Il ne connaît pas bien cette ville. Je ne sais que trop qu'il aurait pu arriver la même chose à n'importe lequel d'entre nous.

Le danger n'est pas écarté pour autant. Nos corps se refroidissent, nos cœurs ralentissent. Dehors, les hommes patrouillent toujours à notre recherche. Nous entendons leurs voix : « Montrez-vous ! Nous serons cléments avec ceux qui se rendront. » Mais ils ne continuent pas longtemps. Ils ne nous suivent pas dans les ruines, ne s'aventurent jamais sous l'eau. Ici, c'est encore notre monde. Alors ils se bornent à nous menacer depuis leurs bateaux.

L'eau continue à monter. Plus lentement, mais inexorablement. Trente centimètres d'air. J'incline la tête en arrière pour pouvoir respirer un peu. Une douleur sourde palpite dans mon pied. La plaie saigne, pas de doute, mais la blessure n'est pas grave. Je peux toujours bouger mes orteils. Les voix s'éloignent peu à peu et, bientôt, tout redevient silencieux. Nous attendons longtemps. Petrov respire prudemment, comme s'il essayait de se préparer au manque d'oxygène, mais heureusement pour nous, le niveau ne monte plus. Nous n'allons peut-être pas mourir cette nuit.

– Il y avait une semaine entière de provisions, finit-il par dire.

– Oui, je sais.

Nous n'évoquons pas Sasha.

– Bordel de merde. Ils ne sont jamais venus jusqu'ici avant.

– Je suppose qu'on n'est plus en sécurité nulle part.

Nous ressortons par la fenêtre, les membres raides.

Liu et Vasili ont entendu les moteurs et le vacarme et sont venus nous chercher. Nous n'avons pas besoin de nager longtemps avant qu'ils nous rejoignent avec leur barque et nous sortent péniblement de l'eau. Je tremble tellement que je suis incapable de parler, mais aucun mot n'est nécessaire. Ils savent bien que nous étions trois lorsque nous sommes partis.

Ce que je déplore le plus, c'est la perte du ravitaillement. Cela veut dire un autre périple en ville, ou que nous allons à nouveau mourir de faim. Nous ne pouvons plus nous permettre de telles erreurs. Je veux croire que le temps ne nous est pas compté, mais plus cette période dure et plus il m'est difficile d'espérer.

Je sombre dans une torpeur glacée tandis que nous traversons la ville flottante pour rentrer chez nous.

Dans mon rêve, je suis loin d'ici, dans le petit village où je suis née. Assise sur les genoux de ma mère, je regarde par la fenêtre les hommes en uniforme brûler sur la place les affaires qu'ils nous ont confisquées.

CHAPITRE 5
Aleksei

Mon premier matin à l'institut, je me réveille volontairement très tôt, mais lorsque j'arrive dans la salle à manger, Melnikov est déjà parti travailler. Puisque la table du petit-déjeuner est dressée, je me compose une assiette de fruits, de pain et de fromage. Même si nous ne sommes que deux à manger, il y a de la nourriture pour un régiment. Cette abondance ne me choquait pas à l'époque, mais les années passées à Moscou m'ont fait voir bien des choses autrement. J'ai commencé à comprendre que les informations officielles ne montrent pas tout.

Melnikov a laissé un message me demandant de venir dans les « salles de nettoyage » quand je serais levé, comme s'il savait que c'est justement le seul endroit de l'institut où je n'ai jamais voulu mettre les pieds. Quand j'étais enfant, l'aile des cellules ne m'effrayait pas ; les cobayes y étaient généralement enfermés derrière des portes verrouillées ou escortés par des infirmiers. Ils avaient un regard absent, étaient dociles et silencieux. Même la salle d'opération ne me faisait pas peur. Je m'asseyais souvent sur ses gradins, observant Melnikov réaliser ses interventions sur des cobayes maintenus immobiles. Je ne les regardais jamais, seulement lui. J'espérais qu'il lèverait au moins une fois les yeux vers moi et me verrait au premier rang, avec mon regard déterminé qui ne cillait jamais.

Mais je n'aimais pas me rendre aux « salles de nettoyage ». Je ne sais toujours pas ce qui se passe derrière leurs portes closes, mais je sais que là-bas, les prisonniers deviennent des sujets de laboratoire, dépouillés de leur nom et de leur identité.

Je mets le message de côté et plonge ma cuillère dans la chair d'un kiwi vert vif. Je le goûte, mais je le recrache sur-le-champ. Il est effectivement beau et paraît juteux, mais son goût est étrange, amer. Il n'y a tout simplement pas assez de fruits de première qualité pour les colonies les plus périphériques, alors même l'élite doit se contenter du minimum dans certains domaines.

Melnikov lui-même sait-il qu'on lui sert des fruits de second ordre ? Une question interdite me traverse l'esprit. Si nous, citoyens de plein droit privilégiés de l'Union, mangeons ces aliments infects, de quoi se nourrissent ceux qui ne vivent pas dans des appartements de quinze pièces ?

Je ferme les yeux et repense aux images que j'ai vues il y a des mois dans un immeuble moscovite. Elles montraient des gens affamés, aux joues creuses et aux yeux si enfoncés dans leurs orbites qu'ils paraissaient aveugles. Une mère tenait dans ses bras un petit enfant au regard vitreux. Les hommes, graves, se tenaient les bras croisés sur leur poitrine en signe de défi. À l'arrière-plan flottait un drapeau de l'Union en lambeaux, comme un point d'interrogation posé sur l'ensemble de la scène.

Lors de la réunion, Vadim, que je venais de rencontrer, a alors pris la parole d'une voix passionnée :

– Ces photographies font partie d'une série intitulée « La vallée de la Mort ». Elles ont été prises par un inconnu il y a environ trois ans, dans un village de l'Union de la Ligue marchande de l'Est – en Ancienne Chine, d'après les experts. Il n'existe presque aucune autre image des zones rurales de l'Union ces dernières années, ce qui est très suspect.

À l'époque, je m'insurgeais encore contre ces idées. Quelque chose s'est mis à bouillir en moi avant que je ne puisse l'arrêter : un respect des générations passées, une profonde loyauté dont je n'étais pas conscient jusque-là. J'ai rétorqué, les joues en feu :

– Un reportage vient pourtant d'être diffusé sur la récolte du riz et la fête qui a suivi dans les villages.

Mais je me rendais déjà compte du ridicule de mes propos. Vadim m'a expliqué comme à un enfant :

– Oui, effectivement, mais je parle des photographies prises sans mise en scène, sans contrôle de l'Union. Les reportages d'actualité n'ont pas grand-chose à voir avec la réalité.

On m'a ensuite montré des images de gens travaillant dans les champs, puis rassemblés autour de leur modeste repas du soir. Tous les visages affichaient une expression contrainte, les sourires avaient quelque chose de forcé et d'inquiétant, les mâchoires se dessinaient sous les joues maigres. J'avais du mal à croire que ces photos étaient bien réelles. Ces êtres affamés étaient mes compatriotes, des citoyens de plein droit, et non des citoyens étrangers comme je l'avais d'abord supposé. Eux, tout le monde savait bien qu'ils vivaient dans le dénuement dans leurs villages d'internement, mais c'était loin et cela ne nous concernait pas. En revanche, l'idée que l'Union traitait mal les siens me paraissait impensable, même après avoir vu les clichés. Je me sentais encore obligé de protester, alors je me suis levé.

– N'est-ce pas là simplement une grossière propagande anti-Union ?

Tout le monde s'est alors tourné vers moi.

– Qui peut prouver que ces photographies sont authentiques et non mises en scène ? J'ai vécu toute ma vie au sein de l'Union de la Ligue marchande de l'Est et je n'ai jamais eu faim ni connu aucune sorte de misère.

Vadim m'a lancé un regard lourd de sens.

– Es-tu sûr, Aleksei Melnikov, fils de médecin-chef, enfant de l'élite, que ta réalité est la même que la leur ?

Sur l'écran, un homme maigre lisait une histoire à ses enfants dans une pièce meublée d'une unique paillasse au sol. Allongés côte à côte sur le matelas, les petits regardaient fixement le plafond. Des mouches noires bourdonnaient autour du visage de la petite fille. Vadim a poursuivi :

– Tu appartiens à la haute société et ce sont de pauvres ouvriers agricoles de l'arrière-pays. Que sais-tu d'eux et de leurs conditions de vie ?

À cet instant, même si je ne pouvais pas encore en convenir en ce premier jour, je savais déjà que les images étaient bel et bien réelles.

Si Melnikov avait su dans quel genre d'environnement il m'avait envoyé il y a trois ans, il aurait soigneusement réfléchi à sa décision. La Moscou qu'il admirait tant n'était plus que le fantôme d'elle-même. Dans mes courts messages vocaux, je n'ai jamais raconté à mon père ce que j'y ai vu, ni que plus j'y vivais, plus j'étais certain que lui-même n'avait aucune idée de ce qui se passait vraiment à l'extérieur de l'institut – le centre de son monde, dont il ne sort jamais vraiment.

Je frissonne en pensant que si je n'étais pas parti, je serais peut-être en ce moment en train de manger mon petit-déjeuner de bon appétit, m'estimant chanceux, tout aussi inconscient que lui.

Je traverse le couloir menant à l'aile ouest, comme tant de fois par le passé. Les drones de surveillance se déplacent sous le haut plafond comme des sentinelles silencieuses et toutes les portes sont verrouillées, chacune surveillée par un gardien. Il y a trop de portes fermées ici.

Je prends l'ascenseur, descends. Xao vient à ma rencontre.

– Tout va bien ? je lui demande pour la forme.

Il acquiesce, mais son expression est distante.

– Je trouve toujours cette phase difficile, même après vingt ans, soupire-t-il.

Mes paumes deviennent moites. J'aurais dû prendre au moins un peu d'efexa pour calmer mes nerfs. Xao s'arrête à une porte où l'on peut lire « Hydrothérapie 2 » et sonne à l'interphone. Melnikov nous ouvre, vêtu d'une tenue chirurgicale. Il est grand – plus que moi, toujours –, imposant à tous points de vue. Derrière son masque de protection, seuls ses yeux sont visibles.

– Melnikov, je le salue en lui tendant la main.

Il la prend et la serre fermement. C'est ainsi que nous nous adressons l'un à l'autre depuis aussi longtemps que je m'en souvienne : Melnikov a toujours été Melnikov, jamais Père. J'ai toujours été « fils », jamais Aleksei.

– Fils. Bon, entre et suis le protocole d'hygiène. Je t'ai préparé une combinaison.

Je passe dans la pièce contiguë sans poser de questions, et j'enfile la même tenue que Melnikov. La combinaison est trop grande pour moi et le bas du pantalon tombe sur les protège-chaussures jetables. Je me sens stupide. Je n'ai pas ma place dans cet endroit et mon père le sait. Ses yeux se posent rapidement sur moi et me jaugent lorsque j'entre dans la salle d'hydrothérapie.

C'est un homme véritablement brillant. Je l'ai appris, enfant, par ce que disaient les autres. Melnikov est un pionnier, un scientifique réputé. Il a à lui seul fait avancer la recherche sur la manipulation de la mémoire plus loin que tous ses prédécesseurs réunis. Melnikov est un chercheur exceptionnel, certes, mais c'est son seul talent – peut-être que personne ne peut être bon dans tous les domaines. Il parle à peine. Il n'a pas le charisme de Xao, qui peut impressionner n'importe qui. C'est pourquoi j'ai été surpris d'apprendre qu'il était devenu le médecin-chef. S'il est plus talentueux que Xao, il n'a pas l'autorité d'un leader. Cependant, quand il parle, tout le monde dans la pièce se tait pour l'écouter.

– Hier, nous avons réceptionné un nouveau chargement. Tu as de la chance – je pensais déjà être obligé de te faire travailler du côté des expériences physiologiques, car nous n'avons eu absolument aucun nouveau sujet d'expérimentation pendant plusieurs mois. Les temps ont changé, les prisonniers sont de plus en plus souvent envoyés en mission de travail ou au front. Mais aujourd'hui…

Mon père regarde plus loin dans la pièce. Je ne l'imite pas, car je sais que nous ne sommes pas seuls. Il y a un cobaye, et je ne veux pas encore l'observer directement. Sous la combinaison, je sens un filet de sueur ruisseler lentement entre mes omoplates.

– J'ai entendu dire que tu voulais approfondir tes connaissances avant de commencer tes études de médecine. Es-tu particulièrement intéressé par l'un des départements de l'institut ?

Bien sûr, il n'y a qu'une seule bonne réponse à cette question, mais je fais mine de réfléchir.

– La recherche psychologique. La manipulation de la mémoire en particulier.

– Dans ce cas, tu es arrivé juste au bon moment. Dès que j'ai appris qu'un camion allait arriver – et le même jour que toi –, j'ai eu une idée. Je veux te confier ton propre cobaye.

Je hausse les sourcils.

– Mon propre cobaye ?

Pour être honnête, j'espérais avoir quelques mois de répit, un peu plus de temps pour mettre au clair les choses que j'ai occultées depuis bien trop longtemps. Je m'attendais bien à ce que Melnikov me confie quelques tâches, mais je ne m'attendais pas à ça.

– Tu ne t'imaginais tout de même pas que tu pourrais te la couler douce et vivre sous mon toit sans contrepartie ? demande-t-il sèchement.

– Bien sûr que non.

– Ne t'inquiète pas, fils. Tu ne seras bien sûr pas seul responsable de ton sujet. Je surveillerai ta progression. J'ai pensé qu'il pourrait être intéressant pour toi de suivre le parcours d'un cobaye à travers les différentes étapes de ce projet *tabula rasa*. Je n'aurai bien sûr pas le temps, loin de là, de tout t'apprendre en si peu de temps, mais tu auras tout de même une longueur d'avance sur tes futurs camarades.

– Cela semble être une excellente opportunité, je réponds alors qu'une vague de chaleur me monte déjà dans le cou.

– Permets-moi alors de te présenter le cobaye Y-981, reprend-il en désignant le fond de la pièce.

Maintenant, je suis obligé de regarder. Le sujet est immergé jusqu'au cou dans une cuve d'eau chaude. À travers les parois transparentes, je vois le corps nu d'une jeune fille : sa cage thoracique se dessine sous sa peau pâle, ses seins sont petits et une ecchymose déjà jaunâtre s'étale sur le haut d'un de ses bras. Elle est plus jeune que je ne le pensais, peut-être de mon âge. C'est cependant difficile à évaluer, car elle est maigre et ses cheveux sont coupés très court. Un bonnet en latex transparent enveloppe sa tête, d'où sortent des fils qui la relient à un gros appareil derrière elle.

– C'est avec les jeunes femmes que nous avons eu le plus de succès dans ce projet. Elles sont à un âge idéal, puisque leur cerveau est suffisamment développé pour supporter un traitement lourd mais que les souvenirs à effacer sont moins nombreux que chez les individus plus âgés.

J'acquiesce, essayant toujours de focaliser mon regard au-delà de la jeune fille. Sa nudité ne me dérange pas ; je suis plutôt gêné par son impuissance totale. On lui a administré de lourds sédatifs ; il est clair qu'elle n'est même pas consciente de notre présence. Ses yeux sont perdus quelque part au loin et sa bouche forme de temps en temps un mot silencieux.

– Que disent les chiffres ? demande Melnikov en indiquant de la tête l'appareil auquel sont reliés les capteurs céphaliques.

Je traverse la pièce jusqu'au moniteur, derrière la cuve. À la base du cou nu de la cobaye se trouve une cicatrice fine et pâle. Je ne peux m'empêcher de détourner le regard avec un frisson.

– Quelle est la valeur la plus basse ?

Différentes données s'affichent en longues colonnes, et une courbe ondule sur l'écran en une succession de vagues régulières.

– Exactement quatre-vingts, je lis, sans comprendre ce que cela signifie.

– Excellent.

L'appareil émet un bip, comme pour approuver les dires de Melnikov, avant de reprendre son bourdonnement.

– Pourquoi sont-ils installés dans des cuves ? j'interroge.

– L'eau est fortement alcalinisée et sa température est à très précisément quarante-cinq degrés. Lorsque le cobaye est immergé, nous transmettons à son cerveau de l'électricité à basse tension. Oui, oui, c'est peu conventionnel, peut-être relativement brutal. J'ai reçu des critiques à ce sujet, mais les résultats parlent d'eux-mêmes, ajoute Melnikov, sur la défensive, alors qu'il ne me serait même pas venu à l'esprit d'objecter.

Lors de l'hydrothérapie, la chimie du cerveau est étroitement surveillée : un électroencéphalogramme fluctuant laisse présager des problèmes dans les stades ultérieurs, tandis qu'une courbe régulière est de bon augure.

Melnikov se dirige vers le cobaye Y-981 et examine son visage. Sur ses joues et ses lèvres, la vapeur chaude se condense en de petites perles.

– As-tu déjà rendu visite à ta mère ? demande-t-il sans crier gare.

– Pas encore.

– Elle t'attend avec impatience depuis qu'elle a appris que tu venais. Tu devrais aller lui dire bonjour.

Avant que j'aie le temps de répondre, le moniteur commence à émettre en boucle une alarme au son grave et insistant. Je vois de l'inquiétude apparaître sur le visage de Melnikov. Les bras de la jeune fille commencent à s'agiter comme si elle avait peur de se noyer. Sans le vouloir, je croise son regard. Il est franc et plein de défi.

Il me transperce.

– Il y a quelqu'un ? Hé ho ? Au secours… murmure-t-elle d'une voix éraillée, à peine audible.

Artificiellement calmée par les sédatifs, elle n'a pas de geste d'affolement. Ses yeux restent fixés sur moi. Je recule d'un pas. La porte s'ouvre, un infirmier entre et lui administre une injection. Ses bras cessent aussitôt de lutter et elle redevient silencieuse.

Je reste sur le seuil de la porte, regardant la scène comme si je la voyais de l'extérieur. Et pourtant, je sais qu'elle s'est imprimée en moi dans ses moindres détails pour le reste de ma vie.

CHAPITRE 6
Cobaye

Je sombre. L'eau est chaude et me submerge, mes pensées tournoient comme des oiseaux dans le ciel avant de disparaître entre les nuages denses.

Je suis dans le fossé, j'essaie de me convaincre. Je ferme les yeux et, un instant, je peux presque sentir la caresse de l'herbe sur mes mollets et celle du soleil sur ma nuque.

À la lisière de mon village, il y avait une petite pente, en bord de route, qui se terminait par un fossé peu profond. Ce jour-là, c'était la saison des pluies. L'eau ruisselait habituellement vers le bas de la colline, mais cette fois, la boue avait bloqué l'écoulement et le fossé s'était retrouvé inondé. On avait de l'eau jusqu'aux genoux.

Mai et moi avions dix ans, c'était notre dernier été avant l'automne où nous commencerions à travailler. À l'époque, la vie était faite de routes boueuses, de jardinage, d'allers-retours au puits et d'explorations, entre pluie, chaleur écrasante et tempêtes. Quand mon amie était venue frapper à notre porte et avait parlé du fossé inondé, nous avions vite couru sur place pour en profiter avant que quelqu'un dégage l'obstacle.

L'ornière était encore remplie d'eau de pluie fraîche. Mai a ôté ses sandales et s'est mise à y patauger. Je l'ai suivie. L'herbe était douce sous nos pieds et l'eau ondulait le long de nos jambes, éclaboussant le creux de nos genoux. J'étais pleine d'enthousiasme. Un rien me suffisait – juste un rayon de soleil après la tempête, de l'eau où barboter dans un endroit habituellement sec, un paysage familier à redécouvrir. *Et Mai, toujours Mai*, avec ses jambes pâles et sa gaieté, et les éclaboussures tout autour de nous et sur nos cheveux. Nous nous sommes allongées au fond du trou et avons imaginé être des sirènes agitant leurs queues dans l'eau.

Des soldats qui passaient se sont gentiment moqués de nous. Les femmes et les rares hommes qui rentraient du travail, épuisés, nous ont souri en nous demandant si l'eau était bonne. Alors nous avons ri et répondu : « Elle est absolument parfaite. »

Pourquoi certains souvenirs restent-ils et d'autres non ? Ce moment n'avait rien d'exceptionnel, rien de grandement mémorable. Mais à l'époque, je n'avais peur de rien. J'ai attrapé les orteils de mon amie sous l'eau et elle m'a éclaboussée en riant. Rien n'était cassé alors, aucun malheur ne nous menaçait ; nous nous souciions seulement l'une de l'autre et de notre joie.

Depuis mon monde sous-marin, j'entends des voix. Je vois Mai si clairement que c'est comme si elle était encore juste à côté de moi.

Puis l'eau l'emporte et j'appelle à l'aide.

***

ACTE DE CESSION : **Satomi Masaki**
NUMÉRO D'IDENTIFICATION I85-779-2457-0009-I3/I/I9

La citoyenne étrangère Satomi Masaki est née le dix-huitième jour de la cinquième lune de l'année 193 et a 18 ans au moment de la rédaction de ce document. Elle mesure 162 centimètres et pèse 47,3 kilos lors de l'examen final. Elle ne présente aucune maladie contagieuse et est, dans l'ensemble, en bonne santé. Elle ne sait ni lire ni écrire, mais parle une langue commune impeccable. Ses capacités intellectuelles sont dans la moyenne des citoyens étrangers, voire un peu au-dessus : le résultat du test de Bakamov est de 98. Sur la base de ces éléments, ma décision est qu'elle conviendra comme sujet d'expérimentation dans l'Institut de recherche sur l'humain de Boris Melnikov.

Je suis arrivé à la conclusion que Masaki est malléable et coopérative. Aucun incident n'a été signalé dans son parcours professionnel et les évaluations de nombreux anciens contremaîtres la décrivent comme une travailleuse exemplaire. Il convient cependant de garder à l'esprit qu'en tant que terroriste, Masaki est classée comme une criminelle violente. Ses fréquentes crises d'hystérie incitent également à la prudence : la semaine dernière, elle a agressé l'agent de sécurité et a réussi à griffer au visage le garde de nuit. Pour cette raison, je recommande d'au moins retirer les ongles.

Il est à noter que Masaki n'a jusqu'à présent pas essayé de se blesser, mais comme pour tous les condamnés à perpétuité, je recommande une attention particulière et une surveillance constante.

Je rédige ce rapport conformément aux exigences du protocole de cession des prisonniers et certifie que les informations fournies sont exactes.

Fait le troisième jour de la première lune de l'année 212 du nouveau calendrier, dans l'Union de la Ligue marchande de l'Est.

Mes sincères salutations,

I.O. Turgenev, inspecteur en chef du centre de détention d'Otasaki

CHAPITRE 7
Aleksei

Le hall d'entrée de l'institut est lumineux, décoré dans des couleurs claires. Ici et là sont disposées de grandes plantes vertes dans des pots en argile. Au mur, des tableaux représentent des paysages sauvages qui n'existent plus de nos jours. Je m'assois dans l'un des nombreux fauteuils de l'espace d'attente, et aussitôt, un écran intégré dans l'accoudoir s'élève automatiquement à la hauteur de mon visage, puis s'allume.

Bienvenue à l'Institut de recherche sur l'humain dirigé par Boris Melnikov, annonce le texte à l'écran. *Pour patienter, nous vous proposons notre sélection de lectures.*

Des options s'affichent :

Revue de presse quotidienne

Dernières avancées médicales

Innovations et technologie

Je choisis au hasard la revue de presse.

Dix-huit rebelles éliminés à Pékin, annonce le titre de la brève qui s'ouvre à l'écran.

Dix-huit rebelles ont été tués tôt ce matin à Pékin, dans la troisième province de l'Union de la Ligue marchande de l'Est. Le commandant régional Liu a commenté l'incident lors d'une conférence de presse : « Les forces de sécurité ont reçu une information d'une source fiable quant à la préparation d'une attaque terroriste visant à provoquer des destructions massives dans un bâtiment officiel de l'État. Nos agents sont intervenus à l'adresse suspecte, dans la banlieue de la ville. Ils ont rencontré une résistance armée et dix-huit rebelles ont été neutralisés au cours de l'assaut. Tous les individus abattus avaient des liens avec le groupe terroriste dont nous avons détruit la deuxième cellule le mois dernier. »

Les troubles liés aux cellules séditieuses se sont intensifiés au cours de l'année écoulée, et il s'agit déjà du troisième affrontement violent de ce type à Pékin en deux mois. Le commandant régional Liu rappelle que l'appartenance à tout mouvement s'attaquant à l'État est un crime grave passible d'une peine d'emprisonnement ou d'exécution.

« Il est abject de s'opposer au gouvernement de son pays. Nous n'hésiterons pas à condamner à mort les coupables de trahison. »

Lebedev, le Commandant en chef de l'Union, ne s'est pas encore exprimé.

– Qu'est-ce que tu lis ?

La voix d'Igor me fait sursauter, m'arrachant à ma lecture. Lorsque je lève les yeux vers lui, je me surprends à me dire qu'il paraît beaucoup plus jeune sans son uniforme.

– Une histoire de rebelles morts.

– Ah oui, il y a eu une nouvelle échauffourée à Pékin. La bande de Wang. Les gens ne réalisent pas à quel point ils ont la vie facile. On pourrait leur donner dix kilos de viande de première qualité qu'ils demanderaient pourquoi ils n'en ont pas reçu vingt. Ces ingrats se souviennent-ils de tout ce que l'Union a fait pour eux ? Bien sûr que non.

– C'est à n'y rien comprendre, je réponds machinalement.

Lorsque nous quittons le bâtiment, nous sommes accueillis par la brume. À l'extérieur, il n'y a pas le moindre souffle d'air. Les lumières de la ville éclairent le ciel nocturne, l'annonce monotone d'un haut-parleur de voiture retentit à proximité. Plus nous nous éloignons de l'institut, mieux je respire.

– Je ne comprends vraiment pas la logique des rebelles. Les partisans de Wang estiment que le Commandant en chef Lebedev devrait se retirer – comme s'il était responsable de leurs malheurs. Ni lui ni personne ne peut contrôler la météo : si les récoltes sont détruites par une sécheresse, une tempête ou une inondation, on n'y peut rien. Il faut se serrer la ceinture quelque temps, c'est tout. Mais certains trouvent le moyen de se plaindre dès qu'ils doivent renoncer au moindre petit privilège.

Igor parle avec l'emphase que j'ai entendue chez tant de gens tout au long de ma vie, y compris chez moi.

– Eh bien, les traîtres paient leur stupidité de leur vie. Heureusement, ils ne constituent qu'un groupe minoritaire. Après tout, l'essentiel de la nation se rend compte que Wang ne défend que ses propres intérêts, je déclare, me bornant à répéter un titre que j'ai vu aux informations.

Igor hausse les épaules.

– J'ai du mal à imaginer qu'il y a des gens qui voudraient vraiment se débarrasser de Lebedev. Après tout, il incarne l'Union. Il est au pouvoir depuis des lustres. Qui d'autre pourrait prendre sa place ?

Nous passons le poste de contrôle en silence. Au bout d'un moment, Igor se tourne vers moi.

– Écoute, Aleksei, tu as été absent un bon moment et tu ne sais peut-être pas que les choses ont changé. Nous nous connaissons, toi et moi, mais si j'étais toi, je n'aborderais pas ce genre de sujet avec n'importe qui. L'ambiance est devenue explosive, par ici.

Les nouveaux quartiers de la ville sont principalement habités par de riches fonctionnaires – des scientifiques, des commandants et leurs familles. Nous passons devant un cinéma fermé, un jardin d'enfants, un supermarché, un poste médical ainsi que l'école du quartier, que j'ai fréquentée jusqu'à l'âge de quinze ans. Je me souviens des leçons interminables au cours desquelles on nous faisait répéter sans répit les dix principes fondamentaux de l'Union et où on nous enseignait la structure complexe de son administration, ses dates de fondation, les grandes guerres et conquêtes. Nous étions gavés de réponses toutes faites à des questions que nous étions trop jeunes pour poser.

Je me souviens d'avoir pensé à l'âge de douze ans que le monde ne devait pas se résumer à ça, devant une carte où seul le territoire de l'Union figurait – tout ce qui l'entourait étant en noir. Une grande zone bleue s'étendait de la mer Baltique jusqu'à l'océan Pacifique : sur son bord gauche se trouvait notre île, l'Ancien Japon, la treizième colonie de l'Union et la dernière colonie étrangère à lui être rattachée. « Une place forte en mer », avait l'habitude de dire le professeur tout en tapotant la carte pour indiquer notre position. À ces moments-là, il avait l'air particulièrement fier, comme s'il était personnellement le vaillant gardien de ce fort solitaire.

Un jour, en dixième année, on nous a amené un cobaye prêté par l'établissement de mon père. Il était jeune, musclé, avait un visage osseux, des cheveux noirs et les yeux étroits typiques des citoyens étrangers japonais. En tant qu'enfant de l'institut, j'étais depuis longtemps habitué aux citoyens étrangers, mais je n'avais jamais pu en examiner un d'aussi près, au point de pouvoir distinguer chacun de ses cils et des pores de sa peau, et la fine cicatrice sur sa nuque.

– Approchez, n'ayez pas peur, nous a intimé le professeur.

Je suis resté délibérément en retrait, regardant de loin mes camarades qui donnaient des tapes sur le dos maigre de l'homme en ricanant quand le professeur ne regardait pas. Le cobaye était assis, immobile ; aussi rigide qu'une statue, il recevait chaque coup comme s'il s'agissait du contact insignifiant d'une aile de moustique.

Je ne savais pas pourquoi, la vision de cet homme de dos me terrifiait. Une question effrayante m'est venue à l'esprit : allait-il parler ? Sans en connaître la raison, je ne supportais pas l'idée. J'avais l'habitude de considérer les cobayes comme des animaux de laboratoire muets, mais à présent, cet homme était si proche que je pouvais entendre sa respiration.

Le professeur a poursuivi :

– Selon la classification de pureté nationale à trois niveaux de l'Union, les personnes nées au Japon sont définies comme des citoyens étrangers. Qui peut me dire quelles autres ethnies appartiennent à ce groupe ?

Une fille a levé la main :

– Les Coréens et les Mongols.

Il a acquiescé.

– Bien. Et les autres ?

Nous avons énuméré une longue liste : « Les Finlandais, les Ouïghours, les Kazakhs, les Tchétchènes, les Ukrainiens, les Juifs, les Turcs… »

Nous nous tenions si près de l'individu que nous aurions pu toucher son visage. J'observais sa poitrine qui se soulevait et s'abaissait régulièrement, tout comme la mienne.

– Et qui peut me dire ce qui les différencie de nous ?

Dix doigts. Deux yeux. Des lobes d'oreilles où poussait un fin duvet qui ne ressortait qu'à contre-jour. La différence entre lui et nous ne sautait pas aux yeux, mais elle existait ; je le savais, parce qu'on me l'avait appris.

« Ils ne peuvent pas vivre dans nos villes. Ils ne peuvent pas posséder de terres. Ils ne peuvent pas utiliser d'argent. Ils ne peuvent pas voyager. Ils ne peuvent pas aller à l'école. Ils ne peuvent pas lire ou écrire. Ils ne peuvent pas se marier. Ils ne peuvent pas avoir d'enfants. Ils ne peuvent pas emprunter les transports publics. »

Le professeur hochait la tête avec un sourire ravi à chaque réponse. Je connaissais déjà toutes ces lois ; je les avais entendues de tant de bouches, tellement de fois, qu'elles étaient devenues une vérité incontestable – comme « la pluie mouille » ou « le ciel est bleu ». Mais *pourquoi* était-ce ainsi ? Je ne le savais pas et je n'avais jamais pris le temps d'y réfléchir. C'était une question à laquelle nous n'avions jamais reçu de réponse. J'avais presque envie d'interroger mon professeur, mais je devinais que c'était interdit.

– Dans cent ans, il n'y aura plus de citoyens étrangers. Est-ce que quelqu'un sait pourquoi ? C'est une question difficile, les enfants, donc si l'un de vous connaît la réponse, je lui accorderai une dispense de devoirs pour la journée.

Je n'en étais pas tout à fait sûr. J'ai levé la main avec hésitation.

– Parce que les femmes étrangères ne peuvent plus avoir d'enfants. D'après le dernier décret, elles ont été... elles ont été... Je ne me souviens plus du mot.

Mes épaules se sont affaissées. Néanmoins, le professeur avait l'air satisfait.

– Elles ont été stérilisées pour ne pas pouvoir se reproduire. Bonne réponse, Aleksei.

Les yeux du cobaye ont croisé les miens. Je n'ai jamais oublié son regard empli de pitié.

– La vieille école, commente Igor.

Les fenêtres du modeste bâtiment en béton sont décorées d'étoiles et de planètes en papier.

– Que de bons souvenirs. À l'époque, tout était encore simple.

Comment deux personnes peuvent-elles se souvenir des mêmes choses de manière si différente ?

Officiellement, on va au restaurant pour dîner, mais en réalité, les hommes viennent ici pour boire et prendre un peu de bon temps. Il existe des endroits où l'on peut acheter jusqu'à deux verres d'alcool par jour, mais aucune publicité ne les met en avant, alors il faut les connaître.

En fond sonore, on joue au piano un vieil air datant d'avant l'Union. Igor et moi nous asseyons à une table libre et commandons des demis. Le serveur scanne nos boîtiers électroniques et nous apporte nos verres. La bière est tiède et a un goût de malt que je n'ai jamais appris à apprécier.

Les joues de mon compagnon rougissent rapidement. Je l'observe, cherchant sur son visage des ressemblances avec l'Igor de mes souvenirs. Je lui trouve la même expression légèrement farouche, mais c'est tout. Aujourd'hui, ses cheveux châtain clair sont coupés court, comme c'est la coutume pour les recrues militaires, et sa carrure est bien plus imposante. Il pourrait très bien être le fils de Melnikov. Moi-même, je ne ressemble pas du tout à mon père : je suis mince, je mesure presque vingt centimètres de moins que lui, j'ai les traits délicats de ma mère et des cheveux auburn bouclés. Je ne suis pas beau comme Igor qui, à dix-huit ans, incarne déjà le citoyen de plein droit idéal, avec son corps athlétique et sa mâchoire carrée.

– Jin arrive la semaine prochaine. On verra si tu le reconnais.

La musique change – on entend maintenant un saxophone mélancolique.

– Pourquoi ? La vie en ville lui est montée à la tête ?

Igor s'appuie contre le dossier de sa chaise et choisit soigneusement ses mots.

– Probablement, mais c'est plus que ça. Il avait des opinions assez radicales la dernière fois qu'il est venu. Il avait rejoint la Confrérie des justes et renoncé à l'alcool et aux femmes. Désormais, il ne porte que du noir et parle pompeusement de la « cause nationale » et toutes ces foutaises délirantes.

De nous trois, Jin a toujours été celui qui voulait le plus quitter La Nouvelle-Tokyo. Je l'imagine sans peine dans de beaux vêtements et la tête pleine de pensées prémâchées, mais cette nouvelle me surprend quand même.

– Sérieusement ? Il soutient vraiment toute cette violence, ces exécutions massives ?

Mon ami manque de s'étouffer avec sa bière. Je décèle une lueur de tristesse dans son regard.

– Ne me le demande pas, je n'ai pas la moindre idée de ce que croient ces fanatiques. De toute façon, Jin n'est plus le même.

Je me souviens d'avoir vu à Moscou des groupes de gens vêtus de noir, surtout à la fin de mon séjour. Ils portaient de grandes photos de Lebedev – datant de l'époque où il était encore jeune et en bonne santé – et prononçaient leurs discours dans les parcs ou dans les rues, les yeux emplis d'une étrange exaltation qui m'effrayait encore plus que leurs paroles. Je ne me suis jamais arrêté pour les écouter et n'ai jamais lu leurs tracts, mais je sais bien ce en quoi ils croient : aux bains de sang. Au droit de se faire justice par soi-même. À la violence. À l'oppression. Au pouvoir absolu de Lebedev.

– J'ai du mal à imaginer Jin ainsi.

– Tout change. C'est comme ça.

L'amertume dans la voix d'Igor est perceptible. En quelques années, il a perdu ses deux meilleurs amis.

Nous finissons nos bières et échangeons quelques nouvelles, sans évoquer davantage Jin. Igor envisage de suivre une formation de commandant, de se trouver une femme, une maison et une jeune et belle Nymphe. Il affirme vouloir vivre dans l'une des grandes villes du Sud – ou peut-être sur le continent comme Jin –, même si nous savons tous les deux qu'il ne quittera jamais cette île.

De nouveaux clients entrent dans le restaurant – des soldats, des agents de sécurité ou des employés de l'institut, des agents d'entretien, des électriciens. Des collègues d'Igor nous rejoignent et commencent à raconter bruyamment un incident au cours duquel l'un des cobayes a tenté de s'évader et a été maîtrisé d'un coup de taser.

Je prétexte me rendre aux toilettes, mais je sors. J'accueille avec plaisir l'air humide sur mon visage échauffé par l'alcool. Un trolleybus file, à moitié vide. Un peu plus loin brillent les lumières vives de l'institut : dans l'obscurité, il ressemble au centre d'une galaxie déconnectée du reste du monde.

J'observe la ville. Quelque part de l'autre côté commence la route qui quitte La Nouvelle-Tokyo.

Je prends une profonde inspiration. Malgré mon pull, je frissonne, mais je reste dehors ; ici, le calme règne et, pendant un instant, je n'ai pas besoin de prétendre être qui que ce soit que je ne suis pas. Au bout d'un moment, la porte s'ouvre. Dans le soir glacé se déversent le bruit des conversations et la lumière du restaurant, puis la porte se referme et l'obscurité reprend ses droits. Igor me rejoint, seul, dans la cour. Il extrait de sa poche un vieux modèle d'inhalateur. Il y verse une dose entière d'une substance jaunâtre duveteuse, qui me rappelle la mousse de la forêt.

– Ça ne te dérange pas, hein ?

Je secoue la tête. Mon ami prend de longues bouffées, puis me propose de l'imiter. Je prends l'inhalateur avec un peu d'hésitation, car je ne reconnais pas la substance.

– Qu'est-ce que c'est ?

– Un dérivé d'opioïde. Efficace et bon marché. Il n'y a pas grand-chose d'autre de disponible ici, en tout cas avec mon salaire.

Je prends une profonde inspiration. La vapeur pique mes poumons et me fait monter les larmes aux yeux. Elle laisse en bouche un goût de moisi déplaisant. Mais presque immédiatement, je me sens plus léger. Tout glisse et disparaît – le souvenir de l'école, Melnikov, le regard du cobaye, les salles de nettoyage…

Igor passe son bras autour de mes épaules.

– Et si on allait voir les filles ? Ce sera mon cadeau de bienvenue.

Et il m'entraîne vers un établissement thermal à la réputation douteuse.

J'avance sans même sentir mes jambes bouger. Je ne suis jamais allé dans ce genre d'endroit où des citoyennes de second rang et étrangères « répondent à tous vos souhaits », comme le promet une pancarte clouée sur l'un des murs.

Tout va trop vite.

– Attends, je proteste.

Mais Igor ne s'arrête pas, il continue le long de la rue enneigée.

– Attends, Igor. Stop.

Cette fois, il s'immobilise, et fronce les sourcils en voyant mon expression.

– Ça va ? C'est vrai que c'est un peu fort pour ceux qui ne sont pas habitués.

L'obscurité nous enveloppe. À ce moment précis, tout ce que je sais, c'est que je ne veux pas aller à la maison de tolérance. C'est une ligne que je ne souhaite pas franchir. Alors je lui dis que je me sens mal, qu'il est probablement plus sage de rentrer, que je manque de sommeil. Mon ami acquiesce avec un sourire en coin et m'assène sur l'épaule une tape qui se veut fraternelle.

– Qu'est-ce que je disais ? Tu n'as pas changé du tout ! Ce bon vieil Aleksei, jamais un pas hors du droit chemin.

Un instant, j'ai envie de lui demander ce qu'il voit vraiment lorsqu'il me regarde. Je ne me reconnais pas dans sa description.

J'aimerais rester ici, m'allonger sur le trottoir et regarder le ciel jusqu'à ce qu'au matin, il blanchisse à nouveau, pur et indifférent.

CHAPITRE 8
Aleksei

Je parviens tant bien que mal à rentrer à l'institut. Je m'arrête devant l'étroit couloir qui donne accès à la chambre de ma mère. Je reste longtemps à fixer l'obscurité silencieuse avant de me rendre compte que je suis à sa porte, ma main sur la poignée en laiton.

Elle s'ouvre avec une facilité déconcertante. J'hésite un instant sur le seuil avant de faire un pas, puis deux, puis trois dans la pièce. Je trouve ma mère allongée sur son lit comme si elle dormait, mais ses yeux sont ouverts, fixes. Je devine la clarté troublante de leurs iris dans la pénombre de la pièce. Ces yeux ne me voient pas : ils regardent bien au-delà de moi un monde qui n'existe que pour elle.

Maman a commencé à construire son monde dans l'univers virtuel Nox alors que je n'étais encore qu'un petit enfant. Au début, je l'ai aidée à choisir les personnages et les histoires qui me semblaient les plus intéressants, et ensemble, nous avons placé sa maison loin d'ici, au bord d'une mer imaginaire, aux portes d'une ville fictive. Elle m'a demandé de choisir les rideaux de sa chambre, la matière de sa robe de chambre et les fleurs à mettre dans le vase. Je m'asseyais en tailleur sur son lit et, frémissant à la fois de dégoût et d'excitation, je la regardais placer les lentilles sur ses globes oculaires, puis allumer l'appareil. Ce dernier démarrait avec un bruit familier... et Maman était ailleurs. Je suivais attentivement ses changements d'expression quand elle me décrivait le jardinier arrachant les mauvaises herbes de son parterre de roses derrière la fenêtre du salon de thé. À l'époque, elle me racontait encore ce qu'elle voyait et je partageais son monde. J'agitais ma main comme si le jardinier pouvait voir mon salut. Je pouvais presque sentir le parfum sucré des fleurs.

Au fil du temps, la technologie s'est développée, et le monde de ma mère s'est empli de plus en plus de détails, gagnant en profondeur.

– Tout est si réel, s'émerveillait-elle, rien là-bas ne paraît faux ou artificiel. Quand je me coupe le doigt avec un couteau, je ressens une douleur vive et ma plaie saigne. Quand je mange, je suis rassasiée. Ce n'est que quand je reviens que je remarque que ma peau est intacte, que j'ai la bouche sèche et que je meurs de faim.

Je n'avais désormais plus ma place auprès d'elle. Ma mère a trouvé de nouveaux amis dans Nox ; je l'imaginais préparer des gâteaux la journée, écrire des poèmes la nuit, s'asseoir dans le jardin, voyager dans d'autres villes imaginaires, nager dans la mer pour la première fois de sa vie. J'espérais qu'elle me raconterait tout, mais à son retour, elle était fatiguée et distante. Elle voulait juste se nourrir, se reposer un moment et repartir le plus vite possible.

Je sursaute lorsque le son mécanique du purificateur d'air s'élève au fond de la pièce.

– Maman... je murmure en secouant légèrement sa main. C'est moi.

Je me souviens des mois qui ont précédé mon départ pour Moscou. Ses absences des jours durant, ses yeux injectés de sang, l'insatisfaction qui bouillonnait en moi comme en elle. Elle maigrissait et vieillissait à vue d'œil et ne voyait plus que son propre monde. Une frustration intense m'habitait alors.

Je me souviens de ce jour d'automne où nous prenions notre petit-déjeuner ensemble pour la première fois depuis longtemps, et où elle m'a finalement avoué qu'elle venait de se marier. Elle a rougi comme une jeune fille en me l'annonçant. Elle m'a expliqué être tombée amoureuse des années plus tôt, de manière assez inattendue, et qu'elle ne savait même pas qu'on pouvait ressentir cela. Je l'ai regardée comme si elle était folle.

– Qu'est-ce que tu racontes ? Tu es déjà mariée.

Son visage a changé de couleur.

– Ce n'est pas pareil.

Ce matin-là, je me suis rendu compte qu'elle était passée de l'autre côté d'une frontière invisible et infranchissable pour nous.

Je m'assois sur le lit à côté de ma mère. Elle revient à elle, clignant lourdement des yeux, mais sans voir encore rien d'autre que ses propres fantaisies lointaines.

– Maman…

– *Alyosha ?*

Le passé me submerge à travers ce seul mot, qui a le goût métallique et sucré du sang et des cerises. Quand Maman m'appelle par ce nom, que personne d'autre n'utilise jamais pour moi, je redeviens un enfant, je tiens encore dans ses bras, tout est parfait et si fragile à la fois.

– C'est moi.

Elle reste silencieuse un moment avant de se redresser sur les coudes. Elle retire avec précaution ses lentilles et cligne des yeux.

– C'est bien toi, Alyosha ?

Puis elle articule un son qui me rappelle le cliquetis du purificateur : c'est comme si quelque chose se rallumait en elle tandis qu'elle quitte Nox.

– Laisse-moi te regarder, dit-elle alors.

Ma mère n'a pas changé, elle est aussi belle et triste que le jour de mon départ. Si elle ne semble pas chétive, je sais qu'à l'intérieur, elle est aussi fragile que du verre. Sa main caresse doucement ma tête, faisant naître des frissons dans mon dos.

– Tes cheveux sont longs. Ça te va bien.

Un sourire fugace passe sur ses lèvres. Les mots me font défaut. Tendresse et amertume se mêlent en moi.

– Alors, tu es de retour. J'ai longtemps pensé que je ne te reverrais plus jamais.

Le silence se répand entre nous comme de l'encre dans de l'eau.

– Comment vas-tu ? je reprends finalement.

Elle a de nouveau un petit sourire et secoue un peu la tête.

– Je vis à mon propre rythme, comme toujours. Je reviens de temps à autre pour manger et prendre un bain, mais sinon, je suis toujours là, à la maison, répond Maman à voix basse, presque en chuchotant. Je ne peux pas faire autrement.

« À la maison »… si l'on peut dire.

Ma mère a à peine plus de quarante ans et, dans l'ombre, elle paraît encore jeune. Ses yeux sont cependant fatigués, cernés de fines rides. Elle pose doucement sa main sur ma poitrine, sur mon cœur. Celui-ci commence immédiatement à battre plus fort.

– Et toi, Alyosha ? Tu as l'air maigre.

– Je vais bien. Melnikov m'a donné du travail en attendant mon départ à la faculté de médecine.

– Tu veux toujours être comme ton père ?

– Est-ce que ce serait si terrible ? je lui demande avec douceur.

– Alyosha… Je te l'ai déjà dit quand tu étais enfant : tu es ta propre personne. Tu n'appartiens ni à moi, ni à ton père.

Je ravale les mots qui veulent sortir. *Je n'en peux plus d'être seul.*

Nous n'avons rien d'autre à nous dire. Je ne peux pas lui demander de ses nouvelles, car cet autre monde où elle vit ne me regarde pas, je ne veux rien en savoir. Je me relève trop vite, la pièce tourne autour de moi et ma tête bourdonne. Pour m'excuser, je prétends que je dois y aller, que j'ai besoin de dormir, que j'ai besoin de plus de temps, et ma mère acquiesce avec douceur, les yeux pleins de culpabilité.

Quand je la serre dans mes bras, elle m'enveloppe de son parfum familier de jasmin et d'orange. Elle m'embrasse légèrement la joue. Vite, comme si je risquais de disparaître en un instant. Je ferme fort les yeux, mais une larme chaude parvient tout de même à se glisser entre mes paupières et coule sur ma joue. Maman la sent tout de suite et la recueille avec reconnaissance sur son doigt, comme un cadeau.

– Oh, Aleksei. Tu m'as manqué…

Puis elle se rallonge sur son lit. Depuis le seuil, je me retourne et je la vois remettre ses lentilles. Elle disparaît hors de mon monde.

CHAPITRE 9
Cobaye

Assise dans la petite pièce où ils m'ont amenée il y a quelques jours, je digère mon petit-déjeuner. Au moins, on ne me prive pas de nourriture : je n'ai jamais eu autant à manger dans mon village. Depuis mes dix ans, j'ai toujours travaillé, et maintenant, je ne fais que manger, dormir et attendre.

Ils vont bientôt revenir me chercher. Chaque jour, je les suis de salle d'examen en salle d'examen, et chaque fois que je reviens dans cette pièce, je sais que je ne suis plus tout à fait la même, qu'il reste toujours un peu moins de moi en moi.

On s'habitue étonnamment vite à de nouveaux murs. Ici, ils sont sans fenêtre. En prison, j'avais au moins droit à une petite ouverture d'où je voyais une bande de ciel, bleue le jour et noire la nuit. À présent, il ne me reste plus que ces quatre murs dont l'un est occupé par une porte, l'autre par un lit, le troisième par une table et une chaise. Le quatrième est animé : ils y projettent des images changeantes pour me forcer à oublier où je me trouve. En ce moment, c'est une vue de la ville. Le paysage est-il le même pour tous les prisonniers ?

Une immense mer de lumières mouvantes, des immeubles et des panneaux publicitaires brillent sous mes yeux comme une myriade d'étoiles dans le ciel d'hiver. Les lueurs vacillent sur la surface irrégulière de mon mur ; je parcours les toits de la ville du bout de mes doigts sans ongles, et leur miroitement danse comme quelque chose de vivant autour de mes mains enveloppées de gaze.

Je porte du blanc pour la première fois de ma vie. Mes vêtements sont d'une propreté immaculée et soigneusement repassés. Je n'ai jamais possédé quelque chose d'aussi raffiné – n'est-ce pas ironique ? Je caresse le tissu fin et doux de mon pantalon. Et quand je ne serai plus là ? Ces vêtements seront-ils donnés à quelqu'un d'autre ?

Je dois cesser d'y penser. Ce n'est pas encore le moment. Je ne mourrai pas ici. D'une façon ou d'une autre, je survivrai et continuerai à exister, même lorsque ma mémoire m'aura été enlevée, arrachée avec ses racines comme des mauvaises herbes.

Même si j'essaie de me convaincre du contraire, je sais qu'en réalité, je ne sortirai plus d'ici. J'ai commencé à accepter mon sort. Arrêter de lutter est presque réconfortant. C'est comme plonger dans de l'eau chaude, laisser tous ses muscles se détendre et se laisser enfin entraîner vers le fond par la gravité, être docile et paisible face à son destin. Tout comme hier dans la cuve d'eau chaude.

Je viens de voir Miyako dans le couloir, quand ils nous ont conduites vers nos cellules respectives. Elle avait l'air abattue ; sa tête rasée nue était couverte de sondes métalliques entourées de zones de peau rougie par l'opération. Nos regards se sont rencontrés ; elle m'a saluée d'un léger signe de tête à un moment où les infirmiers ne faisaient pas attention à nous.

Bientôt, ils viendront me chercher et perceront des trous dans mon crâne.

Je passerai mes derniers jours dans le silence, à chérir mes souvenirs les plus précieux.

***

Entretien initial officiel
Mené par : B. Melnikov

B.M. : Assieds-toi, s'il te plaît. Veux-tu de l'eau ?

Y-981 : Oui, merci.

B.M. : Comment vas-tu aujourd'hui ?

Y-981 : Je me sens un peu faible. J'ai mal à la tête.

B.M. : C'est tout à fait normal après l'opération. Tu risques de souffrir de maux de tête au cours des prochains jours, mais lorsque cela arrivera, demande un médicament aux infirmiers. Sais-tu où tu es ?

Y-981 : Je ne suis pas sûre.

B.M. : Tu te trouves à l'Institut de recherche sur l'humain de Boris Melnikov. Tu as été sélectionnée comme participante à notre expérience de manipulation de la mémoire. Félicitations, c'est un grand honneur, l'opportunité de faire partie de recherches scientifiques novatrices.

Y-981 : Merci.

B.M. : Hum. Si je comprends bien, ton père, Kazuo Masaki, purge actuellement une peine de vingt ans à la prison d'État d'Otasaki.

Y-981 : Pardon ?

B.M. : Ton père Kazuo Masaki est incarcéré à la prison d'État d'Otasaki, n'est-ce pas ?

Y-981 : Avez-vous de ses nouvelles ? Comment va-t-il ?

B.M. : La prison d'État est un endroit difficile pour un vieil homme.

Y-981 : Comment va-t-il ? Dites-le-moi, je vous en prie.

B.M. : Allons, ne t'agite pas en vain. Je t'en parle parce que tu as maintenant la possibilité de l'aider. Tiens. Bois ça. *(Silence)* Si tu signes ce contrat et que tu t'engages à coopérer tout au long du processus, nous promettons en contrepartie que ton père sera libéré et déchargé de toute inculpation à la fin de ton traitement.

Y-981 : Très bien. Je ferai ce que vous voudrez.

B.M. : Parfait. Voici le contrat.

Y-981 : Que dit-il ?

B.M. : Tu n'as pas à t'en préoccuper. En bref : tu deviens désormais propriété de l'institut et, à la fin de l'expérience, ton père sera libéré. As-tu des questions ?

Y-981 : Combien de temps me reste-t-il avant d'oublier ?

B.M. : Je dirais environ un mois.

Y-981 : Ce sera donc fini rapidement.

B.M. : Tu ne le remarqueras même pas. Tu n'as aucune raison d'avoir peur.

Y-981 : Où dois-je signer ?

B.M. : Ici, en bas de la page. Laisse-moi te montrer.

CHAPITRE 10
Marija

L'homme n'est en réalité qu'un jeune garçon. Je le regarde descendre à l'arrêt du trolleybus, en bordure de la place des Martyrs, puis jeter un rapide coup d'œil autour de lui. Il est nerveux. Peut-être regrette-t-il déjà. Peut-être en a-t-il parlé à quelqu'un.

Le temps est pluvieux et il n'y a aujourd'hui que quelques stands épars sur la place du marché. Les vendeurs frissonnent dans leurs imperméables et me suivent des yeux. À un moment, je m'arrête et achète une tasse de thé fumant, qui a aussi peu de goût que je l'imaginais. Du vieux thé passé, de l'herbe séchée, qui sait ce que ces colporteurs infusent. Mais ils ont faim et la vie est dure. On doit se débrouiller avec ce que l'on a.

Du coin de l'œil, je suis le trajet du garçon à travers la place. Petrov est assis sur un banc plus loin ; s'il fait semblant de lire les informations, en réalité, lui aussi regarde notre cible. Il s'assure que tout se passe comme prévu.

Les soldats qui gardent le Feu éternel du souvenir regardent droit devant comme s'ils ne voyaient ni n'entendaient personne autour d'eux. La pluie ruisselle du bord de leurs casques sur leurs épaules.

Le garçon longe maintenant la muraille de Sang, qui borde la place ; il lance un regard furtif derrière lui. *Ne fais pas ça*, ai-je envie de lui crier. *Sois naturel.* Après le raid de l'autre nuit et la capture de Sasha, Yang envisageait d'annuler le rendez-vous pour des raisons de sécurité. Mais apparemment, ce garçon est un contact très important, ce qui justifie le risque que nous prenons. Je ne connais que son nom et l'identité de son père. Le reste ne me regarde pas. C'est Yang qui prend les décisions concernant les nouveaux membres et qui gère les contacts avec les autres villes.

J'arrive au niveau de la statue commémorative, lis les mots familiers sur la plaque : « À cet endroit, cinquante soldats de l'Union de la Ligue marchande de l'Est ont été victimes d'une embuscade tendue par un groupuscule de citoyens étrangers rebelles. Ils ont perdu la vie sous les balles des terroristes le premier jour de la sixième lune de l'an 155 après la montée des eaux. Paix à leurs âmes. » Bien sûr, il n'est mentionné nulle part qu'il y avait une guerre en ce temps-là, et que l'Union avait attaqué la ville. Ces soldats assassinés étaient des intrus dans un pays étranger, ces « terroristes » défendaient simplement ce qui leur appartenait.

Le garçon m'a remarquée et devine que je suis venue pour lui, alors il me rejoint devant le monument. Nous regardons tour à tour la plaque commémorative et la statue représentant une figure maternelle en pleurs. Je pose le sac en papier que je porte.

– J'ai toujours envie de poisson, par ce temps.

Yang invente toujours les mots de passe les plus invraisemblables.

– Je suis allergique au poisson, répond l'autre, comme convenu.

J'acquiesce. Il pose son propre sac par terre, juste à côté du mien.

– On t'a suivi ?

Il secoue la tête, mais à son langage corporel, je peux lire qu'il n'en est pas sûr. Il ne parvient pas à se défaire de sa nervosité. Ça m'agace, même si je sais que c'est injuste. Je penche la tête, observe ses joues rougissantes, ses yeux bruns, ses pommettes hautes et sa mâchoire. Il ne me regarde pas, même si je devine qu'il le voudrait.

– Comporte-toi normalement, je lui glisse. On ne fait rien d'interdit. On se contente de discuter.

Je peux l'entendre reprendre son souffle.

– Désolé. On m'a dit de venir ici aujourd'hui, qu'ils enverraient quelqu'un.

– Eh bien, ils m'ont envoyée.

– Et maintenant ? Je veux dire, que se passe-t-il ensuite ?

– Tu as accès aux médicaments, à l'institut ?

– Je pense que oui. Je peux me renseigner.

– On a particulièrement besoin de fentanyl. Procure-t'en autant que tu peux sans qu'on le remarque.

– Du fentanyl. D'accord. Et après, comment ça marche ?

– On te contactera le moment venu.

– Quand ?

– Je ne saurais pas dire. Il y a un transmetteur crypté dans le sac, surveille-le de près. À quel point tu connais la ville flottante ?

Maintenant, le garçon me regarde en fronçant les sourcils et secoue la tête avec un air interrogateur.

– La Vieille-Tokyo, la partie immergée, je précise.

Juste ciel. Il paraît totalement perdu.

– Pas très bien.

– Eh bien, on s'arrangera pour envoyer quelqu'un à ta rencontre le moment venu.

Il acquiesce avec gravité. Je ne sais pas ce qui s'est passé dans sa vie pour l'amener ici, mais quoi qu'il en soit, le voilà. Du mauvais côté.

– Le sac contient tout ce dont tu as besoin. On va partir dans des directions différentes. Attends que je ne sois plus là avant de bouger.

Je saisis alors le sac avec lequel il est arrivé.

– Attends, m'arrête-t-il. Quel est ton nom ?

Je le fixe.

– Ne me suis pas.

Je tourne les talons. Tandis que je commence à traverser la place sans me hâter, je sens son regard dans mon dos.

CHAPITRE 11
Aleksei

Je ne connais personne ici. Même s'il y a de la place devant, je m'assois au dernier rang, sur une chaise inconfortable. Je suis en avance et la salle est encore à moitié vide. Je n'ai encore jamais assisté à une réunion de l'Union de la jeunesse à Tokyo, mais je sais exactement à quoi m'attendre, car ces assemblées se ressemblent toutes. Au début, on discute de l'actualité suivant des thèmes soigneusement sélectionnés ; il est facile de prendre part à la conversation pour peu que l'on ait récemment regardé les informations, car celles-ci regorgent de slogans faciles à retenir, faciles à répéter.

Les animateurs nous expliquent ensuite comment chacun de nous peut aider au mieux la communauté. Nous recevons des instructions : économisez l'électricité ; préférez les bains froids ; les déchets plastiques et métalliques peuvent désormais être apportés aux centres de recyclage contre de l'argent. Soyez prudents lorsque vous rencontrez de nouvelles personnes, surveillez leur attitude à proximité des autorités ; gardez un œil sur vos amis et faites attention à leurs changements de comportement.

La réunion se termine par un rapport hebdomadaire du comité des pairs, où sont dénoncés les traîtres et les malhonnêtes, les cupides et les égoïstes. Le moindre soupçon doit être partagé.

« Y a-t-il quelqu'un que tu connais qui a subitement changé de comportement récemment ? Qui a commencé à éviter les réunions, ou a peut-être voulu te rencontrer plus souvent que d'habitude ? Qui a changé d'itinéraire pour se rendre au travail, t'a semblé paranoïaque, a perdu ou pris du poids, a déménagé ou s'est équipé d'une caméra de surveillance ou s'absente de chez lui à des heures inhabituelles ? »

Tout le monde reste crispé sur sa chaise jusqu'à ce que cette étape soit terminée, en espérant que son nom ne sera jamais mentionné. Il suffit d'un rien pour faire l'objet d'un signalement : une attitude considérée comme étrange à un poste de contrôle, un mot mal choisi par inadvertance, un changement d'apparence, un enrichissement soudain, une nouvelle connaissance douteuse. Le système repose sur le fait que tout le monde surveille tout le monde en permanence. Il n'y a pas de vie privée.

Quand, à quinze ans, j'ai commencé à assister à ces réunions à Moscou, je m'y exprimais avec détermination. Mes instructeurs me félicitaient. « Les camps, je me suis même entendu dire une fois, les camps doivent être rétablis. » Les premières fois, j'étais plus radical que beaucoup de mes camarades. J'avais de toute façon l'impression d'être en marge, alors je laissais l'écart se creuser entre nous.

J'appréciais qu'ils restent silencieux quand je parlais. Mes certitudes étaient tranchées comme un couteau fraîchement aiguisé, divisant le monde en deux sans ambiguïté : il y avait la vérité, et puis tout le reste. Je croyais que la vérité était quelque chose de net et facilement reconnaissable, et comme j'étais de son côté, rien d'autre n'avait d'importance. Pas même que l'on ne m'aime pas ou que je passe mes journées seul. Tout semblait très clair et simple lors de ces réunions – mais lorsque je les quittais, le doute s'installait. Je me sentais seul et perdu. Mon monde n'était pas aussi clairement défini qu'il en avait l'air.

On m'avait confié une tâche simple : j'étais destiné à devenir l'homme que mon père voulait que je sois. Tout le reste se mettrait en place si je suivais cette voie. Entre les réunions, cependant, ce rôle s'avérait plus difficile à jouer qu'il n'y paraissait. Ma voix, ma confiance s'émoussaient peu à peu. Les questions commençaient à se bousculer en moi.

Et maintenant, je suis assis là, à écouter les instructeurs et les jeunes de mon groupe, mais j'ai perdu les mots qui me permettaient d'être en accord avec eux. Mes certitudes ne sont plus aussi solides qu'il y a trois ans. Des fissures s'y sont ouvertes que rien dans cette pièce ne peut combler.

Une jeune fille qui assiste probablement à l'une de ses premières assemblées est assise à côté de moi. Elle a encore plusieurs années de ces réunions devant elle avant d'avoir vingt ans, de se marier et de commencer à assister à celles de l'Union des épouses. Je ne sais rien de celles-ci. J'imagine des femmes de tous âges assises en demi-cercle avec leur tricot sur les genoux et un visage inexpressif. De quoi peuvent-elles bien parler ? Pas de politique, sans doute. Peut-être de leurs enfants. De leurs maris. Du temps qu'il fait. Maman a cessé d'y assister depuis des années, sans aucune sanction. J'en conclus que ces rencontres ne sont pas très importantes.

Dans deux ans, je suis censé commencer à assister aux réunions de l'Union des hommes. Tous les choix ont déjà été faits pour moi, je vois ma vie se dérouler devant moi comme une ligne droite : quatre ans à l'école de médecine, puis je reviendrai à Tokyo travailler aux côtés de mon père ; ma carrière évoluera rapidement et, un jour, c'est moi qui dirigerai l'institut, qui déciderai du sort des cobayes. Je vieillirai et mes cheveux deviendront gris. J'aurai une femme distante et un fils que je ne comprendrai ni ne connaîtrai pas vraiment, je ne quitterai plus jamais l'île. Je ne verrai jamais à quoi ressemble le monde au-delà de la mer.

Les instructeurs parcourent des yeux l'assistance, dans l'expectative, car nous sommes tous censés participer à la discussion. Un garçon mince rassemble son courage pour démontrer d'une voix forte pourquoi les opinions sur les droits des citoyens de second rang exprimées par Wang, l'ancien commandant de la coalition, sont une trahison. Il en oublie cependant le discours préparé, s'embrouille et baisse la tête avec embarras. Toute la salle attend.

– Par conséquent, on peut dire… on peut dire avec certitude que… que…

Il se souvient soudain de ce qu'il doit dire et relève la tête, une expression triomphante sur son visage enfantin.

– Que Wang a oublié l'un des piliers les plus importants de notre société organisée, à savoir le décret sur la pureté civique. Après la montée des eaux, nous avons vu à quoi pouvaient conduire les grandes migrations et le mélange de peuples différents : au terrorisme, aux guerres et à des troubles majeurs à travers le monde. Sans parler des épidémies. Sur le Nouveau Supercontinent, le chaos règne, mais ici, l'ordre a été instauré, et c'est en grande partie grâce au décret sur la pureté civique.

Il affiche le plus grand des sérieux, comme s'il avait lui-même assisté à la montée des eaux et aux troubles ayant suivi la grande crise des réfugiés, qui ont finalement dégénéré en guerres et en conflits territoriaux.

– La seule façon de restaurer l'ordre était de promulguer des lois qui déterminent strictement à qui appartient ce pays. C'est pourquoi le rétablissement des camps serait si important dans le climat politique actuel : absolument aucune place ne doit être laissée aux rebelles. Les programmes d'adaptation ne fonctionnent pas et augmentent le risque de violences. La menace terroriste doit être éradiquée par la force, ajoute-t-il encore avant de s'asseoir, visiblement soulagé d'en avoir enfin terminé.

– C'est tout à fait juste, citoyen de plein droit Chen. Bien dit. Qui poursuit ? Aleksei Melnikov, je t'en prie, c'est ton tour.

Je me lève à contrecœur, car le regard perçant de l'animateur ne me laisse pas le choix. Après m'être raclé la gorge, j'essaie de mettre dans ma voix un peu de la conviction avec laquelle je parlais il y a encore quelques années.

– Les camps… les camps ont été démantelés il y a des décennies. Pourquoi ? N'y a-t-il pas eu à cette époque une bonne raison de les abolir ? L'ordre n'est-il pas venu précisément du Commandant en chef Lebedev lui-même ?

Tous les regards sont fixés sur moi.

– Je pense que la dangerosité de Wang réside dans le fait qu'il regarde vers l'avenir. Il y a beaucoup de gens insatisfaits dans l'Union qui souhaiteraient que les choses changent.

La pièce est si calme qu'il me semble que tout le monde peut entendre les battements de mon cœur. Pour la première fois, le silence me semble difficile à supporter.

J'ai soulevé une question, et rien n'est plus dangereux.

Pendant un moment déraisonnable, je pense que je pourrais dire n'importe quoi, et ils seraient obligés de m'écouter. Je devrais me taire, mais je ne peux pas me contenir ; les mots s'échappent de ma bouche avant que je ne puisse les retenir.

– Quand on parle de cette époque et des réfugiés, on a tendance à simplifier les choses. Après la montée des eaux, un milliard et demi de personnes se sont retrouvées sans abri. Un milliard et demi ! Quand nous disons que les troubles sont dus au choc des nationalités, nous ne prenons pas en compte ces paramètres…

Mais l'instructeur m'interrompt avant que je puisse achever cette réflexion décousue, qui commence seulement à prendre forme dans mon esprit au moment où je parle. Je me tais et ravale les mots que j'avais sur le bout de la langue. La peur s'insinue déjà en moi, mais quelque chose d'autre s'y mêle. Un sentiment de défi. C'est stupide, enfantin.

– Citoyen Melnikov, je ne sais pas comment se déroulaient les réunions dans notre section de Moscou, mais ici, nous ne nous écartons jamais des sujets de discussion à l'ordre du jour, assène-t-il sèchement. Je suggère qu'à l'avenir, tu t'en souviennes et que tu prennes garde à t'exprimer en suivant strictement les instructions.

Je me rassois, mon cœur menaçant d'exploser dans ma poitrine. Je me suis approché dangereusement du précipice et, en bas, j'ai vu des rochers pointus et, derrière eux, la mer imprévisible. Cela me fait à la fois du bien et du mal, comme quand on arrache une croûte sur une plaie et que l'on gratte la peau sensible en dessous.

Peut-être ma rébellion est-elle due à la fille que je viens de rencontrer. À la manière dont elle a dit : « On ne fait rien d'interdit. On se contente de discuter. » D'un ton un peu moqueur, comme pour tester mon sérieux.

Peut-être est-ce dû à ce que je porte maintenant dans l'une des poches de mon manteau. Ce transmetteur sur lequel je recevrai peut-être bientôt une invitation à me rendre là où les gens de mon espèce ne devraient jamais aller.

Car je ne suis pas ce que je semble être. Je suis un cafard. J'ai assisté à Moscou à des réunions complètement différentes de celle-ci, et j'y ai entendu de tout autres vérités. Mon esprit est plein de questions, et il me semble qu'elles sont parfois bien plus importantes que les réponses.

CHAPITRE 12
Cobaye

Si je savais écrire, je coucherais mon histoire sur le papier tant que je m'en souviens encore. Je parlerais du village où j'ai grandi, de ses chaumières de fortune et de la frontière invisible qui délimitait notre monde. Je décrirais les longues journées de travail dans les usines, les stands de rationnement, le puits d'où nous tirions notre eau au mauvais goût, la faim qui nous tordait l'estomac. Je parlerais de tous ceux qui n'ont pas survécu.

Mais je raconterais aussi le reste. La bonté des gens les uns envers les autres. L'amour, l'amitié. Tout ce qui remplissait le vide et rendait l'insupportable tolérable.

Je ne sais pas si quelqu'un voudrait lire mon histoire. Elle est peut-être petite à l'échelle du monde, mais elle n'est pas pour autant insignifiante. Je veux croire qu'elle a un sens, que toutes nos histoires finissent par s'entremêler pour former un tout, un vaste tissu peut-être laid, mais vrai du début à la fin, ce qui est bien plus important que la beauté.

Je ne peux m'empêcher de me demander ce qu'il restera de nous lorsque nous aurons tous été anéantis. Le monde oubliera-t-il que nous avons vécu ? Restera-t-il une seule personne pour parler en notre nom et faire entendre notre voix ? On ne m'a jamais appris à écrire. Je n'ai pas le pouvoir de raconter ma propre histoire. J'aimerais néanmoins le faire... mais qui l'écouterait ?

Sans m'en rendre compte, j'ai commencé à attendre l'infirmière qui vient trois fois par jour m'injecter un médicament qui rend ma tête aussi légère que des nuages cotonneux. Je l'ai remarqué aujourd'hui, quand elle a oublié de venir. Je me suis sentie mal, je me suis mise à trembler dans mon lit ; j'ai eu des sueurs froides et l'impression que des petits insectes couraient sur ma peau.

Quand elle est finalement passée et m'a piquée pour me calmer, j'ai compris que cela faisait aussi partie de leur plan. Je suis devenue complètement dépendante d'eux, le médicament m'enlève toute volonté et mes pensées perdent de leur acuité. Dans cet état, je ne pose pas de problèmes. Je me contente de rester allongée, à regarder fixement le plafond blanc de ma chambre et les paysages aléatoires projetés sur le mur.

Parfois, je m'imagine que Mai est assise au pied de mon lit, et à ces moments-là, je ferme les yeux pour garder son image dans ma tête. Il me semble l'entendre respirer, mais en réalité, c'est moi que j'entends.

CHAPITRE 13
Aleksei

Avant la première intervention, je rejoins Melnikov dans le pigeonnier. Il tient délicatement un oiseau blanc contre sa poitrine et lui parle si doucement que les mots ne parviennent pas jusqu'à moi. Quand il me remarque, sa posture change immédiatement, prenant une rigidité qu'elle n'avait pas un instant auparavant.

Les pigeons roucoulent faiblement dans leurs nichoirs – des gris et des blancs, des anthracite et des bigarrés, des serbes et des pakistanais, des jeunes et des vieux. Enfant, j'observais à distance mon père parler à ses oiseaux, les nourrir, nettoyer leurs cages. Alors il n'était pas Melnikov, mais un autre homme, dont la main était douce et dont les yeux affichaient autre chose qu'une expression distante infranchissable.

Le volatile dans sa main laisse échapper un roucoulement grave tandis que mon père caresse son plumage blanc de l'index. Puis il lève le bras et le laisse s'envoler. Le pigeon s'élève, léger, dans le ciel d'hiver, survole la cour, puis se dirige vers l'intérieur des terres.

– Premier jour de travail, m'accueille Melnikov sans pour autant me regarder.

Il souffle sur ses mains nues rougies par le froid avant de prendre une poignée de grains.

– Ce que nous faisons ici peut au premier abord te paraître inhumain, mais nous œuvrons pour la science. Notre objectif n'est pas d'être cruels, mais de trouver des réponses.

– Je sais bien.

L'un des pigeons est plus petit et plus clair que les autres, du gris des ciels d'hiver. Il attend que les autres aient mangé pour oser prendre un grain des mains de Melnikov. Je caresse doucement son aile et il me regarde de son œil brillant, sur le qui-vive.

– Tu vas apprendre beaucoup en peu de temps. J'attends de toi que tu fasses ton travail, et aussi bien que possible. Je ne te demande rien d'autre. Laisse-moi juste t'avertir : ne t'attache jamais aux sujets de tests. La distance doit toujours être maintenue.

– Oui, bien sûr.

– Il vaut mieux ne pas du tout les considérer comme des personnes, me prévient Melnikov.

L'oiseau gris me fixe toujours de son œil perçant.

– Je fais ce métier depuis plus de vingt ans. À ton avis, combien d'individus ai-je réussi à réinitialiser ?

– Je ne sais pas… Plusieurs centaines ?

– Plus de quatre mille, répond Melnikov, à ma grande surprise.

– Autant ? Vraiment ?

– La réinitialisation est une procédure facile. Les humains sont des créatures étonnamment fragiles. Je ne m'intéresse plus tant à l'objectif d'un esprit parfaitement effacé qu'à ce que l'on peut faire de cet esprit. Imagine, Aleksei : nous pouvons y implanter des souvenirs complètement factices. Une nouvelle personnalité, un nouveau passé, une nouvelle vie…

Je ne peux m'empêcher de penser à ma mère, allongée sur son lit, perdue dans son autre vie à elle, s'éloignant chaque jour un peu plus du monde réel. En fin de compte, voilà ce qui nous unit, dans cette famille : l'obsession des nouveaux départs.

– La science est comme une exploration, poursuit mon père. On commence parfois par avancer dans une direction pour finir complètement ailleurs. Mais au cours de ce voyage, nous devons cartographier le monde, un continent inconnu après l'autre.

Puis il change brutalement de sujet :

– Parlons franchement. Que veux-tu faire de ta vie, Aleksei ? Tu es suffisamment âgé pour y réfléchir sérieusement.

– Je vais d'abord étudier pour devenir médecin, puis chercheur comme toi. Un jour, je dirigerai cet institut et reprendrai ton travail.

J'ai répété ces mots un nombre incalculable de fois, mais je les prononce avec peine. Melnikov acquiesce, le visage impassible. Face à son silence, l'inquiétude m'envahit. Alors je continue :

– Je connais mon devoir, si c'est ce que tu me demandes.

J'examine la silhouette de mon père qui se détache sur la clarté du ciel hivernal.

– Regarde, m'enjoint-il en levant la main.

Une vingtaine de pigeons tournoient doucement au-dessus de nous. Au terme de leur vol, ils descendent l'un après l'autre pour regagner leurs petits nichoirs. Un instant, le visage de Melnikov exprime un semblant d'émotion.

Il aime les oiseaux. Bien qu'ils soient libres d'aller et venir à leur guise, ils finissent toujours par revenir auprès de lui.

Je me force à regarder la cobaye assise sur la chaise d'examen. Ses doigts sont bandés de gaze et ses avant-bras sont attachés aux accoudoirs par des sangles. Melnikov l'a déjà préparée à la première procédure. Tandis qu'il m'explique comment fonctionnent les appareils, il place une cagoule en latex sur la tête de la jeune fille afin de ne laisser visible que l'ovale pâle de son visage. Il attache ensuite des fils aux capteurs implantés dans son cuir chevelu et elle gémit légèrement – sûrement de douleur, ou peut-être de peur. Je cherche à imiter l'expression de mon père, mais cela ne suffit pas à faire disparaître la sensation de froid qui grandit dans ma poitrine.

Il n'y a qu'une seule fenêtre dans la salle d'intervention, et elle donne sur la cour intérieure fermée. Afin d'éviter de regarder la cobaye, je focalise mon attention sur le grand zelkova centenaire qui se dresse au milieu de la cour. Ses branches nues se balancent légèrement dans le vent.

– Nous construisons actuellement une carte de l'esprit du sujet, explique Melnikov. Elle est organisée autour des souvenirs fondamentaux, ceux qui font de nous ce que nous sommes – les premières fois, les grandes émotions, les joies et les peines les plus pures. Une fois localisé, le noyau de la mémoire est démonté morceau par morceau, jusqu'à ce qu'il n'en reste plus rien. Sans ces souvenirs, les autres structures s'écroulent et la réinitialisation n'est plus qu'un nettoyage final. Cela se fait tout seul.

Ma tâche est simple : je dois poser une multitude de questions à Y-981 en lui demandant de se remémorer un souvenir à la fois, aussi précisément que possible. Le technicien le localise ensuite sur la carte cérébrale, ce qui facilitera son retrait.

Je m'assois à contrecœur sur la chaise qui m'est réservée tandis que mon père caresse doucement la joue pâle de la jeune fille comme le plumage de l'un de ses pigeons. L'infirmière injecte quelque chose au creux de son coude ; ses yeux deviennent troubles comme la mer un jour de pluie. Je me racle la gorge.

– Ceci est le premier entretien cartographique du cobaye Y-981, réalisé par Aleksei Melnikov. Je vais énumérer une liste de situations, de personnes et de lieux. Je te demande de te les remémorer le plus précisément possible. Nous saurons si tu essaies de mentir, alors avant de commencer, je te rappelle le contrat que tu as signé. Te souviens-tu de ton père ?

– Oui.

– T'engages-tu à coopérer et être honnête ?

– Oui.

Le technicien m'adresse un signe de tête pour m'indiquer qu'il ne détecte rien d'alarmant dans la partie du cerveau où se forment les mensonges.

– Bien. Commençons. Je vais te donner des mots pour éveiller des impressions chez toi. Quel que soit le souvenir qui te vient à l'esprit en premier, laisse-le venir. Tu n'as pas besoin de le raconter à voix haute, mais tu dois te le remémorer en détail. Tu as une demi-minute par mot.

Je commence mon énumération.

– Maison. Père. Mère. Printemps. Nuit. Mer. Matin. Forêt. Puits. Faim. Village. Cheveux.

Le technicien regarde le moniteur et procède à quelques ajustements à mesure que j'égrène cette liste interminable. Une demi-heure s'écoule.

– Très bien. Nous allons à présent passer à des souvenirs plus précis.

Je lis les questions. Je me sens bouillir de l'intérieur tandis que je vois la carte se préciser peu à peu : dans le cerveau de la jeune fille, de petites zones de lumière s'allument entre lesquelles courent des filaments, comme des routes entre des villes.

– Quel est ton premier souvenir ? Ton premier baiser ? Ton premier amour ? Le dernier cadeau que tu as offert ? Que tu as reçu ? Le dernier repas que tu as préparé ? Un jour particulièrement heureux ? Un jour particulièrement triste ? Un cauchemar récurrent ? Un secret que tu n'as confié à personne ? Ta pire peur ? Que regrettes-tu ?

La cobaye est allongée, les yeux clos, mais elle est réveillée. Je vois ses orbites bouger sous ses paupières, son front se plisser, ses lèvres s'entrouvrir avant de se refermer. En la regardant, je me rends compte que mes propres souvenirs sont un privilège. Même s'il y a beaucoup de choses que j'aimerais parfois effacer, rien n'est plus important que de ne jamais oublier.

Quand toutes les questions sont épuisées, mon regard glisse vers la fenêtre. Le soir est déjà tombé ; on ne voit même plus le grand zelkova.

Plus tard ce soir-là, je suis assis dans le bureau de Xao où je sirote un thé raffiné importé du continent. En sa compagnie, ma posture s'adoucit imperceptiblement et je ne surveille plus chacun de mes mots.

– Les réminiscences ne sont jamais tout à fait fiables, ce sont plutôt des symboles : les gens ne se souviennent pas des choses avec exactitude, mais de la manière qui leur est la plus utile. Du point de vue de notre travail, ce qui nous intéresse n'est pas la *véracité* des souvenirs des cobayes, mais plutôt leur *essence*.

– Par conséquent, la seule chose qui compte est que le cobaye lui-même considère le souvenir comme vrai.

– Absolument, répond Xao en remplissant à nouveau ma tasse. Deux personnes peuvent se souvenir d'une même chose de manière complètement différente.

– Père dit avoir réinitialisé plus de quatre mille cobayes.

– Notre institut est à la pointe de la recherche sur la mémoire, et c'est entièrement grâce à ton père. C'est la personne la plus obsessionnelle que j'aie jamais rencontrée. Sans concession, difficile, têtu… mais brillant. Sans lui, nous serions loin de comprendre autant de choses sur la formation, la conservation et la suppression des souvenirs. Cependant, parfois… eh bien, je ne sais pas.

– Cependant quoi ?

– Ton père est un puritain, répond Xao. Il veut toujours tout faire selon ses propres règles. Sa morale est très stricte. Comprenons-nous bien : c'est souvent une bonne chose, mais dans ce métier, il faut aussi un peu de flexibilité. Les temps sont durs et exigent des compromis de notre part, mais il est parfois difficile de raisonner Melnikov.

– Quel genre de compromis ?

– Eh bien, l'institut est en difficulté, tu l'as probablement remarqué. Les centres de détention envoient de plus en plus souvent les prisonniers en mission de travail ou directement au front. Il ne nous reste que des miettes. Le travail de recherche n'est pas une priorité en temps de guerre. Mais si nous proposions quelque chose qui bénéficie également à l'Union, la situation pourrait changer.

– Comment ça ? je lui demande.

Xao secoue un peu la tête et fait tourner sa tasse dans ses mains.

– Réfléchis. Nous avons un moyen de créer des soldats parfaitement loyaux et efficaces, des Nymphes parfaitement obéissantes…

– Tu veux dire, avec les cobayes ?

– Nous savons déjà ôter efficacement les souvenirs et les peurs. Imagine : un militaire qui suit les ordres sans jamais hésiter. Un démineur qui ne craint pas de risquer sa vie. Nous avons les moyens de produire de tels individus. J'ai essayé d'en parler à ton père, mais tu peux imaginer sa réaction. Il a toujours été si idéaliste… *La science pour la science.*

Quelque chose a changé en mon absence. Il y a dans la voix de Xao une amertume que je n'ai jamais entendue auparavant.

C'est peut-être juste de la jalousie : mon père est récemment devenu le directeur de l'institut, tandis que sa propre carrière ne pourra plus évoluer ici.

– Peut-être pourrais-tu lui en parler pendant ton séjour ?

– Moi ? Je doute qu'il m'écoute.

Xao sourit et secoue la tête.

– Tu sais pourquoi il est si passionné par son travail, n'est-ce pas ? demande-t-il en me couvant d'un regard bienveillant depuis son bureau. À cause de ta mère.

– Ma mère ?

– Depuis aussi longtemps que je le connaisse, il essaye de déterminer s'il est possible d'appréhender pleinement l'esprit d'une personne, de le modifier à sa guise, d'effacer les zones d'ombre et de recommencer depuis le début. Est-il possible de lui implanter des sentiments qu'elle n'éprouve pas – l'amour, la joie, le goût de vivre ? Existe-t-il une serrure, et une clé pour l'ouvrir ? Ta mère est quelqu'un de bien, mais de... difficile. J'espère ne pas t'offenser en te disant cela.

Mes épaules s'affaissent. Je pense à ma mère, à sa chambre silencieuse, à ses yeux fixant le vide. Pour la première fois, je comprends qu'elle nous a repoussés tous les deux. Pas seulement moi, mais aussi Père.

– Désolé, s'excuse-t-il. J'ai parlé un peu trop vite.

Nous changeons de sujet. Il me raconte que Jin a annoncé son retour à l'institut pour le jour du Commandant en chef. Entendre le nom de mon ami me rend fébrile et Xao le remarque. Il soupire.

– Tu as déjà dû entendre que mon fils a rejoint la Confrérie des justes à Pékin. J'ai essayé de le raisonner, mais il a toujours été un garçon têtu. Et tellement intelligent ! C'est pourquoi j'ai tant de mal à accepter qu'il soit sur le point de tout gâcher.

– Comment ça ? Il ne souhaite pas poursuivre ses études ?

– Non. Je lui ai fait part de mon opinion sur la question, mais à quoi bon ? Un enfant doit être laissé libre de commettre ses propres erreurs.

Lorsqu'il n'y a plus de thé et que la conversation touche à sa fin, Xao me remercie de ma visite et m'accompagne jusqu'à la porte. Son bras est chaud sur mes épaules ; je remarque que c'est la première fois depuis longtemps que quelqu'un me touche ainsi. Cela fait un bien fou.

Sur la commode du couloir sont posés une élégante robe blanche soigneusement pliée, de longs gants de soirée et une perruque noire brillante. Xao les remarque en même temps que moi et se dépêche de les ranger. Je suis sur le point de l'interroger, mais je change d'avis en voyant qu'il évite mon regard. Lui aussi a des secrets.

Je pense au futur qui m'attend : les trente à quarante ans de travail, les secrets, les milliers de jours et de nuits étouffants à l'institut. Cette perspective m'oppresse. Cela a toujours été le cas, même avant que je sache qu'il existe d'autres possibilités.

Je déborde de questions. De quoi ai-je envie ? Quel chemin puis-je emprunter ? Je pense à la fille du marché et à ses yeux d'un bleu profond. De retour dans ma chambre, je vérifie le transmetteur que l'on m'a donné. Aucun nouveau message.

J'attends tout autant que je redoute l'invitation. Plus le temps passe, plus je me sens nerveux. J'ai peur de me laisser emporter par un flot d'émotions et de m'y noyer sans m'en rendre compte.

CHAPITRE 14
Cobaye

Tout est si silencieux qu'il doit déjà faire nuit. Mais je n'arrive pas à dormir. En prison, les rêves sont devenus dangereux ; ils me ramenaient au passé, et il était toujours douloureux de revenir à la réalité ensuite. Pendant un instant, je peux penser librement, sans ces capteurs qui analysent chacune de mes réflexions. Depuis mon lit, je regarde fixement le mur sur lequel est désormais projetée une image de l'espace. Voir les étoiles d'aussi près est effrayant, vertigineux.

Aujourd'hui, ils m'ont connectée à des appareils qui cliquetaient sans cesse autour de ma tête, tout en me demandant : « Ton premier baiser ? À quoi ressemblait ta maison ? Quelle était son odeur ? Quel était le son de la voix de ton père ? » Et j'ai laissé couler les images et les sensations. Je leur ai donné la voix douce et les cheveux grisonnants de mon père, le fossé débordant d'eau de pluie et les herbes qui glissaient comme de longs cheveux contre mes tibias.

Si c'est pour aider mon père, je ferai tout ce qu'on me demande.

Le jeune homme qui posait les questions observait sur le moniteur quelque chose que je ne pouvais pas voir, le front barré d'un pli profond.

Est-ce lui qui m'enlèvera mes souvenirs ? Ceux de Papa, de Mai ?

Je pense à la carte volée que ma meilleure amie m'a offerte. À l'époque, j'avais mesuré que deux largeurs de paume séparaient l'ancien du nouveau monde. Maintenant, cela semble beaucoup trop. Je ne franchirai jamais une telle distance.

J'ai décidé de ne pas leur donner le visage de Mai. Je donnerai tout le reste, mais pas ça. Je me souviendrai de sa tresse, de son dos, de ses cheveux tombant dans sa figure, de sa voix, du contact de sa peau, mais ses yeux ne sont qu'à moi.

Mes souvenirs sont comme des villes, petites et grandes, reliées par des routes. Bientôt, les connexions seront rompues et les villes détruites. Je resterai dans leurs ténèbres éternelles, suspendue entre les ruines.

Je regarde en moi-même et me demande sans quoi je ne pourrais survivre. Et je réalise que rien ne peut être retiré, tout est nécessaire. Même les choses ordinaires du quotidien : faire du feu, faire bouillir l'eau de la lessive, les journées de travail à l'usine, la lumière du matin sur le sol de ma chambre, mon père dans le jardin, les pieds sales de Mai. Tout cela sera bientôt effacé et on me transférera dans une autre vie, sans que j'aie la moindre idée de qui je suis ni d'où je viens.

J'ai toujours pensé que ce sort était pire que la mort. Mais aujourd'hui, je n'en suis plus si sûre. J'ai été témoin de tellement de façons horribles de mourir.

CHAPITRE 15
Marija

Je me porte volontaire pour aller à la rencontre du nouveau venu. Il ne s'est rien passé depuis des jours ; l'attente me rend impatiente, irritable. Tout semble être en suspens, alors je compte les jours dans ma tête. Ça va bientôt commencer. Il faut juste attendre encore un peu.

L'eau m'apaise. Lorsque la barque glisse le long des canaux, entre les hauts bâtiments, le monde entier s'efface. L'espace d'un instant, je suis juste Marija. Personne n'attend rien de moi.

Je porte des vêtements élégants – une jupe longue qui m'arrive aux chevilles, un pull gris et un manteau de laine, avec un foulard rouge à motifs chamarrés sur mes cheveux tressés –, ce qui a tendance à me mettre mal à l'aise. Je déteste particulièrement la jupe, dont l'étroitesse gêne mes mouvements, mais c'est un mal nécessaire si je veux me faire passer pour une citoyenne de plein droit.

Se déplacer dans la ville flottante en plein jour est facile ; il n'y a pas de raids, car aucune loi n'interdit vraiment d'y habiter. Les ruines sont peuplées de tous ceux qui n'ont nulle part où aller. Certains sont nés ici, d'autres y ont atterri pour une raison ou une autre, mais nous sommes tous unis par le fait qu'aucun de nous ne se sent à sa place dans ce monde. La ville flottante offre un foyer aux exclus. Les soldats nous laissent tranquilles, nous, les êtres de l'ombre, parce que l'on ne veut pas de nous en ville.

Parfois, l'armée organise des incursions, mais on peut généralement s'en tirer si l'on a quelque chose à offrir : des provisions, des biens, de l'argent. Dans ce pays, on peut encore acheter sa liberté. Il suffit de se mettre d'accord sur son prix.

Il y a encore un an, nous aussi nous en sortions avec quelques billets, mais depuis que le mouvement de résistance a commencé à faire la une des journaux, nous devons être plus prudents. L'armée a commencé à procéder à des contrôles aléatoires dans les bâtiments et à exercer une surveillance rapprochée.

Depuis, nous changeons souvent de base et veillons à ce qu'aucune cellule ne s'agrandisse trop. Nous sommes trente dans celle dirigée par Yang, et nous vivons depuis quelques mois dans un vieil immeuble en plein milieu de la ville flottante. Il est en meilleur état que la plupart de ses voisins ; ses murs sont encore bien isolés, et sur le toit se trouve un ancien parc solaire et éolien qui fonctionne encore malgré quelques pannes. Son seul inconvénient est sa localisation : en barque, le trajet jusqu'au mur anti-inondation sud prend près d'une heure. C'est long, surtout dans le noir.

L'eau me transporte à travers la ville déserte. Assise bien droite, je laisse le moteur faire son travail. Au retour, nous aurons deux rameurs au cas où l'énergie solaire vienne à manquer, mais pour l'instant, je peux laisser mes bras au repos sans m'inquiéter.

Un relent de moisi, de décrépitude et de fumée me saisit. Quelqu'un brûle des ordures dans les parages. Les panneaux publicitaires, éteints depuis longtemps, se balancent désormais au gré du vent sur les murs, vides et silencieux. Même si la grande ville est toute proche, ici, tout est si calme qu'on se sent complètement seul.

À l'époque où l'eau a commencé à monter, d'autres digues ont été construites, mais elles ont toutes été submergées les unes après les autres. Ce rempart est le dernier qui reste. Mais il ne tiendra pas indéfiniment : on estime que dans vingt ans, il sera sous l'eau à son tour, tout comme la nouvelle ville, ce qui repoussera les habitants encore plus loin à l'intérieur des terres.

La Nouvelle-Tokyo le sait, et c'est pourquoi tout y semble temporaire. Aucun nouveau bâtiment n'est construit, les parcs restent vides, et malgré les allègements fiscaux et les incitations, la ville ne cesse d'être de plus en plus désertée, à mesure que sa population s'éloigne vers l'intérieur de l'île ou part pour le continent.

Dans cent ans, il ne restera que le silence. Les oiseaux nicheront au sommet des arbres qui émergeront ici et là, les poissons coloniseront les ruines. La nature reprendra ses droits.

Adossé à la balustrade du vieux pont menant au parc Yoyogi, notre point de rendez-vous, Aleksei m'attend. Lorsqu'il me remarque, il me salue d'un sourire nerveux. L'expression de ses yeux sombres me rappelle celle d'un animal sur le qui-vive.

– La dernière fois que je suis venu ici, j'étais enfant, me confie-t-il. À l'époque, il y avait encore une petite fête foraine en été.

– Viens, on nous attend, je l'interromps.

Je repars aussitôt en sens inverse.

Je m'étonne du monde dans les rues, avant de me souvenir que c'est le dernier jour de la semaine, le jour de repos national. Nous croisons des mères et des enfants avec leurs domestiques, et quelques hommes seuls. Deux gardes avancent vers nous, mais ils ne nous prêtent aucune attention. Yang a pensé à tout : dans la foule, il est plus facile de passer inaperçu.

Aleksei adapte son pas au mien tandis que nous descendons les escaliers vers la rue bordée de vieux zelkovas qui mène au parc. Seulement cinq cents mètres nous séparent du mur anti-inondation sud, mais cela me paraît déjà trop long. Je ne me sens pas en sécurité de ce côté du mur. Comment deux mondes si différents peuvent-ils être si proches ? Moins je passe de temps en ville parmi les gens, plus y revenir m'angoisse.

– Joli déguisement, me complimente Aleksei.

– Tu trouves ? Moi, je le déteste.

Un faible sourire illumine son visage.

Une voiture à haut-parleurs nous dépasse lentement tout en diffusant ses messages lus d'une voix monocorde : « Dernière semaine pour acheter de la viande, à raison de deux cents grammes par foyer, avant le début du mois sans viande. Tous les appareils électriques doivent être éteints à vingt et une heures en raison des restrictions. Ayez toujours votre pièce d'identité sur vous lorsque vous vous déplacez en ville : vous devez être en mesure de prouver votre identité lors de tout contrôle. Le couvre-feu pour les citoyens de second rang est de vingt heures à huit heures du matin. »

C'est bientôt fini. Il faut encore écouter, obéir, supporter tout ça, mais *bientôt*...

Nous arrivons au rempart et le traversons par un tunnel en pente. Sous terre, tout est silencieux et humide. Nous laissons la ville derrière nous et l'air marin nous parvient depuis l'autre extrémité.

– C'est la nôtre, j'annonce lorsque nous atteignons la barque.

Aleksei monte à bord. Je détache la corde et y saute à mon tour avant de démarrer le moteur. Le garçon regarde la ville flottante avec étonnement. L'eau s'étend devant nous, miroir sombre et paisible où tremblotent les reflets des gratte-ciel.

– Je ne m'attendais pas à ça, avoue Aleksei. C'est beau.

– Tu veux dire que tu n'es jamais venu ici ?

Il secoue la tête.

Un bateau de patrouille vogue dans notre direction comme une ombre silencieuse. D'abord nerveuse, je soupire de soulagement en reconnaissant l'homme à la barre.

– Bonjour, garde Diatlov. Belle matinée, n'est-ce pas ? Heureusement, il ne pleut plus.

Le bateau s'arrête à côté de nous.

– Salut, Marija.

Il répond à mon sourire, mais je perçois de la tension dans sa voix.

– Où allez-vous comme ça, les tourtereaux ? demande-t-il.

– Collecte de ferraille. Nous avons besoin d'un petit supplément ce mois-ci.

Le regard du garde s'attarde sur moi, avant de s'intéresser à Aleksei. Il finit par hocher la tête tout en se frottant le menton.

– Je vois. Je peux vérifier vos pièces d'identité, s'il vous plaît ?

Je me fige. Yang a grassement payé ce garde pour qu'on ne nous demande pas nos papiers. Je me force à garder mon sourire.

– Mais tu me connais bien, Diatlov.

– Cela ne change rien. C'est la nouvelle règle : toute personne franchissant la frontière doit être contrôlée.

Impuissant, Aleksei me jette un coup d'œil. Je fouille dans mon sac comme si les documents demandés s'y trouvaient. Lorsque le garde s'approche pour les vérifier, je bondis sur son bateau. Mais l'ourlet de ma fichue jupe s'accroche au rebord, et je trébuche et tombe directement sur lui.

– Hé ! s'exclame-t-il.

Le spray paralysant me tombe des mains. Diatlov me repousse et me tord le poignet jusqu'à ce qu'un cri de douleur m'échappe. De ma main libre, je frappe, griffe, me débats tandis qu'il cherche son arme à tâtons, et je sais aussitôt comment ça va se terminer. Tout peut dérailler si facilement. Tant d'efforts pour rien.

À ma grande surprise, Diatlov s'affale alors sur moi avant de s'effondrer au fond de son bateau. Aleksei se tient derrière lui, ancre en main. Nous restons immobiles un instant. Je retrouve rapidement mes esprits. Je fouille les poches du garde inconscient et m'empare de son émetteur radio, de son radar, de tout ce qui peut nous servir.

– Retiens ton souffle, j'ordonne à Aleksei avant de vider le contenu du spray sur le visage de Diatlov.

Nous remontons aussitôt dans notre barque. Je remets le moteur en marche. Le bateau du garde reste là à flotter non loin de l'embarcadère. Il n'y a personne à l'horizon, mais ce n'est qu'une question de temps avant qu'on le trouve.

Je décide de faire un détour et de sortir de la voie principale pour emprunter un passage étroit. Avec un peu de chance, nous aurons assez d'électricité pour nous amener rapidement à destination.

– Il est sain et sauf. Il se réveillera dans une demi-heure, hébété et avec un mal de crâne, et sans se souvenir de ce qui lui est arrivé.

Le jeune homme ne me répond pas. Silencieux, il regarde droit devant lui.

– Laisse-moi deviner. Tu regrettes d'être venu. Tu ne savais pas que ça se passerait ainsi. Et pourtant, il va falloir t'y habituer.

Aleksei hoche la tête avec assurance ; son visage reprend déjà des couleurs.

– Oui, je sais, répond-il calmement. C'est exactement pour ça que je suis venu.

CHAPITRE 16
Aleksei

Tout avait commencé à aller de travers au milieu de l'été. Le mois de juillet était le plus chaud enregistré depuis des décennies. L'asphalte fondait au soleil et l'air était humide et lourd. Pendant la journée, il fallait garder les fenêtres fermées et rester à l'intérieur, à respirer un air climatisé et purifié artificiellement. Dans la rue, les voitures à haut-parleurs annonçaient que des fumées empoisonnées nous parvenaient de l'autre côté de la mer, du Nouveau Supercontinent – comme tout ce qui nous arrivait de mauvais.

Je me doutais pourtant qu'elles venaient de beaucoup plus près. La mer qui nous séparait était si grande que je ne croyais pas en cette explication.

Depuis un moment, j'étais agité – non, ce n'était pas le bon mot. J'avais l'impression d'être en ébullition, mais que les bulles allaient dans la mauvaise direction, vers l'intérieur. La pression augmentait constamment en moi, petit à petit, presque imperceptiblement. C'était insupportable. Cela me tenait éveillé la nuit et me faisait écrire des heures durant des textes qui, après coup, n'avaient ni queue ni tête, outre le fait qu'ils exprimaient une insatisfaction évidente.

Ce soir-là, je me trouvais sur le toit de ma résidence avec trois autres garçons de ma promotion, en train de prendre de l'efexa. Cela m'aidait généralement à calmer mon anxiété, mais même après deux doses, le bouillonnement faisait toujours rage en moi.

Des voix montaient de la rue en contrebas : un groupe de citoyens étrangers faisait la queue pour la relève du personnel à la laverie de l'école. L'un des garçons de notre groupe s'est levé et s'est penché par-dessus le bord du toit. Il s'est raclé bruyamment la gorge et a ri quand son crachat a atteint sa cible. Puis il s'est dirigé vers un tas de briques empilées à côté de la cheminée et en a brandi une au-dessus de sa tête.

– Je la lance ? nous a-t-il demandé en riant.

Je l'ai regardé en me disant que je détestais tout ça.

C'était ce que je ressentais toujours. Cette éternelle insatisfaction. Cette constante ébullition.

J'avais cru que j'abhorrais les citoyens étrangers qui passaient tous les jours dans notre rue avec des vêtements sales et malodorants, et qui semblaient toujours s'excuser d'être là. Mais je détestais aussi ce garçon qui avait craché, son visage enfantin, son stupide sentiment de supériorité et son rire tout aussi stupide. Je détestais mes professeurs, qui ne nous apprenaient jamais rien de nouveau mais se contentaient de graver en nous les mêmes réponses toutes faites aux mêmes sempiternelles questions. Je détestais ma mère, mon père. Je nous détestais tous.

Mon camarade a jeté la brique en ricanant un peu trop fort, comme nous le faisions tous à l'époque – comme s'il essayait de prouver quelque chose. Il a braillé pour m'inviter à le rejoindre. Il voulait que j'essaie, moi aussi. À ce moment-là, la colère en moi a fait place à une sensation de brûlure impossible à endurer. Je me suis levé si vite que ma tête a tourné.

Le coucher du soleil qui se reflétait sur les fenêtres de l'immeuble d'en face, aveuglant, me faisait mal aux yeux. La douleur me lacérait le crâne, aussi tranchante qu'une lame. Je ne me rappelle plus ce qui m'est passé par la tête. Tout ce que je sais, c'est qu'à ce moment-là, je voulais casser quelque chose. J'en avais tellement assez de tout.

Les vieilles briques d'argile, lourdes et aux bords irréguliers, semblaient avoir été posées là pour moi. J'en ai soulevé une, l'ai soupesée.

Puis je me suis mis à crier, d'une voix qui n'était pas la mienne, aux gens qui faisaient la queue en bas :

– Hé ho ! Ici, en haut !

À cet instant encore, j'ignorais que j'allais réellement lancer la brique. Après coup, j'ai eu l'impression que tout s'était passé indépendamment de ma volonté, mais inutile de me voiler la face : j'avais pris la décision moi-même.

Ils n'ont pas eu le temps de s'abriter ni d'esquiver.

La brique a jailli de ma main avec une facilité déconcertante, comme si elle n'était faite que d'air.

Pendant un bref instant, le monde a semblé s'arrêter, comme en totale harmonie avec ma rage aveugle. Le vacarme en moi a cessé.

Mais le temps s'est remis en marche et le monde extérieur a déferlé sur moi comme un tsunami. J'avais soudain l'impression de me noyer.

Un bruit sourd s'est fait entendre lorsque la brique a atteint sa cible.

Le son n'était pas celui auquel je m'attendais – celui d'une brique qui fendrait un crâne humain. Il était en fait beaucoup plus faible, à peine audible. Et pourtant, pour moi, le monde a été brisé en deux à cet instant-là. J'ai su immédiatement qu'il y aurait toujours un avant et un après. Les mains tremblantes, j'ai regardé par-dessus le bord du toit et ai vu une jeune fille allongée dans la rue. Le sang se répandait autour d'elle en une nappe rouge foncé, comme dans ces mauvais films rapportés clandestinement du Nouveau Supercontinent que l'on regardait parfois en cachette à l'école.

Les autres me fixaient avec incrédulité. Des cris ont retenti en contrebas. Des doigts ont commencé à me pointer, des poings à se serrer. Je me suis détourné tranquillement, ai descendu les escaliers, regagné ma chambre, fermé la porte et rejoint mon lit. Croisant mes bras tremblants, j'ai respiré et attendu. La nausée a commencé à me tordre le ventre et n'a pas disparu avant longtemps.

J'avais ôté la vie d'une autre personne. J'ai fermé les yeux. Dans ma tête, le bruit se répétait encore et encore.

Personne n'est venu me chercher, ni cette nuit-là, ni la suivante, ni celle d'après, ni jamais. Personne, dans le monde entier, ne se souciait du fait que j'avais tué un être humain. Je pouvais continuer ma vie comme si de rien n'était.

J'ai tout de même été puni, par une culpabilité telle que je ne pensais pas être capable d'en ressentir. Jour et nuit, la scène se rejouait sous mes yeux. Je me suis demandé ce que j'étais censé faire ; cette interrogation est devenue si obsédante que je me suis rendu chez mon conseiller d'études trois jours plus tard pour tout avouer.

– J'ai tué quelqu'un, suis-je parvenu à dire avec difficulté.

Le conseiller a semblé décontenancé.

– Mais qu'est-ce que tu racontes ?

– J'ai tué quelqu'un. Appelez la police et dénoncez-moi, s'il vous plaît. Cette citoyenne étrangère morte, celle à qui on a lancé une brique sur la tête… C'est moi qui l'ai fait. Je ne sais pas pourquoi. Je ne peux pas l'expliquer.

L'expression sur le visage du conseiller est instantanément passée de l'inquiétude au soulagement.

– Ah, cet incident. Ne t'inquiète pas pour ça, Aleksei, tout est déjà oublié. N'y pense plus et continue de bien travailler. C'est tout ce qui importe.

– J'ai tué un être humain, ai-je insisté. Il doit bien y avoir des sanctions pour ça.

– Ce sont des choses qui arrivent. C'était juste un accident.

– Je ne comprends pas...

Rien ne m'avait préparé à un tel sentiment de culpabilité. Toute ma vie, on m'avait appris que seule la vie d'un citoyen de plein droit avait de la valeur. Tuer un citoyen étranger n'aurait pas dû me faire éprouver quoi que ce soit, et pourtant, je ressentais le poids de mon acte au plus profond de moi. Après cela, j'ai commencé à m'effondrer progressivement.

Le soir, mon esprit me faisait revivre la scène, m'empêchant de trouver le sommeil. Je me rappelais chaque détail, la forme de la mare de sang qui ressemblait à une carte de l'Union. Celle-ci avait dû rester au sol toute la nuit, car l'eau était rationnée ; ce n'était qu'à neuf heures que le concierge avait évacué le sang séché vers la bouche d'égout avec un tuyau d'arrosage. Le corps avait déjà été emporté à la périphérie de la ville pour être incinéré.

J'avais tué quelqu'un. Comment peut-on vivre après un tel acte ?

Marija amarre soigneusement le bateau à côté d'autres embarcations. Mon pouls s'est stabilisé, mais l'inquiétude n'a pas disparu. Je ne devrais pas être ici. Je pourrais être condamné à mort rien que pour avoir assisté à une telle réunion.

J'imagine la tête de Melnikov s'il me voyait conduit à l'institut en tant que cafard – une pensée aussi drôle qu'effrayante.

Nous montons sur la jetée branlante. Un peu plus loin, Marija soulève sa longue jupe et escalade avec difficulté la balustrade du balcon d'un appartement abandonné. Je la suis. C'était jadis le cinquième étage, mais l'eau est maintenant montée si haut qu'elle lèche les rebords des fenêtres. La baie vitrée est ouverte ; nous entrons dans l'appartement. Il est presque vide, à l'exception d'une vieille bibliothèque et d'un canapé couverts de poussière et de moisissure. L'odeur me fait monter les larmes aux yeux. J'emboîte le pas de Marija lorsqu'elle sort de l'appartement.

– J'espère que tu es en forme, me lance-t-elle.

– Pourquoi ça ?

– Nous allons monter les escaliers.

Et elle ne plaisante pas : nous montons un paquet d'étages. La cage d'escalier est sombre et les marches glissantes, mais Marija grimpe avec aisance. De mon côté, je m'essouffle et je dois faire de nombreuses pauses. Ma guide m'attend tandis que je reprends ma respiration. Elle ne dit rien, mais sa posture trahit son ennui.

– Il en reste beaucoup ?

– Huit étages encore, m'informe-t-elle. Tu es en bien mauvaise forme.

– Je n'ai pas l'habitude des escaliers.

Nous atteignons enfin le trentième étage. Pendant toute l'ascension, nous ne croisons personne, mais on entend des voix dans certains appartements.

Marija frappe cinq fois à la porte au fond du couloir. Je ne perçois aucun bruit à l'intérieur, et, à voir le battant délabré, j'ai du mal à croire que nous sommes au bon endroit. La poignée s'abaisse cependant, et un homme dont la peau semble anormalement luisante et cireuse fait son apparition. Il regarde d'abord Marija, puis moi, avant de nous laisser entrer.

La totalité des murs est revêtue de panneaux d'isolation phonique. Nous traversons un couloir étroit jusqu'à une autre pièce insonorisée. Nous sommes immédiatement accueillis par des bavardages, une odeur de thé et de pain fraîchement sorti du four. L'espace est grand et haut de plafond ; c'était autrefois un appartement luxueux. Nous nous tenons dans ce qui devait être le séjour. Des coussins et des tissus ont été disposés sur le sol. Quelques dizaines d'enfants, de femmes et d'hommes de tous âges y sont assis.

– Comment s'est passé le trajet ? demande l'homme qui nous a accueillis.

– Nous avons eu des ennuis au retour. Le garde m'a demandé une pièce d'identité. Les règles ont changé.

– Yang les a payés avant-hier.

– Cela ne sert plus à rien. Nous ne pouvons plus compter que sur nous-mêmes à présent.

Je remarque alors seulement que le visage de l'homme est totalement couvert de cicatrices, c'est pourquoi sa peau m'a semblé si artificielle.

– Mais j'ai pris ça, poursuit ma guide en lui tendant le radar et l'émetteur radio qu'elle a volés à Diatlov.

– Bonne idée, approuve l'homme.

Je relève une pointe d'inquiétude derrière l'expression sérieuse de Marija. Des mèches rebelles s'échappent de sa longue tresse, qu'elle attrape pour libérer ses cheveux, maintenant que personne ne le lui interdit. Ils ont une couleur de miel doré. Je me rends compte que je n'avais encore jamais vu les cheveux d'une femme détachés.

Elle se tourne vers moi comme si elle venait de se souvenir de ma présence.

– Voici Petrov, dit-elle en pointant l'homme au visage balafré. Il est responsable des liaisons avec les autres cellules.

– Aleksei, je réponds en tendant la main.

Plus loin dans l'appartement, Marija frappe de nouveau à une porte fermée. Un homme d'âge moyen, d'origine chinoise, ouvre la porte. À notre vue, un sourire poli apparaît sur son visage. Ce doit être Yang.

– Aleksei Melnikov, me salue-t-il familièrement.

J'ai alors l'impression que ma place a toujours été ici.

– Entre. Parlons un moment seul à seul.

– Nous avons eu des ennuis en chemin. Heureusement, Aleksei a aidé…

Yang secoue la tête.

– Pas maintenant, Marija.

Elle se tait et se mord la lèvre. Un pli profond se forme entre ses sourcils, comme un point d'exclamation. Je me demande si elle a toujours l'air de se préparer à une catastrophe.

La pièce est propre et lumineuse, mais très ascétique. Il y a un matelas sur le sol, sur lequel sont posés une couverture pliée et un oreiller, une table ronde et deux chaises, un miroir, et une affiche où l'on peut lire : « Libre est celui qui ne craint pas la mort. »

Yang me fait signe de m'installer. Il pose ses mains à plat sur la table ; sa posture me rappelle celle d'une statue. Je redresse instinctivement le dos, essayant de me concentrer. Je suis venu. J'ai franchi le seuil. C'est si facile, en fait. Il suffit de se présenter au rendez-vous à l'heure convenue.

– Vadim, de notre branche de Moscou, s'est porté garant de toi, et je fais confiance à son jugement, m'explique calmement Yang. Nous te souhaitons donc la bienvenue.

– Merci. C'est un honneur d'être ici. J'ai apporté ce que vous avez demandé. Je n'ai pas osé en prendre davantage, de peur que cela se remarque.

Je lui tends un sac en plastique contenant six cents capsules de fentanyl. Il s'en saisit, regarde à l'intérieur et acquiesce.

– Merci, Aleksei. Nous avons besoin de toute l'aide possible. Nous vivons des moments cruciaux. As-tu déjà réfléchi à la façon dont tu pourrais au mieux aider notre cause ?

– Je ferai ce que vous me demanderez.

Yang sourit, mais sa raideur persiste. Son regard s'attarde sur l'affiche au mur derrière moi.

– Ta position est unique, car tu appartiens à ce que nous appelons le « cercle restreint ». Tu peux avoir accès à des informations qui restent généralement hors de notre portée. De notre côté, nous avons des alliés à l'étranger, mais si nous voulons nous assurer que d'autres pays soutiennent le commandant Wang et le mouvement de résistance quand le coup d'État aura lieu, il nous faut encore des preuves concrètes de violations des droits de l'homme pour la Cour internationale. Ils sont prudents et ont besoin d'éléments incontestables. Nous avons déjà beaucoup de citoyens de plein droit infiltrés dans le cercle restreint, mais pour autant que je sache, aucun au sein de l'Institut de recherche sur l'humain. Serais-tu prêt à collecter des informations sur l'institut ? Tout ce qui peut nous servir de levier est bon à prendre.

Je m'y attendais, mais l'entendre me donne pourtant une décharge d'adrénaline.

– Vous souhaitez que je devienne un espion.

– Nous disposons d'une microcaméra de dernière génération, que même les scanners les plus récents ne peuvent détecter. Elle enregistre également le son. Une vidéo est l'élément de preuve le plus précieux, puisqu'il est plus difficile de prétendre qu'elle est trafiquée. La batterie tient un mois, et les données sont stockées directement dans le cloud. Tu n'as rien à faire d'autre que de la transporter avec toi et filmer chaque recoin de l'institut. Crois-tu en être capable ?

J'acquiesce.

– As-tu un accès rapproché aux cobayes ?

Je pense à Y-981 dans sa cuve d'eau chaude et ne peux réprimer un frisson.

– Oui.

Yang se lève et se dirige vers la fenêtre. Il me demande de le rejoindre. Par-dessus son épaule, je vois la ville inondée. Je laisse échapper un soupir : les immeubles s'élèvent de l'eau comme d'étranges colonnes rectilignes, et derrière eux s'ouvre l'immensité de la haute mer. Je ne l'ai jamais vue sous cet angle. Au loin, elle se confond avec l'horizon. Le jour décline déjà ; les murs brillants des tours brûlent du rouge profond d'un coucher de soleil hivernal.

– Je reste stupéfait qu'il y ait encore de la beauté dans ce monde malgré tout, m'avoue-t-il.

Le soleil descend lentement et un crépuscule bleu s'installe sur la ville abandonnée. De petites lumières s'allument aux fenêtres ici et là : des gens vivent donc vraiment encore ici. Le rugissement d'un hélicoptère volant bas au-dessus de la ville fait trembler un instant toute la tour, puis il s'éloigne vers la mer et disparaît à l'horizon.

– Vadim m'a raconté ce qui t'a amené à nous.

Quelque part, là où le temps s'est figé pour l'éternité, juste avant que je me sente déchiré en deux, la mare de sang s'étend encore sous le corps de la femme comme une carte aux contours irréguliers.

– Je ne comprends pas ce qui m'a poussé à commettre un tel acte, je ressens le besoin d'expliquer.

Yang hausse les épaules.

– Parfois, nous faisons des choses juste pour voir si nous en sommes capables. Pour savoir ce que l'on ressent après. Ne t'inquiète pas, je n'en ai parlé à personne. Cela peut rester entre nous. Il y a beaucoup de citoyens étrangers ici, le sujet pourrait être trop sensible pour eux. Mais dis-moi une chose, Aleksei :

pourquoi es-tu ici, alors que tu risques jusqu'à la peine de mort ? Si tu es venu juste parce que tu as mauvaise conscience et que tu veux expier le meurtre de cette femme, ce n'est peut-être pas une raison suffisante.

Je réfléchis un instant. Je sens encore la brique dans ma main, la facilité du geste.

– Je veux briser ce qui ne tourne pas rond dans ce monde.

Ma réponse est simple, mais rien d'autre ne me vient. Yang sourit faiblement, observant toujours la ville en contrebas.

– Briser est facile. Ce monde n'a pas besoin de davantage de destruction. Il a besoin de ceux qui vont le réparer.

CHAPITRE 17
Aleksei

Après mon entretien avec Yang, je reste pour écouter les discussions collectives, comme à Moscou, mais j'ai du mal à me concentrer. Marija est assise en tailleur à côté de moi. Elle a troqué sa jupe contre un pantalon en lin et son pull contre un chemisier noir à l'aspect élimé. Ses cheveux blond doré ondulent dans son dos. Un fin duvet clair se devine sur sa joue. Je lui jette un coup d'œil de temps à autre ; elle ne fait pas attention à moi.

Une fois les échanges terminés, elle s'étire longuement.

– Yang est un bon orateur, je commente.

Elle acquiesce.

– Il y avait autant de monde à tes réunions de Moscou ?

– Plus ou moins. À ton avis, combien sommes-nous, répartis en petits groupes comme celui-ci, dans l'ensemble de l'Union ?

Elle semble réfléchir, jouant distraitement avec un fil décousu de sa manche.

– Nous sommes environ cinq mille petites cellules de ce genre sur tout le continent. Cela fait deux cent mille membres.

– C'est plus que je ne le pensais.

Cette réponse me surprend. Deux cent mille dissidents, c'est beaucoup, dans un régime où tout le monde est officiellement d'accord sur tout. Parfois, je me demande combien pensent en réalité comme nous, mais n'osent tout simplement pas l'exprimer à voix haute de crainte d'être punis. Quand je me promène dans la ville, je cherche sur le visage de chaque passant que je croise un signe qui révélerait qu'il est l'un des nôtres. Combien d'entre eux en ont-ils assez d'avoir peur ?

– L'organisme hôte ne se doute de rien alors qu'il est plein de tumeurs cancéreuses. Il ne se rendra compte qu'il est malade que lorsqu'il sera trop tard, reprend Marija. Yang t'a déjà confié une mission ?

– Oui, je réponds tout en tapotant la poche où se trouve la caméra qu'on vient de me donner.

– On n'a encore eu personne de ton genre ici.

– De mon genre ?

Elle hausse les sourcils.

– Des citoyens de plein droit.

L'étonnement doit se lire sur mon visage, car elle rit nerveusement.

– Tu ne le savais pas ?

Je laisse mon regard errer dans la pièce. Certaines personnes présentes ont des traits typiquement japonais : des citoyens étrangers, de toute évidence. C'est en revanche plus difficile à déterminer pour les autres. Je regarde Marija différemment. J'évalue ses yeux bleu outremer, ses cils foncés, ses cheveux blonds, son profil régulier. Citoyenne de second rang ? Étrangère ? Pendant tout ce temps, je pensais qu'elle était née en Russie.

– Ça te dérange ? demande-t-elle sèchement.

Je m'empresse de secouer la tête, même si les préjugés sont implantés en moi depuis si longtemps qu'ils me font soudain me sentir mal à l'aise à côté d'elle.

– Bien. Sinon, tu ne serais en effet pas à ta place ici.

Citoyenne étrangère ou de second rang ? Cela ne devrait pas avoir d'importance, mais mon cerveau continue à cogiter tout seul. Je me demande comment ce serait de l'embrasser. Se pourrait-il que je sois attiré par une citoyenne étrangère ?

J'essaie de changer de sujet :

– Depuis combien de temps es-tu là ?

– Un peu plus de trois ans.

– Et tes parents... ?

Marija se contente de secouer la tête.

– Mon père me tuerait s'il savait que je suis là, je commente.

– Et pourtant, tu es venu.

– Je ne pouvais pas faire autrement.

– Ce n'est pas vrai.

– Oui, tu as raison. Je *voulais* venir. Mais Yang m'a dit que je n'aurais plus besoin de revenir ici. La microcaméra transfère la vidéo directement sur le cloud. Et je repars à Pékin dans un mois pour mes études.

La reverrai-je un jour ? J'aimerais beaucoup.

– Pékin, répète Marija d'un ton légèrement moqueur. Tu dois être content.

– Non. Mais je n'ai pas le choix.

« Vraiment ? » me signifie le regard qu'elle me lance.

– J'aurais du mal à partir d'ici un jour, avoue-t-elle alors. La mer m'est devenue si familière que je ne pourrais pas vivre sans elle. Parfois, je vais sur le toit de l'immeuble, tôt le matin, pour recharger les appareils électriques aux panneaux solaires. S'il y a du vent, il faut se tenir à deux mains à la rambarde pour ne pas être renversé. Ce genre de chose n'arrive que sur la côte.

– Pendant mes études à Moscou, j'ai rencontré des tas de gens qui n'avaient jamais vu la mer. Ils ne savaient même pas nager. Tu imagines ?

– Les gens de l'arrière-pays sont différents.

Quelqu'un appelle son nom depuis la pièce voisine, alors elle se lève.

– Au revoir, Aleksei. Prends soin de la caméra. Elle a coûté une fortune.

Et elle tourne les talons.

Sur le chemin du retour, nous utilisons le radar et l'émetteur radio que Marija a volés au garde afin d'éviter les ennuis. Cette fois, je suis accompagné par deux hommes qui portent des armes à leur ceinture.

À la nuit tombée, la ville flottante est encore plus fantomatique. Ici et là, on aperçoit une lueur aux fenêtres, mais la plupart des bâtiments sont sombres. Quelque part au-dessus de nous, j'entends une toux étouffée. Je sursaute, avant de lever les yeux et de voir un homme qui fume à un balcon tout en nous regardant passer. Le bout de sa cigarette luit dans le noir comme un œil rouge.

– Tiens-toi prêt. Nous pourrions encore avoir besoin de toi, m'a dit Marija dans le couloir de l'appartement alors que j'enfilais mes chaussures.

Elle m'a adressé un sourire mélancolique, et je lui ai souri en retour.

CHAPITRE 18
Cobaye

Hier, Miyako s'est suicidée. J'espère qu'elle est en paix avec elle-même à présent.

Si je n'avais pas si peur pour Père, je pourrais peut-être l'imiter. Mais en faisant abstraction de ce qu'ils nous font ici, je me dis que manger trois repas par jour, prendre quelques médicaments et répondre à des questions n'est peut-être pas la pire façon de mourir. C'est long, peut-être, mais pas si douloureux que ça.

Je ne mourrai pourtant pas vraiment.

Mon corps continuera de vivre sans moi. Parfois, j'essaie d'imaginer où l'on m'emmènera une fois que tout sera fini. Je m'imagine rencontrer quelqu'un que je connaissais avant. Il me saluera, soulagé que je sois toujours en vie, mais aucune lueur de reconnaissance ne s'allumera dans mes yeux.

Une douleur enserre ma tête comme un étau. On m'emmène à la salle de douche et ma peau est frottée sous l'eau chaude jusqu'à en devenir rouge. L'infirmière est brutale et silencieuse.

Chez moi, je me lavais trois fois par semaine pour économiser l'eau, mais ici, on me nettoie tous les soirs avant d'aller dormir.

Sous la douche, l'eau coule à flots sur moi comme une pluie torrentielle. Tous les bruits s'arrêtent un instant. Je ferme les yeux tandis que l'eau me lèche le visage ; j'ouvre la bouche et je sens les gouttes sur ma langue. Je fredonne doucement pendant que l'infirmière s'occupe de moi.

Après la douche, ma peau est humide, écarlate et comme neuve. Je trouve du réconfort dans le fait que mon corps m'appartienne encore. Je l'aime tellement. Je ressens de la tendresse quand je touche mes bras ou que je caresse le court duvet sur ma tête.

Mes cheveux poussent toujours, mon cœur bat toujours. Je ne compte pas abandonner. Je veux être vivante jusqu'à la fin.

L'infirmière arrive dans ma chambre avec une longue robe blanche et une perruque noire faite de cheveux naturels. Elle me passe la robe sans explication, pose soigneusement la perruque sur ma tête. Celle-ci me picote le cuir chevelu et sent le détergent.

On me conduit dans une autre pièce avec un large miroir au mur. L'infirmière part, me laissant seule. Une voix sortie de haut-parleurs me demande de me tenir au milieu de la pièce, face au miroir. Je me trouve presque belle dans cet accoutrement. Soudain, le miroir ondule, la pièce tourne. Je ferme les yeux lorsque je sens le médicament se répandre dans mes veines.

Je me sens molle. Ma robe est douce. Mes cheveux sont comme de la soie.

On m'ordonne de me tourner. D'abord vers la droite, puis vers la gauche, puis dos au miroir. Je sais bien que c'est une glace sans tain et que derrière se trouvent ceux qui décident de ma vie et de ma mort. Je jette un coup d'œil par-dessus mon épaule, droit vers le miroir.

Bientôt, un homme arrive. Il apporte de longs gants, un lys blanc et un appareil photo. Il enfile les gants sur mes mains sans ongles, me tend la fleur et me conduit face au mur vide. Puis il m'ordonne de sourire.

Je ne sais pas si j'y parviens. J'essaie, mais je ne sens pas du tout mon visage.

Je pourrais demander ce que tout cela signifie, mais ce serait une perte de temps. Pourquoi me diraient-ils quoi que ce soit ? On me ramène ensuite dans ma chambre. La robe, la perruque et les gants me sont retirés, et on m'habille à nouveau de ma simple tenue de prisonnière. Je me sens mieux ainsi. Cette robe me faisait trop penser à celles des Nymphes.

Sans la perruque, j'ai l'impression de rétrécir et je commence à avoir froid. Je me sens misérable et nue. Je m'enfonce dans mon lit et soupire de soulagement quand l'infirmière me fait une nouvelle injection pour que je passe une nuit tranquille. Quand je m'endors, les questions demeurent ; les rêves ne viennent pas.

CHAPITRE 19
Aleksei

Quand nous avions dix ans, Jin, Igor et moi avons marqué le haut de nos bras droits d'une brûlure commune en signe de fraternité. La fourchette chauffée à blanc a laissé une trace rouge et douloureuse sur notre peau pâle – cinq lignes verticales en relief.

Lorsque Melnikov l'a découvert, il a été furieux et m'a crié qu'il ne voulait plus me voir. Quelle idée stupide : seuls les citoyens étrangers étaient marqués ! Maintenant, j'avais abîmé ma belle peau intacte. Quel idiot j'étais !

– Ça te laissera une cicatrice indélébile ! a-t-il tonné. Tu comprends ?

Je l'ai fixé sans rien dire : cette remarque était absurde. La marque resterait, je le savais bien, c'était le but recherché. Nos cicatrices nous uniraient même lorsque nous serions devenus adultes.

En voyant Jin pour la première fois après trois ans d'absence, je le reconnais à peine. Lui qui a toujours été le plus petit d'entre nous, et plus maigre que moi, est devenu un homme pendant son séjour sur le continent. Il est vêtu d'un costume noir coupé dans une étoffe de laine coûteuse et de chaussures de ville en cuir. Son visage est devenu anguleux, ses pommettes hautes ; tout chez lui paraît noble. Il suffit d'un coup d'œil pour voir en lui un jeune de l'élite, la crème de la crème, un citoyen de plein droit de race pure. De l'enfance, Jin a gardé son charisme ; il dégage cette même confiance en lui que je lui ai toujours secrètement enviée.

Je reste à l'écart tandis qu'il serre la main de Xao et embrasse sa mère sur la joue. Ses yeux croisent les miens et, pendant un instant, je lis de la confusion sur son visage. Puis il me fait un grand sourire. Ses dents sont parfaitement blanches et alignées.

– Aleksei ! Mon père ne m'avait pas dit que tu serais là aussi.

Xao fait un geste signifiant « motus et bouche cousue ».

La vieille marque de fraternité me brûle soudain le haut du bras. Je comprends maintenant les remarques d'Igor. Jin a l'air imbu de lui-même, mais sa confiance en lui est si naturelle et sincère qu'on ne peut s'empêcher de l'admirer.

Lors du repas de bienvenue, mon regard s'attarde sur sa tenue entièrement noire et le ruban rouge noué à son poignet droit. Personne n'y fait la moindre allusion. Finalement, Jin aborde lui-même le sujet.

– Père, tu ne devrais pas boire d'alcool.

Xao fait tourner un fond de whisky dilué dans son verre, puis l'avale d'un trait. Son fils renifle.

– Je suis encore chez moi, réplique Xao en posant le verre un peu trop fort.

L'atmosphère dans la pièce se refroidit d'un coup.

– L'alcool est la boisson de l'homme faible.

– Ça suffit.

– Ce n'est pas grave, Père. J'étais comme toi, avant. Superficiel. Mais depuis, je n'ai cessé de réfléchir à la raison pour laquelle nous sommes vraiment ici. Quel est notre rôle dans ce monde ? On ne nous donne pas de réponses toutes faites à ce genre de questions à l'école, pas vrai, Aleksei ?

Mon ancien ami me regarde et je secoue la tête. Il a raison.

– Tu parles comme si tu étais plus sage que les autres, Jin, mais tu n'es qu'un tout jeune homme.

– Avec tout mon respect, Père, tu n'as aucune conviction. Tu agis comme un automate. Tu suis les règles, mais si on te le demandait, tu ne saurais même pas dire pourquoi. Les hommes comme toi ne se posent pas de telles questions. Ils n'apportent rien de nouveau à ce monde ; ils font simplement ce qu'on leur dit de faire.

Un lourd silence s'abat dans la pièce. La mère de Jin, une petite femme discrète, pose sa fourchette et baisse la tête. Tout le monde à part mon ami d'enfance semble gêné.

– Et que voudrais-tu que des vieillards comme nous fassent de plus ? intervient Melnikov.

– J'aimerais que vous ouvriez les yeux. En fin de compte, Wang n'est qu'un homme isolé. Pour moi, notre plus grande préoccupation est que les maisons de ce pays grouillent de cafards. Ils pullulent à l'abri des regards. Combien de citoyens de second rang ont déjà des liens avec le mouvement de résistance ? Et combien d'entre nous ont abandonné leurs convictions ? Il ne faut pas les sous-estimer : il faut soigner le mal par le mal. La confrérie soutient l'élimination méthodique de l'ennemi.

– Des meurtres de masse, en somme, je laisse échapper.

Jin me jette un coup d'œil par-dessus la table, un peu surpris par ma remarque.

– C'est exprimé d'une manière brutale, mais tu as raison. Même si « meurtre » n'est pas le bon mot lorsqu'on parle de sous-hommes.

Le serviteur qui remplit nos verres de vin – un citoyen de second rang – ne sursaute même pas aux paroles de Jin ; ses mains restent fermes et son expression calme. Je suis de plus en plus mal à l'aise. Le visage de Xao s'assombrit encore.

– Il est facile de généraliser, reprend mon père. Tu ne prétends tout de même pas que tous les citoyens de second rang et étrangers sont des terroristes ?

– Non, mais tous les terroristes sont des citoyens de second rang ou étrangers.

Jin lisse sa serviette de ses doigts gracieux, avec des gestes mesurés. Je peux voir aux plis de son front qu'il est agacé, mais il le cache bien, comme toujours.

Jin et moi sommes les deux faces d'une même pièce. Nous avons tous deux voulu trouver quelque chose qui nous soit propre, *apporter quelque chose de nouveau au monde*, et pourtant, nous nous sommes retrouvés dans des camps opposés. Il est parti bien loin. Je ne retrouve rien de familier dans ses yeux. À chaque fois qu'il parle de Lebedev, il pose la main droite sur son cœur et une étrange étincelle s'allume dans son regard. Le ruban rouge à son poignet brille comme une flamme sur son costume noir. Une telle exaltation nous met tous sur nos gardes.

Tout le long du repas, la conversation tourne autour des mêmes sujets : les cafards, les rebelles, les émeutes, les traîtres. À chaque fois que le serviteur entre dans la salle à manger, Jin lui lance un regard noir.

– Il y a des espions partout. On ne peut plus faire confiance à personne, affirme-t-il tandis que le domestique retourne à la cuisine.

– N'est-ce pas un peu exagéré ? demande Xao avec un rire sec.

– Mieux vaut ne pas sous-estimer le mécontentement des gens, Père. D'après les rumeurs, il existerait de nombreuses dissensions au sein même de l'armée. On parle d'un coup d'État qui se prépare. Pourtant, personne ne semble faire quoi que ce soit pour l'empêcher de se produire.

– Les rumeurs restent des rumeurs. La vérité, c'est que l'Union n'a jamais été dans une position plus forte. Wang a été contraint de fuir dans la clandestinité, ses quelques partisans sont dispersés et impuissants, l'armée est à leurs trousses. Nous sommes en train de conquérir de nouvelles zones sur le territoire de l'Ancienne Inde, et les terres agricoles fertiles annexées là-bas nous permettront de renforcer notre autosuffisance. Un surcroît de nourriture a toutes les chances de calmer les citoyens insatisfaits.

Jin lui lance un regard condescendant.

– La vie doit être facile pour ceux qui arrivent à se persuader de ce genre de choses.

Je remarque que mon père est resté silencieux depuis un moment. Son expression est fermée, presque triste.

– Melnikov, tu es un homme sage, l'interpelle alors Jin. As-tu déjà songé à rejoindre la confrérie ? Nous avons besoin de scientifiques de talent.

Il émet un petit rire avant de décliner l'offre.

– Je suis un homme du passé. Je crois aux préceptes officiels de l'Union, je crois en Lebedev, en mon travail, en ma famille et en mon parti, mais – pardonne-moi si je parle trop franchement – je ne crois pas à la violence pour la violence.

– Non, non, bien entendu, tu peux être franc avec moi. J'apprécie ton honnêteté, mais tu te trompes. Tu t'en rendras compte un jour. Trop tard, j'en ai bien peur. Et toi, Aleksei ? T'es-tu renseigné sur notre cause ?

– Pas vraiment, je réponds tout en évitant son regard.

– Tu devrais. Tu es encore jeune.

Xao s'éclaircit la gorge.

– Mon garçon, ne devrions-nous pas finir de manger en paix et garder les discussions pour plus tard ? Ta mère s'est donné beaucoup de mal pour préparer ce dîner. Tu es chez moi. Je suis encore ton père.

À côté de lui, son épouse garde la tête baissée et les épaules affaissées. Elle évite de regarder son fils ou n'importe lequel d'entre nous. Jin saisit sa main et l'embrasse tendrement.

– Je n'avais pas du tout l'intention de te blesser, Mère.

Mais même si la conversation dévie vers d'autres sujets, les mots de mon ancien ami restent suspendus au-dessus de la table pour le reste du repas.

Après le dîner, Jin et moi partons retrouver Igor au restaurant voisin. En chemin, il m'explique qu'avoir enfin trouvé sa raison d'être l'a rendu plus fort. Il me demande si je sais quel est mon propre but dans ce monde. J'acquiesce, tout en pensant à Marija et à la microcaméra que j'ai attachée au col de ma blouse de travail hier soir.

– Non, tu ne comprends pas. Je ne parle pas de ce qu'*ils* attendent de toi. Je veux dire : as-tu trouvé un objectif pour lequel tu es prêt à vivre, à te battre, à mourir ?

– Je ne sais pas, je mens, parce que je sais exactement où il veut en venir. Pour être honnête, je n'ai pas réfléchi à tout ça.

– Si j'étais toi, je commencerais à y penser, et vite.

Jin porte encore son costume impeccablement coupé et ses chaussures de luxe, tandis qu'Igor est dans sa tenue bleue d'agent de sécurité. Je sens un froid entre eux, alors qu'ils étaient autrefois les meilleurs amis du monde.

Il s'avère bientôt que nous n'avons pas grand-chose à nous dire. Les années nous ont éloignés et nous ont emmenés dans des directions différentes. Nous ne pouvons que nous rappeler notre enfance, évoquer nos souvenirs communs, et bientôt, notre conversation se tarit.

Jin boit du thé en jetant un regard critique sur nos bières, avant de répéter que l'alcool est la boisson de l'homme faible. Igor hausse les épaules et commande quand même une deuxième pinte. Plus le temps passe, plus son visage se ferme.

Les choses auraient pu tourner autrement si facilement ! Il aurait suffi que je ne parte pas à Moscou, mais que je suive fidèlement mon « frère de brûlure » à Pékin. Heureusement, Melnikov s'est entêté et m'a envoyé là-bas contre mon gré.

Alors que nous sommes assis ici ensemble, je ressens à la fois de la tristesse et du soulagement à l'idée que rien ne pourra plus jamais être comme avant. Une fois que le changement se met en branle, on ne peut que le ralentir, mais pas l'arrêter.

CHAPITRE 20
Aleksei

Je me réveille en sursaut. Avant même d'ouvrir les yeux, je sais que quelque chose a changé dans l'atmosphère de la pièce. Je me redresse et scrute l'obscurité. Le sol grince et des pas s'approchent rapidement de moi. Je reconnais l'odeur. Jasmin et orange : le parfum de ma mère. Le lit craque sous son poids lorsqu'elle s'assoit. Je distingue l'ovale clair de son visage et ses yeux farouches dans la pénombre.

– Je t'ai réveillé ? demande-t-elle.

– Je ne dormais pas, je mens.

– Tu sais que je n'ai pas du tout quitté mes appartements depuis que nous avons emménagé ici ? Depuis quand est-ce l'hiver ?

À quel point deux personnes peuvent-elles s'éloigner l'une de l'autre ? Elle me caresse la joue. Ses doigts sont frais, d'une douceur anormale ; c'est la peau de mains qui ne touchent jamais rien. Un frisson me parcourt. Tant d'émotions contradictoires m'envahissent en même temps que je me sens mal.

– Comment vas-tu vraiment, Alyosha ?

– Je vais très bien.

– Tu ne voulais pas revenir. Tu n'es pas obligé de me mentir, tu sais. Je comprendrai.

– Alors où aurais-je dû aller ? C'est toujours chez moi ici.

– Je ne me souviens même plus de cet endroit, avoue-t-elle. Je n'ai jamais été faite pour ce monde. Quand j'étais enfant, ma mère disait déjà que j'avais un esprit faible, et elle avait probablement raison. Je ne voulais pas de mari ni de famille. J'aurais simplement souhaité vivre toute ma vie dans ma chambre d'enfance, à lire des contes de fées et jouer avec mes poupées. J'ai d'abord été une mauvaise fille avant de devenir une mauvaise épouse et une mauvaise mère.

Elle ne s'attend visiblement pas à ce que je conteste ses propos. Je lui en suis reconnaissant.

– Si je pouvais dire une chose à la fillette que j'étais, ce serait : « Laisse-les juger. Ils ne savent rien de ce que c'est que d'être toi. Fais ce qu'il faut pour survivre, rien de plus. »

Sa main s'immobilise ; l'ongle de son index effleure mon arcade sourcilière.

– Je viens de réaliser quelque chose, je lui dis. Tu ressens peut-être de la culpabilité, mais tu n'as aucun regret.

– Aucun, sinon celui de t'avoir déçu.

– Est-ce que ta nouvelle vie compense tout ce à quoi tu as renoncé ici ?

Elle réfléchit un instant avant de me répondre.

– Je n'ai rien laissé de précieux derrière moi à part toi.

– Tu ne penses pas que c'est lâche de fuir ?

– Je ne sais pas, Aleksei. Parfois, il vaut peut-être mieux être lâche si cela permet de survivre.

Je bouillonne intérieurement, alors je réplique avec plus de défi que je ne le souhaiterais :

– J'avais peut-être besoin de toi à l'époque, mais plus maintenant.

Enfant, ma vie était emplie de cette question : « Quelle maman ai-je aujourd'hui ? Celle qui veut bien me prendre dans ses bras, ou celle qui ne veut même pas me regarder, qui souhaite juste s'échapper, quitter ce monde ? » La première était facile à reconnaître : elle me gardait près d'elle, nous préparions parfois des biscuits ensemble et organisions des fêtes rien que pour nous deux. Nous avions peint l'un des murs de sa chambre en violet, inventé une langue secrète rien qu'à nous deux, planifié des voyages loin d'ici, vers des mondes dont ni elle ni moi ne connaissions rien.

Les autres versions d'elle, sombres et taciturnes, étaient plus difficiles à distinguer. Il y avait d'abord celle qui était étendue dans sa chambre assombrie, les yeux ouverts, contemplant des images d'autres univers à travers ses microlentilles et écoutant dans ses oreillettes des sons que nul autre ne pouvait entendre. Je n'avais pas ma place à ses côtés dans ces moments. Je me tenais à la porte de sa chambre et regardais ses yeux bouger, les muscles de son visage trembler parfois ; mais elle était loin, et même si je l'avais touchée, elle ne l'aurait pas remarqué ou ne s'en serait pas souciée.

Il y avait aussi celle qui remarquait ma présence et me criait de ne pas la regarder, qu'elle voulait mourir, que pour elle tout était laid et insupportable, y compris moi. Cette mère-là dormait des journées entières, ne savait plus parler. On devait la nourrir et la laver, et même ses mondes imaginaires ne la réconfortaient pas.

C'est à ces moments-là qu'on avait besoin de moi. Je devais lui répéter que je l'aimais toujours, qu'elle devait rester parmi nous, que je ne pouvais pas vivre sans elle. Ces jours-là, je faisais semblant d'être aussi malade qu'elle et je restais longtemps à ses côtés, comme elle aujourd'hui. J'observais son visage inconsolable à l'affût du moindre signe indiquant qu'elle m'avait entendu, qu'elle aussi m'aimait, qu'elle voulait encore revenir. Et, oui, à la fin, elle revenait toujours. Au bout de quelques jours, elle envoyait de nouveau son serviteur personnel nous apporter des petits-déjeuners imaginaires.

– Tu es devenu un beau jeune homme. Tu ne ressembles pas du tout à ton père. Déjà enfant, tu n'étais que mon fils à moi.

Elle parle d'une voix aussi douce que du miel.

Je sens mon pouls battre jusqu'à l'arrière de mon crâne. Mes joues chauffent, mes poings se serrent imperceptiblement. Je me sens mal. Le sang et le jasmin me montent à la tête.

– Depuis que tu es parti, j'ai passé presque tout mon temps dans Nox.

– Je ne veux pas savoir, je l'interromps avant qu'elle n'ait le temps d'en dire plus.

Elle se renfrogne.

– C'est peut-être difficile à comprendre pour toi, mais ce monde-là est réel pour moi. Ce n'est pas un jeu ni un fantasme. J'y ai construit une vie que je ne pourrai jamais avoir ici.

– Pourquoi pas ? Pourquoi ne pourrais-tu pas la construire ici ?

– La place d'une femme est très étroite dans notre monde, Alyosha. Tu es suffisamment grand pour le comprendre. Il n'y a qu'une seule issue pour nous : le mariage et les enfants. Personne ne m'a jamais demandé ce que je voulais.

Je sens mon cœur se blinder et je dois me concentrer sur ma respiration pour ne pas lui répondre quelque chose de cruel.

– Je suis désolée, ce que je viens de dire était affreux. Je n'ai jamais regretté de t'avoir eu, même si tout le reste de ma vie a été une déception pour moi. Tu le sais, n'est-ce pas ?

– Personne ne m'a jamais demandé ce que je voulais non plus, je lui fais remarquer doucement.

Le silence qui suit est de ceux qui ne peuvent exister qu'entre deux âmes sœurs.

– Eh bien, je te le demande maintenant. Que veux-tu vraiment ?

Je secoue la tête.

– Je ne sais pas, je lui réponds avec honnêteté. Mais je sais que j'aimerais trouver quelque chose qui n'appartienne qu'à moi.

– C'est déjà beaucoup.

Elle s'attarde encore quelques instants. Nous discutons à voix basse jusqu'à ce que nous ne trouvions plus rien à nous dire. Elle m'embrasse le front et me dit qu'elle m'aime. Quand elle s'en va, le lit est encore chaud de sa présence, et je m'endors dans le souvenir de sa visite, aussi facilement qu'un enfant.

CHAPITRE 21
Aleksei

L'horizon disparaît dans un épais brouillard. C'est comme si le ciel était tombé trop bas pendant la nuit. Une purée de pois envahit les rues et je ne vois pas plus loin que l'endroit où je me trouve. De chaque côté de la route, un mur de bâtiments s'élève, pareil à un rempart. Je les longe en courant, hors de l'institut, hors du quartier fermé, hors de ce monde figé.

J'ai du mal à respirer. On manque d'air. Je n'ai pas couru depuis des années et je suis en mauvaise forme physique. Quand on court, on n'entend que sa propre respiration et les battements de son propre cœur, et, pendant quelques instants, le monde se rétrécit au point que l'on peut presque l'oublier. Encore déstabilisé par les événements de la nuit dernière, je suis sorti pour faire le tri dans mes pensées.

J'arrive au mur qui délimite le quartier et montre mon laissez-passer au soldat de garde. Il hoche la tête d'un air absent, m'autorisant à traverser. Derrière les remparts s'ouvre un autre monde, peuplé de gens ordinaires affairés à leurs corvées quotidiennes, de trolleybus bondés, de laveries automatiques et de petites épiceries, de poubelles pleines à ras bord, de panneaux publicitaires. Je sors d'une oasis somnolente de riches citoyens au centre de la ville nouvelle, mais celle-ci ne commence vraiment qu'en dehors de ses frontières.

Les rues se rétrécissent, les bâtiments sont de plus en plus délabrés. Alors que je tourne dans une nouvelle ruelle étroite, je me rends compte que je me suis perdu. Je fais demi-tour, trouve la bonne intersection et continue à courir, même si mes mollets me brûlent. Mon cœur propulse du sang dans mon corps aussi fort qu'il le peut, mais mes tempes battent et mon pas est beaucoup plus lourd que je ne le voudrais.

Quand j'étais enfant, j'avais souvent peur de la mort. Ma mère me déconseillait de dormir à plat ventre pour ne pas écraser mon cœur ; même si elle ne paraissait qu'à moitié sérieuse, cette idée m'emplissait d'angoisse et chaque soir, en me couchant, j'écoutais avec effroi ses battements sourds dans le silence de la nuit. Je me disais qu'en effet, il allait peut-être bien s'arrêter dans mon sommeil. Mon corps semblait soudain imprévisible et fragile, comme s'il ne m'appartenait plus entièrement et était guidé par des forces étrangères, invisibles et obscures.

À présent, mon cœur est à la peine sur ces dernières dizaines de mètres. Mais je cours aussi vite que je peux, malgré mes poumons qui semblent sur le point d'exploser. Mon corps est encore à moi. Mes jambes sont lourdes comme du plomb, mais elles me portent tout de même jusqu'au bout.

Longtemps après m'être arrêté, je n'entends encore que mes propres pulsations cardiaques. Je lève mon visage vers le ciel gris et ferme les yeux. L'air humide dépose des gouttelettes sur ma peau. De ce côté de la ville, le calme règne vraiment. Pas de vidéos d'information, pas de conversations, personne. Les bâtiments autour de moi sont silencieux, indifférents au monde extérieur.

Je suis arrivé en bordure de la ville, face au portail familier au-dessus duquel on peut lire « Quartier d'internement n° 15 ».

Derrière s'élèvent cinq modestes immeubles de béton de dix étages chacun. Après la guerre, une partie des Japonais de notre ville ont été amenés ici et dans d'autres quartiers similaires. La journée, ils allaient travailler – certains dans les usines proches, d'autres plus loin, dans les mines –, et le reste du temps, ils vivaient dans leur petit monde clôturé. Avant mon départ pour Moscou, je venais parfois ici, seul, observer les silhouettes qui traversaient la cour d'un immeuble à l'autre, tard le soir, ou que l'on chargeait le matin dans des camions pour les emmener au travail. Les enfants de mon âge paraissaient beaucoup plus vieux que moi. Leurs visages rappelaient ceux de statues, dépourvus d'expression et d'attentes.

Maintenant, le quartier est abandonné. Beaucoup d'appartements ont des fenêtres brisées, le portail est de guingois. Force est de constater que personne ne l'a franchi depuis longtemps.

Les résidents ont été emmenés ailleurs.

Je ferme à nouveau les yeux. J'inspire et j'expire – je me concentre sur ce seul geste. Inspirer, expirer, inspirer, expirer ; c'est si primitif, si simple. Au bout d'un moment, je tourne le dos à ce quartier déserté. Le brouillard se dissipe lentement : devant moi s'ouvre une route étroite qui me ramène à l'institut. Je n'ai pas d'autre choix que d'y retourner.

Dans un autre quartier de la ville, je croise une délégation internationale en mission officielle d'inspection. Le groupe est composé de trois femmes et de deux hommes, ainsi que d'un interprète formé pour leur dire uniquement ce qui est nécessaire. Les femmes ont la tête nue et leurs longs cheveux brillants semblent presque incongrus au grand jour. L'interprète, envoyé par le bureau de l'Ordre et de la Sécurité, ne leur montre que les zones qu'on les autorise à voir.

À Moscou, il m'est arrivé de tomber sur ce genre de délégations étrangères que l'Union accepte de recevoir juste pour satisfaire le monde extérieur. On leur dévoile seulement ce qu'il faut, pas plus. Ils sont conduits vers des destinations prédéfinies. Ils croisent dans la rue soi-disant par hasard un domestique avec sa maîtresse, auquel ils demandent s'il est satisfait de sa position, et ce dernier acquiesce en souriant. Ils vont voir des citoyens étrangers dans des usines rendues impeccables pour les visites d'inspection, et les ouvriers leur affirment avec les yeux brillants et les joues creuses qu'ils sont heureux de pouvoir travailler et de vivre dans des villages où leur subsistance est assurée et où ils mènent une vie agréable. Je ne sais pas si ces femmes aux cheveux éclatants et ces hommes bien habillés croient ce qu'ils entendent. Sont-ils payés pour ne pas regarder de trop près ? Rentrent-ils chez eux, loin d'ici, la boule au ventre, ou bien soulagés que les rumeurs s'avèrent finalement fausses ? Je sais bien qu'il est parfois plus facile de croire à un mensonge que de se battre.

Le lendemain, au petit-déjeuner, j'interroge Melnikov sur le quartier d'internement désert. Il me regarde d'abord comme s'il ne comprenait absolument pas de quoi je parle, puis son expression change. Il m'explique que le lieu a été évacué à l'automne pour des raisons d'hygiène.

– Il y avait des problèmes sanitaires, élude-t-il entre deux bouchées. Cela représentait un risque important, aussi près de la ville.

– Où ont-ils été emmenés ?

Mon père s'adosse à sa chaise et pose ses mains sur la table, caressant la nappe du bout de ses doigts calleux, lissant un pli invisible. Il l'ignore, il ne lui a pas paru nécessaire de le demander. Peut-être vers le nord. De plus grands villages y ont été construits.

– Des camps, n'est-ce pas ?

Melnikov fronce les sourcils quand je prononce ce mot.

– Je ne sais pas, mon fils. Je ne pose pas de questions, et tu devrais en faire autant.

La conversation se termine comme tant d'autres auparavant – avant même d'avoir commencé. Une semaine plus tard, les bâtiments sont démolis. De grandes machines fracassent leurs murs, dont il ne reste bientôt que des blocs de béton et de la poussière, et mes dernières questions s'évanouissent avec eux.

Tous les matins, je vais voir ma cobaye. Les bandages sur le bout de ses doigts ont été retirés, et je note qu'à l'endroit où se trouvaient ses ongles, la peau est lisse, d'un rouge incarnat.

Elle sursaute à chaque fois que j'entre dans la pièce. Je vérifie sa température corporelle et l'état de ses pupilles, les fonctions vitales et les électroencéphalogrammes enregistrés pendant la nuit. Je suis heurté par ses doigts sans ongles, la cicatrice blanche presque argentée sur sa nuque, le duvet noir hérissé qui remplace ses cheveux coupés à ras. Je vois Marija en elle maintenant. Dans chacun d'entre eux. Ce qui était autrefois encore justifiable au nom de la science m'apparaît désormais comme de la torture.

J'ai appris à ne pas penser à ce qui se passe à l'intérieur des murs de cet établissement. En tant qu'enfant de l'institut, je suis devenu insensible aux diverses morts qui y surviennent. Aujourd'hui, il m'est beaucoup plus difficile d'y être indifférent. Un sentiment d'impuissance totale s'empare de moi à chaque fois que je suis seul avec Y-981. Comme chaque matin, je suis la procédure en lui posant les mêmes questions. Elle regarde fixement devant elle et répond tranquillement. Je dois répéter les questions de plus en plus souvent, deux ou trois fois à présent ; elle cligne lourdement des yeux et cherche ses mots. Les médicaments les font disparaître.

Un paysage marin s'affiche sur le mur opposé. Des mouettes sont comme suspendues aux nuages, emportées par les courants d'air. En dessous, les vagues sont presque noires et se déplacent toujours au même rythme. Aucun poisson n'y vit, aucun navire n'y passe ; c'est un tombeau vide et infini qui nous fait face.

Aujourd'hui, ce n'est pas un bon jour. Des larmes de colère coulent le long des joues de la jeune fille. Je décide de prendre le ton qu'emploierait un infirmier. Il faut garder ses distances.

Je lui demande : « Quel est ton nom ? Ton numéro d'identification ? Le nom de ton village natal ? Le nom de ton père ? », et autres questions tests dont je connais déjà les réponses sur le bout des doigts. Ensuite, je lui pose celles dont les réponses varient selon qu'elle est dans une bonne ou une mauvaise journée : « Quel genre de rêves as-tu faits la nuit dernière ? Comment te sens-tu en ce moment ? As-tu peur ? As-tu mal à la tête, mal au ventre, des palpitations, des vertiges, des nausées ? »

Elle ferme les yeux, ses cils noirs disparaissant sous ses paupières.

Je pose la liste de questions sur la table.

– Dis-moi quelque chose que personne d'autre ne sait, je l'implore.

Elle rouvre soudain les yeux et me fixe. Pendant un instant, je crois devoir répéter, mais elle répond :

– Je n'ai plus peur de vous. Je n'ai pas peur de mourir.

Lorsque je quitte sa petite cellule, je me demande à qui elle pourra bien faire ses adieux.

CHAPITRE 22
Cobaye

On ne m'embrassera plus jamais.

Toutes ces caresses, j'en fais le deuil. Toute cette tendresse qui se consume en moi. Je te l'aurais donnée si j'en avais eu le temps.

Tout se fissure. Jour après jour, l'infirmier vient et me pose les mêmes questions. Est-ce que je sais où je suis ? Qui je suis ? Est-ce que j'ai fait des rêves la nuit précédente, et si oui, lesquels ? Ai-je mal à la tête, des palpitations, des vertiges, des nausées ?

Il est jeune. Lui aura une famille et une vie.

Je voudrais lui demander : « Combien de temps encore ? » Je ne supporte plus cet entre-deux. C'est plus difficile que je ne le pensais. La peur bouillonne en moi.

La manière dont ils parlent de nous, les citoyens étrangers, est si distante et désincarnée qu'on pourrait penser que nous ne sommes que des objets cassés dont il faut se débarrasser. La première fois que j'ai entendu une infirmière parler des villages d'internement, j'ai cru qu'elle décrivait des décharges.

– Heureusement, on n'est pas obligés de vivre à côté de tels endroits. Imagine seulement l'odeur et toutes les maladies qui doivent s'y propager...

– Mais il faut bien qu'on les mette quelque part. Du moment qu'on les maintient suffisamment loin des villes… a répondu sa collègue.

Ils n'ont aucune idée de ce que c'était que de vivre au bord de la mer, dans une petite maison lumineuse avec son propre jardin et des portes coulissantes en papier de riz, où la lumière inondait le parquet quelle que soit la saison. Ce que c'était que de savoir que le monde s'arrêtait à la frontière du village, que de regarder au-delà de cette limite et d'espérer pouvoir la traverser, et en même temps de craindre de devoir partir un jour.

Je raconte tout cela aux murs silencieux de ma chambre. J'ai besoin de l'énoncer à voix haute.

– J'aimerais retourner dans ma maison, au village, même si je sais que mon bonheur là-bas était aussi fragile que le papier de riz de nos portes.

Je dois répéter les mêmes choses tant de fois pour qu'elles deviennent plus petites, plus légères à porter. Tout devient plus petit quand on l'exprime.

Et puis, je pense à *elle*. Le soir, je l'imagine à mes côtés.

– Ne m'attends pas, je lui dis. Continue ta vie. Plante notre jardin sans moi.

CHAPITRE 23
Marija

Je retrouve Aleksei devant la maison de thé alors que le soir commence déjà à tomber. Je porte à nouveau mes habits de citoyenne de plein droit et mes cheveux sont tressés si serré que mon cuir chevelu me brûle. Il arrive pile à l'heure. Lorsqu'il me voit, un sourire prudent apparaît sur son visage. Il me tend la main, comme si nous étions amis. Sa peau est chaude contre la mienne, mes doigts me picotent à son contact.

C'était mon idée. Je me suis surprise moi-même quand je l'ai suggérée à Yang.

– S'il veut vraiment être l'un des nôtres, laisse-le nous accompagner ce soir, je lui ai dit.

– Mais cette opération est prévue depuis des mois. Il n'en connaît pas les détails.

– Je lui expliquerai tout, j'ai promis.

Ce n'est pas du tout mon style. Je ne fais généralement pas confiance aux inconnus, c'est un luxe que les gens comme moi ne peuvent pas se permettre. Mais il y a quelque chose de différent chez Aleksei. J'ai le sentiment inexplicable que lorsqu'il regarde le monde, il voit la même chose que moi.

Quand nous entrons dans la maison de thé, un serveur – citoyen de second rang – vient immédiatement nous débarrasser de nos manteaux et nous diriger vers une table libre. Un parfum d'épices et de pâtisseries flotte dans l'air. La pièce est chaude et humide, un brouhaha emplit tout l'espace. Nous nous asseyons et le serveur nous tend la carte.

Je joue distraitement avec ma tresse, dont de fines mèches ont commencé à s'échapper.

– Je me sens toujours mal à l'aise dans ce genre d'endroit, déclare Aleksei. J'ai l'impression que tout le monde peut deviner que je n'y suis pas à ma place. C'était déjà comme ça quand ma mère m'y amenait enfant.

– Tu as pourtant bien ta place ici. Ma propre mère n'aurait même pas pu imaginer qu'une telle abondance existe. Pour autant que je le sache, elle n'est jamais sortie de notre village.

Il me lance un regard interrogateur, m'incitant à en dire plus, mais notre conversation est interrompue par le serveur revenu prendre notre commande.

Après un rapide coup d'œil à la carte, je demande une meringue aux cerises et un oolong de Chine. Aleksei choisit la même chose. Il pose ses mains sur la nappe, puis sur ses genoux, incapable de leur trouver une place. Il est tendu. Est-ce à cause de moi ou de cet endroit ?

– Tu t'es réhabitué à La Nouvelle-Tokyo ? je lui demande.

Il hausse les épaules.

– D'une certaine manière. J'ai l'impression de ne jamais en être parti, même si beaucoup de choses ont changé en mon absence.

– Tu as déjà commencé à travailler à l'institut ?

– Oui. Tout se passe bien.

– Je ne peux même pas imaginer à quel point ça doit être épouvantable là-bas.

– On s'habitue à tout, finit-il par lâcher, pensif. C'est le seul foyer que j'aie jamais eu. À vrai dire, je n'en réalise l'horreur que depuis mon retour.

Le serveur apporte notre thé et nos pâtisseries. Il les dispose soigneusement devant nous avant de remplir nos tasses. J'attends que nous soyons à nouveau seuls pour reprendre :

– Tu dois te demander pourquoi je t'ai fait venir ici si soudainement. C'est un soir important, et Yang pense que tu devrais y être aussi. Nous avons une mission pour toi.

Il n'a pas besoin de savoir que l'idée vient de moi.

Aleksei acquiesce avec gravité tout en ajoutant du sucre dans son thé. Je remarque que ses doigts sont très gracieux, presque féminins. Il me répond qu'il participera sans me demander plus de détails. Ça me plaît.

Je prends une cuillerée de meringue et la laisse fondre sur ma langue.

– C'est divinement bon. Tu devrais goûter.

Une heure plus tard, je tends un masque à gaz à Aleksei. Nous nous sommes réunis dans l'ancien tunnel anti-inondation avec le reste du commando et avons passé en revue chaque étape du plan.

Des mois durant, nous avons rassemblé le matériel et les déguisements adaptés, analysé les cartes, observé la zone. Nous avons répertorié les risques et élaboré des plans B, falsifié des laissez-passer. Tout est prêt.

– Tu viens avec Petrov et moi.

Aleksei acquiesce.

– Tu sais utiliser du gaz paralysant ? demande Petrov.

– J'ai vu Marija s'en servir contre un garde dans la ville flottante.

Je sors trois sprays peints en noir mat pour ne pas refléter la lumière, et lui en tends un.

– Secoue-le d'abord, puis pulvérise jusqu'à ce qu'il soit vide. Comme ça, en plein visage, je lui explique en tenant la bombe juste devant ses yeux. On te doit une fière chandelle : sans tout ce fentanyl, nous n'aurions pas pu les remplir.

– Et qui allons-nous paralyser exactement ?

– Des gardes. Ils sont deux au Feu du souvenir. Je m'occupe de l'un et Petrov de l'autre. Toi, tu surveilles, au cas où il y aurait un passant dans les parages. Tu ne dois pas hésiter un seul instant le moment venu. Il faut être rapide. C'est clair ?

– Très clair.

– Tu as déjà mis un masque à gaz ?

– Oui. À Moscou, nous avions régulièrement des exercices.

Quand six heures sonnent, Yang prononce un bref discours nous rappelant l'importance de cette journée.

– Trop de gens ont déjà oublié ce que cette date signifie, conclut-il, et nous levons nos masques à gaz en signe d'hommage silencieux. Aujourd'hui, ils se souviendront.

L'équipe des drapeaux part dans un sens, mon groupe et moi dans l'autre. Alors que nous longeons le tunnel jusqu'à la sortie la plus proche de la place des Martyrs, Aleksei demande :

– De quoi parlait Yang, exactement ? Quel jour sommes-nous ?

– Toi non plus, tu ne te souviens pas, constate Petrov.

– Je cherche, mais je ne trouve pas…

– Cela fait soixante ans aujourd'hui que l'Union a envahi l'Ancien Japon et déclenché une guerre qui a fait des centaines de milliers de morts avant de réduire les survivants en esclavage. Aujourd'hui, nous allons leur montrer que nous n'avons pas oublié le sang versé. Maintenant qu'une nouvelle guerre a éclaté sur le continent, il est important de parler de ceux dont on ne veut toujours pas entendre les voix.

Aleksei reste silencieux.

Nous arrivons aux escaliers et commençons à grimper vers la bouche d'aération située au bord de la place. Je donne les dernières instructions en montant.

– On s'approche des gardes par-derrière sans se faire remarquer. On met les masques à gaz en arrivant au mémorial. Je m'occupe de celui de droite et Petrov, de celui de gauche.

N'hésite pas. Agis. En plein visage. Le gaz fait effet en quelques secondes. Ils vont tomber comme des mouches, tu verras.

Il est cinq heures du matin. La place est encore déserte, tout comme les rues. Nous longeons la muraille de Sang d'un pas silencieux. Je n'ai pas peur, mais l'excitation fait battre mon cœur plus fort. Aleksei affiche une expression concentrée. C'est pour maintenant. C'est pour ça que nous sommes ici ensemble.

Il y a deux gardes, comme toujours, sans masques à gaz. Leurs traits sont tirés, ils attendent déjà la relève – qui devrait avoir lieu dans une heure. Ils se tiennent là, silencieux et immobiles, depuis hier soir. Leur vigilance est émoussée par leur longue nuit et ils ne réagissent plus au moindre bruit, mais ils restent à leur poste, le regard fixe bien que brouillé par la fatigue.

Nous sommes si proches que je peux sentir la vive chaleur du feu à quelques mètres de nous. La silhouette imposante du grand mémorial nous dissimule. Je vérifie à nouveau que nous sommes seuls, puis adresse un signe de tête aux garçons. Nous enfilons les masques. Aussitôt, le monde disparaît, les sons s'évanouissent, comme si nous avions plongé sous l'eau.

Les gardes n'ont pas le temps de réagir. Leurs yeux s'écarquillent de surprise, leurs pupilles se dilatent, mais nous les aspergeons jusqu'à ce qu'ils perdent connaissance. Quatre secondes plus tard, ils s'écroulent au pied du monument. Aleksei m'aide à monter sur la plateforme où brûle le Feu éternel du souvenir avant de s'éloigner pour monter la garde. Je jette une bâche en tissu ignifugé sur le brasier, et les flammes s'étouffent peu à peu. En bas, Petrov écrit notre message sur la pierre blanche avec de grandes arabesques. Lorsqu'il a terminé, je rabats le tissu sur le côté d'un coup de pied : du feu, il ne reste qu'une surface de pierre noircie par la suie.

Je ne m'attarde pas plus longtemps. Alors que je descends de la plateforme, mon regard se pose sur la maison de l'administration de l'autre côté de la place. Un rire franc m'échappe, et je dois frotter les verres de mon masque pour vérifier que ma vue ne m'a pas trompée. Je tire Aleksei par la manche pour lui montrer le grand bâtiment cubique. Il suit mon doigt, d'abord perplexe, puis il les voit lui aussi. Les drapeaux. À la place de ceux, bleu foncé, de l'Union, ondulent nos fanions blancs de la liberté.

Nous disparaissons. Les masques à gaz ont été fourrés dans les sacs à dos, le feu ne brûle plus, et sur le monument sont tracés en rouge les mots « NOUS N'OUBLIONS PAS ».

Bientôt, ils seront là. J'imagine l'hélicoptère des infos survolant la ville qui s'éveille pour montrer en direct, comme chaque matin, des images du Feu éternel du souvenir et des immenses drapeaux à l'emblème d'aigles flottant dans le vent.

J'imagine les commandants et les soldats, les citoyens attablés pour le petit-déjeuner et ceux se rendant au travail, partout à travers l'île, regarder les informations en direct. Je vois le choc sur leurs visages. Quelque chose a changé au cours de la nuit. Quelque chose est différent. Comment cela a-t-il bien pu se produire ?

J'attrape la main d'Aleksei tandis que nous courons vers la bouche d'aération, le cœur battant la chamade. Le monde est peut-être un peu meilleur aujourd'hui. Même si cette pensée est certainement bien naïve, j'ai envie d'y croire.

CHAPITRE 24
Aleksei

L'ambiance est électrique lorsque nous redescendons dans le tunnel. Les autres sont déjà là. Les joues rouges d'excitation, ils rient, rejouant les événements comme s'ils risquaient de les oublier. Nous nous joignons à leurs récits. Petrov m'adresse une tape amicale sur l'épaule, Yang hoche la tête avec satisfaction. Pour la première fois depuis très longtemps, j'ai l'impression de faire partie de quelque chose de plus grand que moi. Je n'ai encore jamais ressenti cela, même à Moscou. Là-bas, j'ai seulement effleuré du doigt le rôle que je pourrais possiblement endosser. Ici, j'ai été intégré tout de suite.

Nous nous asseyons contre le mur pour nous reposer un peu. Nous sommes restés éveillés toute la nuit, mais je ne ressens pas encore de fatigue, juste une agréable sensation de légèreté.

– Ça ne te dérange pas qu'on ne puisse pas voir ce qui se passe à la surface ? je demande à Marija.

– Comment ça ?

– On ne verra pas leurs réactions quand ils découvriront notre action.

– Ça me suffit de savoir qu'on l'a fait, réplique-t-elle.

– Combien de temps devons-nous rester cachés ?

– Encore quelques heures. Puis on changera de vêtements et on commencera à partir, seuls ou par deux. Les itinéraires de fuite sont déjà établis et on a prévu un faux laissez-passer par personne.

Elle pose sa tête sur la pierre froide du tunnel et ferme les yeux un instant. Je l'observe attentivement, comme le citoyen étranger amené dans la salle de classe de mon enfance. Qu'est-ce qui nous distingue les uns des autres ? Pour quelle raison suis-je autorisé à me déplacer dans les rues sans crainte d'être emprisonné et pas elle ?

Marija et moi quittons le tunnel ensemble. Nous débouchons sur une ancienne station de pompage dont la porte est coincée. Il nous faut pousser de toutes nos forces pour qu'elle s'ouvre enfin.

Personne en vue dans la ruelle. Ce chemin est idéal pour s'échapper : dans cette zone, il y a surtout des bureaux et des logements privés rarement occupés. Nous parcourons un dédale de rues qui semble sans fin avant d'arriver aux abords du grand parc Yoyogi. Nous le traversons comme n'importe quel couple, si proches l'un de l'autre que ma main frôle parfois la sienne.

– Qu'est-ce qui se passe vraiment, à l'institut ? me demande soudain Marija.

Embarrassé, je m'efforce de lui répondre ; je décide de ne pas tout lui dire. Comme le fait qu'on m'a confié ma propre cobaye et que je participe à sa réinitialisation. J'ai beau être ici avec elle, j'ai aussi toujours ma place là-bas. Je suis coincé entre deux mondes.

– Alors tu vas vraiment devenir médecin comme ton père ? s'enquiert-elle.

Je secoue la tête avec un petit rire.

– Je ne me vois pas médecin, je lui avoue. Pour être honnête, ça n'a jamais été mon projet. Mais quand on s'entend dire assez longtemps qu'on est destiné à quelque chose, il est difficile de penser autrement.

Le mensonge le plus facile à croire est celui que l'on se raconte à soi-même.

– Avant, j'imaginais très clairement ma vie dans dix, vingt ans, je poursuis. Maintenant, je suis incapable de dire où je serai au printemps prochain, encore moins dans un an.

– C'est comme ça que je vis tout le temps.

– C'est épuisant, n'est-ce pas ?

– Oui. Mais on y trouve aussi une forme de liberté.

Nous marchons à l'ombre des vieux arbres jusqu'à nous arrêter près d'une fontaine vide. Les joues de Marija sont rouges et des petits nuages blancs s'échappent de sa bouche. Je me demande si elle est toujours aussi sérieuse. Même maintenant, elle semble retenir son souffle, comme si elle s'attendait à ce que le ciel lui tombe sur la tête.

C'est une journée exceptionnellement froide, signe que l'hiver approche. Marija croise les bras pour se réchauffer. J'aimerais la serrer contre moi, partager la chaleur de nos corps, mais je n'ose pas. Il y a un rempart autour d'elle qui m'incite à la prudence.

– Quand les gens regarderont les drapeaux aujourd'hui, ils se souviendront de nous. Ils penseront à la possibilité du changement, reprend-elle.

– Merci de m'avoir laissé venir avec vous.

– Ne me remercie pas. Yang était d'avis qu'il fallait te donner une chance.

Lorsqu'elle prononce ces mots, le rouge de ses joues s'accentue un peu plus.

– Marija... Je peux te poser une question personnelle ? Es-tu... euh... es-tu une citoyenne étrangère ?

Ses lèvres se pincent et elle me jette un regard acerbe.

– J'attends avec impatience le jour où il ne viendra plus à l'esprit de personne de demander cela à quiconque. Le jour où ça n'aura plus aucune importance…

Je m'empresse de me défendre.

– Je suis désolé. C'est sans importance, ça m'a juste traversé l'esprit.

– Si c'est sans importance, pourquoi tu me l'as demandé ? Oui, je suis citoyenne étrangère : je suis née d'une mère et d'un père finlandais dans un village loin d'ici. Est-ce que tu regrettes d'avoir posé la question ?

– Peu m'importe, vraiment. Ça ne change rien, je répète, le visage empourpré ; mais mes mots manquent de conviction.

Je suis encore sous l'influence des préceptes qu'on m'a inculqués toute ma vie. Tout ce qu'on m'a appris est en contradiction avec ce que je ressens ici avec Marija. Si je l'embrassais maintenant, il paraît que je serais déshonoré.

Je la regarde, et elle est toujours la même. Sa nationalité étrangère ne se voit ni dans le teint de sa peau, ni dans la courbe de ses cils. J'ai toujours envie d'embrasser le creux de son cou, juste au-dessus de ses clavicules ; elle doit avoir un goût de miel. Rien d'aussi beau ne peut être mauvais ou sale.

– Ils pensent qu'on devrait nous implanter une puce d'identification dans la nuque pour qu'il n'y ait pas d'ambiguïté. D'autres sont d'avis que ce n'est pas suffisant, qu'on devrait s'identifier en portant un signe extérieur bien visible.

– Tu as une puce, toi ?

– Plus maintenant. Petrov me l'a ôtée il y a des années. Mais j'en ai encore la trace.

Lorsqu'elle écarte sa tresse, je vois en effet une cicatrice irrégulière et violette sur sa nuque. Elle a soudain l'air fatiguée.

– Si j'étais toi, je voudrais partir d'ici, et le plus loin possible, je lui confie.

– Beaucoup en rêvent probablement, et je les comprends. Qui pourrait bien *vouloir* vivre ici ? C'était aussi mon cas, avant. Il est tentant de penser qu'il existe là-bas, au-delà de la mer, une terre où l'on peut se défaire de son passé comme d'un vêtement et recommencer à zéro. Mais je ne sais pas... Aujourd'hui, je me dis que je ne suis probablement pas faite pour ça. Je ne pourrais pas vivre avec moi-même si je savais que d'autres filles comme moi continuent à naître en étant condamnées à une existence pareille.

– Tu es plus courageuse que moi.

Ce serait si facile de tourner le dos et de déclarer que tout ça ne me concerne pas, que ça me dépasse, que j'aspire à quelque chose de plus simple.

Nous écoutons un moment le silence entre nous. Nous sommes à la fois si proches et si loin l'un de l'autre.

– Il se fait tard, finit-elle par dire. Je dois rentrer.

Je saisis sa main et la serre un peu, avec douceur. Marija me regarde et le rouge de ses joues remonte jusqu'aux lobes de ses oreilles. Je voudrais lui parler de la femme qui est morte dans la rue à cause de moi. Je voudrais lui dire que depuis ce jour, je n'arrive pas à dormir sans efexa. Que ces derniers mois, je n'ai pensé qu'à cette ombre en moi, et à comment m'en débarrasser. Et que là, tout de suite, ici avec elle, cette sensation s'atténue enfin. Comme si l'étau se desserrait autour de mon cou.

– Ce jour a probablement été le plus beau de ma vie, je lui avoue.

Et même si cela semble exagéré, j'espère qu'elle comprend tout ce que cette phrase sous-entend.

Elle effleure doucement ma main, et je m'embrase malgré le froid mordant.

CHAPITRE 25
Aleksei

La nuit suivante, Maman a une nouvelle crise. Elle arrache les tableaux des murs et jette le vase de sa table de chevet sur le sol. Les clous de girofle se mêlent aux éclats de verre. Je suis réveillé par les premiers cris, mais je reste étendu dans mon lit, incapable de bouger. L'enfant en moi a encore envie d'aller vers cette voix, pour apaiser sa mère, la bercer, chasser les ombres. Lui promettre n'importe quoi, du moment qu'elle arrête de pleurer et de crier.

Mais je n'en fais rien. Je sais déjà que je ne peux pas l'aider. Je me contente d'écouter les pas précipités et les voix des infirmiers, et celle, grave et mesurée, de Melnikov. Les cris s'arrêtent lorsque le sédatif commence à faire effet. Dans le silence qui suit, je sens le désespoir de ma mère, et malgré tout, j'ai pitié d'elle.

Le lendemain matin, la lumière s'infiltre à travers les rideaux, dessinant des rayures sur le visage de Maman. C'est une journée ensoleillée ; il fait quelques degrés en dessous de zéro, mais il n'y a pas de vent. Debout près de son lit, je la regarde dormir. Dans son sommeil artificiel, son visage est calme, plus doux ; les coins de sa bouche sont détendus et ses yeux sont enfin tranquilles sous leurs paupières. J'ai l'impression de la regarder de derrière un rideau – il s'interpose désormais lourdement entre nous, poussiéreux et impénétrable. De l'autre côté, elle est seule.

Tu ne m'as jamais voulu de mal. Mais il y a beaucoup de choses que je n'arrive pas à comprendre. Peut-on pardonner ce que l'on ne s'explique pas ?

Je m'assois près du lit et navigue distraitement sur mon projecteur d'informations. Je lis un court article au sujet du sabotage de la maison de l'administration. Il n'y a pas d'images. Ils ne veulent clairement pas donner de couverture médiatique au sujet : peut-être ont-ils peur que cela incite à de nouvelles actions similaires ? Nous sommes décrits comme une petite cellule terroriste isolée qui s'est retournée contre l'Union de manière ignoble. Combien sont-ils à croire à cette affirmation ? Et combien la remettent en question, aspirent à connaître la vérité derrière ces mots ?

Hier, Melnikov m'a raconté qu'aux informations du matin, on avait montré par erreur des images du feu éteint et des drapeaux. La diffusion avait été rapidement interrompue, mais on avait clairement pu les apercevoir : six grands drapeaux blancs sur lesquels une colombe déployait ses ailes.

– On aurait dit un pigeon serbe, a-t-il commenté avec une expression lointaine. Ce sont des oiseaux robustes. Sous l'image de la colombe on lisait : « Une nouvelle ère est sur le point de commencer. »

Les images n'ont échappé à la censure que durant dix ou quinze secondes, mais elles ont été diffusées à des millions de personnes. « On ne peut nier l'existence de ce qu'on a vu de ses propres yeux. » Je me souviens de ces paroles de Marija tandis que je pose mon projecteur, continuant à veiller sur le sommeil de ma mère.

Elle ne se réveille que des heures plus tard, encore groggy. En me voyant au pied de son lit, elle a un sourire triste. Des regrets familiers s'affichent sur son visage las.

– Je suis désolée.

Tout en observant le parc de l'institut par la fenêtre, elle ramène ses genoux contre sa poitrine et les serre fort contre elle, comme si elle essayait d'éviter de se briser en mille morceaux.

– Parfois, tout devient juste trop lourd à supporter. Après coup, je ne me souviens plus de rien et j'ai honte de moi. Tu me crois, Alyosha ?

– Oui, je lui réponds, me souvenant des innombrables fois où nous avons eu cette conversation.

Toujours les mêmes regrets, les mêmes excuses, les mêmes promesses de changement. Cette fois, cependant, elle ne s'engage à rien.

– Cela devient de plus en plus difficile.

Je ne lui demande pas ce qu'elle veut dire, parce que je le sais déjà. Elle parle du gouffre qui sépare le réel du rêve. De ces moments de lucidité où il faut revenir et regarder la réalité en face. Je sais ce que ça fait, de vivre entre deux mondes. Ça me déchire et je tombe lentement en morceaux.

– J'arrêterais, si seulement j'en étais capable. Je ne veux pas que tu penses que je ne t'aime pas assez pour revenir. Je crains juste que ce ne soit déjà trop tard pour moi, reprend ma mère. Certains ne reviennent jamais. Je suppose que je suis l'une d'entre eux.

– Qu'est-ce que tu veux dire ?

Tout cela m'inquiète : le ton de sa voix, sa sérénité, sa gravité. Sa certitude que rien ne changera jamais.

– Cette existence est trop pénible, pour nous tous. Ces derniers temps, je songe à me transférer.

– Tu n'es pas sérieuse.

– Ne me regarde pas ainsi, mon enfant. Nous savions tous les deux que ce moment viendrait tôt ou tard, n'essaie pas de le nier. De nos jours, le transfert est sans risque. Je pourrais vivre mes dernières années…

– … dans la réalité virtuelle, je termine avant qu'elle n'en ait le temps.

– Mon monde dans Nox est tout aussi réel que celui-ci. Même davantage.

– Tu ne crois pas réellement à ce que tu dis. Tu penses vraiment que là-bas, tu peux sortir et ressentir les caresses de l'herbe sous tes pieds, frissonner de froid, sentir la chaleur de la peau d'une autre personne ?

– Oui, bien sûr.

– Mais ce n'est pas réel.

– Qu'est-ce qui est réel, au fond ?

– Je ne comprends pas.

Alors elle veut partir pour de bon. Vivre le reste de sa vie virtuellement, sans aucun contact avec la réalité. Ma mère se mord la lèvre inférieure, semblant réfléchir. Puis elle tend la main vers la table de chevet et attrape la boîte qui contient ses microlentilles et ses oreillettes. Elle paraît hésiter un instant, puis me fait de la place sur le lit.

– Allonge-toi, demande-t-elle. Tu dis que tu ne comprends pas, et je ne peux pas te l'expliquer, alors laisse-moi te montrer. Peut-être que tu saisiras mieux ainsi.

Je ne sais pas quoi faire. Elle m'offre ce que je souhaitais plus que tout au monde quand j'étais enfant – je voulais qu'elle m'emmène avec elle, mais elle n'y a jamais consenti. Maintenant, je ne suis plus sûr de le vouloir. C'est une chose d'accepter qu'elle soit partie, c'en est une tout autre de voir de mes propres yeux qu'elle est heureuse ailleurs sans nous. Elle ouvre la boîte et attend.

– N'aie pas peur. S'il te plaît. Je veux que tu voies mon monde.

Je m'installe maladroitement à ses côtés ; elle me met avec précaution les oreillettes et les microlentilles. Pendant un instant, il ne se passe rien. Mon cœur bat la chamade, puis soudain, l'image apparaît. Dans mon champ de vision, je lis : « Nous sommes ravis de vous revoir, Valentina. »

Tout à coup, je me trouve dans une pièce inconnue, avec deux grandes fenêtres encadrées de longs rideaux blancs et une bibliothèque occupant toute la longueur du mur, remplie de vrais livres reliés. Je n'en ai pas vu depuis mon enfance. Autour de moi, une grande plante verte dans un pot en terre cuite, une table basse en noyer, un canapé clair et des fauteuils assortis. Sur la table, il y a deux tasses de thé fumant et un livre posé à l'envers : *Rûmî – Poèmes*.

Je sens quelque part au loin ma mère me toucher le bras.

– Avance, m'encourage-t-elle. N'aie pas peur.

Je progresse dans la pièce. La lumière tombe, oblique, par les hautes fenêtres ; dehors, c'est le printemps. Dans la cour, des érables portent des bourgeons verts et leurs branches s'agitent dans la brise légère. Je m'assois sur le canapé et regarde mes mains. Ce sont celles de ma mère. Elle porte du vernis à ongles et une longue robe d'été claire. Je sursaute à cette vision. Je me touche la tête, le visage, les cheveux : ces derniers sont longs et tombent souplement le long de mon dos, jusqu'à ma taille. Ils sont épais et libres – les tresses ne sont pas obligatoires dans ce monde. Je ramasse le livre abandonné sur la table basse, l'ouvre et en feuillette les pages distraitement. « Une blessure est l'endroit par où passe en nous la lumière », lit-on dans un passage surligné. Je repose le volume.

Mon regard parcourt les lieux et s'arrête sur la console supportant un cendrier, des bougies et trois photos encadrées. Je suis sur l'une d'entre elles. Elle a été prise le jour de mon douzième anniversaire, et j'y affiche un si grand sourire qu'un instant, je ne me reconnais pas. Je me souviens de cette journée. Nous étions dans un parc de Tokyo, mes parents et moi. Même à l'époque, c'était rare. Il y avait une fête foraine et j'avais persuadé ma mère de m'y emmener. Nous avions tous les deux été surpris que Melnikov veuille se joindre à nous. Nous allions habituellement en ville avec la servante personnelle de Maman, mais ni elle ni moi n'avons osé dissuader mon père de venir, même si nous aurions préféré n'être que tous les deux. La journée avait été parfaite. Les manèges m'avaient fait tourner la tête et l'estomac, mais nous avions tous ri avec insouciance, et, pendant un instant, alors que les chaises volantes du carrousel tournoyaient à pleine vitesse, il m'avait semblé voir mes parents se tenir la main.

J'ai un pincement au cœur en voyant la photographie ici. Je touche tendrement le cadre.

– Tu es enfin de retour. Je m'inquiétais !

Une femme vêtue d'un pull blanc et d'un pantalon bleu s'approche et m'entoure tendrement de ses bras. Elle a un léger parfum de jasmin. Elle écarte les cheveux de mon visage et me regarde dans les yeux. Ses rides sont semblables à celles de ma mère, ses yeux ont la couleur des myosotis et ses cheveux bruns sont striés de gris. Je ne la connais pas. Je ne comprends pas qui elle est.

– Tout va bien ? demande la femme en voyant mon expression sidérée.

Je ne réponds pas. Depuis le monde réel, ma mère me presse le bras.

– Elle est là ? Ça y est, tu l'as rencontrée ?

J'acquiesce. Les ongles de ma mère s'enfoncent dans ma peau. Je sens qu'elle est fébrile.

– Présente-toi, dis que tu es venu à ma demande, me prie-t-elle.

J'ouvre la bouche, mais c'est celle de Maman qui s'ouvre, et c'est sa voix qui résonne quand je prends la parole.

– Je suis Aleksei. C'est ma mère qui m'envoie.

L'inconnue porte sa main délicate à sa bouche et ses yeux bleus s'écarquillent de surprise. Elle se ressaisit rapidement, sourit et croise les bras. Elle m'observe un instant, comme si elle voulait s'assurer que c'est bien moi sous l'apparence de ma mère.

– Aleksei, bien sûr. Je t'attendais. Est-ce que ta mère va bien ?

– Elle se rétablit.

La femme soupire de soulagement, ses épaules se détendent. Je remarque alors qu'elle porte une bague à l'annulaire – une perle d'eau douce sur un anneau en argent. La même que sur ma propre main.

Sa voix est très agréable, grave et apaisante. Elle se présente comme Ada et affirme attendre ce jour depuis très longtemps. Elle voulait me rencontrer depuis des années, mais a l'impression de me connaître déjà tellement ma mère lui a parlé de moi.

– Est-ce que ta mère m'a évoquée aussi ? demande-t-elle, et je secoue la tête. Non, bien sûr. Valentina et moi nous sommes rencontrées il y a presque huit ans, alors que Nox venait tout juste d'être lancé. Nous sommes vite tombées amoureuses, mais j'ai dû insister un an avant qu'elle accepte de seulement prendre un thé avec moi.

Je suis tellement confus que je secoue la tête sans le vouloir. L'expression d'Ada s'assombrit.

– Tu ne sais donc rien du tout.

– Non, rien, je parviens à répondre.

– Bon. Respire profondément. Je vais tout te raconter. Quand nous sommes tombées amoureuses, même si dans ce monde, il n'y a rien de mal à ça, il a quand même fallu du temps à ta mère pour oser m'aimer. Nous nous sommes mariées il y a trois ans et nous nous sommes construit une belle maison ici, avec un jardin. Nous sommes très heureuses ensemble. Nous avons une poignée d'amis et deux gros labradors. Nous vivons ici, dans un quartier agréable de la ville. Dans dix ans, notre monde sera bien plus grand qu'il ne l'est aujourd'hui.

Il me faut un moment pour saisir tout ce qu'elle me raconte. Je vois désormais les absences de ma mère sous un jour nouveau. Alors que je regarde la pièce dans laquelle nous nous trouvons et le visage prévenant et doux d'Ada, je me dis que je ne peux toujours pas lui pardonner, mais que je comprends mieux ce qui la retient ici. Ce n'est pas comme si elle s'éloignait de moi volontairement. Elle n'a fait que se rapprocher de cette autre réalité ; et ses deux mondes ne peuvent exister en même temps.

– Je… Je comprends mieux maintenant… Je n'ai jamais vraiment pris au sérieux l'annonce du mariage virtuel de ma mère. C'était il y a si longtemps, je parviens à articuler avec difficulté.

Ada hoche la tête.

– Elle ne voulait pas t'en parler. Elle avait peur que tu ne comprennes pas.

Je me lève. J'aperçois mon reflet dans le miroir au mur et je m'étonne de constater à quel point Maman semble différente ici. Apaisée.

– Cela doit signifier qu'elle a enfin pris sa décision, déclare Ada. Elle a toujours répété qu'elle ne te parlerait de nous que dans le cas où elle déciderait de se transférer.

Je me rends compte que je me retiens de respirer. Bien sûr, je savais que ce jour viendrait. Ma mère a pris son envol il y a bien longtemps déjà, et je sais que c'est uniquement pour moi qu'elle a tant retardé son départ.

– Je me suis transférée quand nous nous sommes mariées, poursuit Ada. Valentina avait besoin d'un peu plus de temps.

– Est-elle heureuse ici ? Avec toi ?

– Oui, elle l'est. Nous avons notre petite bulle de bonheur rien qu'à nous. Certains pensent peut-être que c'est de la lâcheté, mais nous, ça nous va très bien.

Je ne me souviens pas de la dernière fois où j'ai vu ma mère heureuse.

– Aleksei… Je sais que tu ne me connais pas et que c'est totalement injuste de te demander une telle chose, mais je le fais quand même : laisse-la partir. Valentina s'attarde pour toi, mais cela la rend malade. Elle ne va plus tenir très longtemps ainsi, en équilibre entre deux réalités. Ce serait trop pour n'importe qui.

Je comprends. Elle se lève, contourne la table basse pour me rejoindre et pose sa main sur mon épaule. Une prière se lit dans ses yeux.

– Ta mère t'aime immensément.

– Je sais bien.

– Elle ne t'oubliera jamais, et toi non plus. Vous serez liés pour toujours.

– Tu m'en demandes énormément, je réplique.

Elle acquiesce. Nous restons un instant silencieux. La pièce est inondée par les flots de lumière qui se déversent par les grandes fenêtres.

– C'était un plaisir de te rencontrer, Aleksei, finit par dire la compagne de ma mère.

– Toi aussi, Ada, je réponds en tentant de surmonter les émotions qui se bousculent en moi. Prends bien soin de Maman.

Les lentilles s'avèrent difficiles à retirer. Mes yeux clignent sur le monde qui se déforme aux limites de mon champ de vision, jusqu'à disparaître complètement. Je me retrouve assis au bord du lit, hors d'haleine, plié en deux. Il me faut un moment pour revenir à la réalité. La main de ma mère est posée comme un oiseau léger sur mon bras.

– Pourquoi ne m'as-tu jamais parlé d'elle ? je lui demande finalement en la regardant par-dessus mon épaule.

Comme elle a l'air différente, ici. Comme si elle perdait peu à peu ses couleurs et, avec elles, la vie. La femme que je viens de voir dans le miroir n'était ni fragile ni malheureuse.

– Comment aurais-je pu ? Comment peut-on raconter de telles choses à son propre enfant, dans le monde dans lequel nous vivons ?

– Je ne t'aurais pas jugée.

– Si. Tu n'étais pas prêt à l'entendre jusqu'ici.

Elle a probablement raison. Nous restons longtemps sans parler, puis je murmure :

– Tu semblais heureuse. Et elle… était vraiment charmante.

Maman pleure silencieusement. Ce sont des larmes de soulagement, je le sais. Désormais, son secret est dévoilé, son fardeau est plus léger à porter. Je ne lui en veux pas. Peut-être aurait-ce été différent à une autre époque, mais maintenant, je connais bien moi-même les fardeaux et les secrets. Ils vous empoisonnent si vous les laissez définir ce que vous êtes. Je ressens de la compassion pour ma mère, mais aussi de la tristesse ; je sens que nous avons trop perdu de temps. J'espère juste que nos derniers moments ensemble pourront rattraper tout cela, d'une manière ou d'une autre.

Maman m'évoque un malade en phase terminale, allongée là, dans son lit, maigre et terne. Je dois me rappeler que c'est juste ce monde qui la rend ainsi.

– Il y a une vieille boîte en bois dans le plus haut tiroir de la commode. Sors-la et apporte-la-moi, demande-t-elle.

Je lui obéis. La boîte, lisse et brillante, est étonnamment lourde dans ma main. Je la donne à ma mère, qui l'ouvre doucement. À l'intérieur se trouve une tablette sur laquelle n'a été chargé qu'un seul fichier : c'est la décharge rédigée par Maman et approuvée par l'avocat de la société Nox. Elle me fait signe de le lire.

« Moi, Valentina Melnikova, ai donné la permission, en toute connaissance de cause et par les moyens autorisés par la loi, de transférer ma conscience dans le monde virtuel de Nox. J'ai pris cette décision de mon plein gré et sans y être forcée. Je connais et comprends les risques, dont j'ai parfaitement été informée. Je souhaite néanmoins effectuer la procédure. Je confie la prise en charge de mon corps pour les trente (30) prochaines années à l'unité de transfert de corps de l'institut Nox de La Nouvelle-Tokyo.

Fait à Tokyo, dans la treizième colonie de l'Union de la Ligue marchande de l'Est. »

La date et la signature manquent encore, mais sinon, le document est prêt à partir. À mesure que mes yeux parcourent ces lignes, l'irrévocabilité de sa décision m'accable.

– Je l'ai fait faire il y a déjà un an, mais je ne l'ai pas encore signé, comme tu peux le constater. Les dispositions ont toutefois déjà été prises et je me suis offert une résidence sûre pour le futur.

– N'as-tu pas besoin de l'approbation de Melnikov ? je lui demande avec stupéfaction.

Elle secoue la tête.

– Je peux prendre cette décision seule, tu peux me croire. La société Nox est progressiste, elle n'exige pas le consentement du conjoint pour les transferts. Et j'avais encore l'argent de l'héritage de mes parents de côté, ce qui m'a permis de payer ma prise en charge par l'institut. Tout est prêt. Il ne reste plus qu'à sauter le pas.

Elle a un petit rire forcé ; elle m'observe pour essayer de déchiffrer mon expression.

– Comment… comment ça va se passer ?

– C'est plutôt simple, en fait. Après mon admission à l'institut, ils me relient à Nox *via* leur connexion principale. On continuera à nourrir et faire bouger mon corps pour le garder en bonne santé, mais une fois le transfert réalisé, la connexion sera fermée et je ne pourrai plus revenir. Si je viens à mourir avant l'expiration des trente années que j'ai payées, le reste de l'argent te reviendra.

– Et si tu vis plus longtemps ?

Ma mère esquisse une expression qui semble dire : « Tu sais bien. »

– C'est très peu probable. Mais une fois le temps écoulé, le contrat expirera, et je cesserai d'exister dans ce monde comme dans Nox. Mais qui sait, peut-être que d'ici là, ils auront trouvé comment la conscience peut survivre à un corps, et je pourrai vivre là-bas définitivement.

– Est-ce que tu perdras la mémoire lorsque tu seras transférée ?

– Bien sûr que non, s'empresse-t-elle de répondre. Je ne partirais pas si c'était le cas.

– Quand comptes-tu partir ?

Elle baisse la tête.

– Après le jour du Commandant en chef. Je dois d'abord parler à Melnikov. Il n'approuvera pas, c'est certain, mais je ne veux pas partir sans qu'il le sache.

Puis elle ajoute :

– J'aimerais que tu sois avec moi au moment du transfert. Je sais que c'est beaucoup te demander, mais ce serait important pour moi.

Je jure d'être à ses côtés, même si, en effet, cette promesse me semble impossible à tenir. Je repense au salon lumineux et aux yeux chaleureux d'Ada. *Elle va simplement rentrer chez elle, rien de plus.* Mais des adieux restent des adieux. Leur caractère définitif est toujours aussi pesant.

– Quand tu es parti pour Moscou, j'espérais presque que tu ne reviendrais pas, me confie Maman au bout d'un moment. J'espérais que tu t'enfuirais à l'étranger, que tu nous surprendrais, que tu briserais le schéma tout tracé qui t'attend. Que tu commencerais ta propre vie. Tu es encore si jeune…

Je suis incapable de répondre ; les larmes me serrent la gorge à m'en rendre muet.

– Vivre dans ce monde est horrible. C'est une évidence, et je crois que tu es maintenant assez grand pour le savoir. Il n'y a rien qui me retienne ici à part toi. Je ne te demande pas de me comprendre ou de me pardonner. Tout ce que je te demande, c'est de me laisser partir.

Elle prend ma main dans la sienne et la caresse. Ma voix n'est qu'un murmure quand je lui promets de ne pas la retenir ici si elle veut vraiment s'en aller. Elle ferme les yeux mais ne retient pas ses larmes, qui strient son visage pâle.

– Tu es tout ce qui me restera de bon de ce monde après mon départ. Toi, Aleksei, tu es le seul bon choix que j'aie jamais fait. Je suis juste profondément désolée de ne pas avoir su être une meilleure mère pour toi…

– Tu as fait ce que tu as pu.

Lui pardonner me fait du bien. C'est comme se délester de poids que l'on traîne depuis si longtemps qu'ils étaient devenus une partie de soi.

– Merci, Alyosha.

Tout est oublié. Nous nous offrons ce dernier cadeau, ce moment d'amour pur et inconditionnel.

CHAPITRE 26
Aleksei

Je suis tombé amoureux de Marija si soudainement et avec une telle force que cela me bouleverse complètement. Bientôt, je n'arrive à penser à rien d'autre qu'elle, et le temps que je passe loin d'elle est dépourvu de sens. Je n'aurais jamais pensé pouvoir aimer de cette façon, mais ce que je ressens est pur et sincère.

Je liste dans ma tête tout ce que j'aime chez elle : sa gravité silencieuse, sa façon de se mordiller la lèvre inférieure quand elle se concentre, les pauses qu'elle fait pour chercher un mot, le pli vertical qui apparaît parfois entre ses sourcils, le petit écart entre ses incisives, sa lèvre supérieure légèrement plus épaisse que celle du bas, ses bras ronds, le doux renflement de sa poitrine sous son pull, ses longs cheveux de miel, le fait que sous une certaine lumière, ces derniers paraissent presque bruns et que, sous une autre, ils semblent faits de lumière.

J'aimerais sentir leur odeur, plonger mon visage dans leur masse dorée. Marija garde toujours ses cheveux libres loin des yeux inquisiteurs ; elle ne les attache et ne se couvre la tête – d'un chapeau ou d'un foulard, comme toutes les autres femmes, quelle que soit leur caste – que quand elle sort.

Pourtant, ils ne veulent jamais rester en place : des mèches s'échappent de sa tresse au moindre coup de vent. Il n'y a rien de soumis chez Marija, et c'est ce que j'aime le plus en elle.

Ce sentiment m'envahit avec une facilité déconcertante, malgré tous les préjugés et la haine qu'on m'avait inculqués. Il transperce tout cela en un éclair.

Après l'« incident des drapeaux », un couvre-feu temporaire est instauré, ce qui signifie que je suis coincé à l'institut pour un temps. En quelques jours, mes certitudes deviennent un peu plus floues ; je perds une partie de la conviction que je ressens en compagnie de Marija et des autres membres de la résistance. Je suis soucieux, et cela se voit.

– Est-ce que tu as rencontré une fille ? me demande Melnikov un matin alors que nous prenons le petit-déjeuner.

Je rougis et lui réponds que peut-être bien, mais que je ne veux pas en parler pour l'instant.

– Très bien, Aleksei, mais souviens-toi de tes responsabilités ici. Je te fais confiance. Tu as toi-même choisi de revenir et tu as accepté ta mission, mais j'ai bien peur que tu ne sois pas très concentré.

Je m'excuse et promets d'y remédier.

– Ma vie privée n'interférera pas avec mon travail ici.

Mais mon père me regarde avec méfiance, et j'ai peur qu'il ne s'aperçoive que je suis en train de devenir quelqu'un d'autre.

Trois heures plus tard, je patiente dans la cour intérieure de l'institut. Le monde qui m'entoure me paraît flou, dépourvu de couleurs et de formes. Je remonte le col de ma veste pour lutter contre le froid. Tout est paisible, le soleil luit à travers le rideau nuageux comme un disque d'or blanc. À part moi, il n'y a que des infirmiers qui attendent que des groupes de cobayes leur soient amenés, éblouis par ce soudain bain de lumière.

Bientôt, la porte s'ouvre et Xao se dirige vers moi, guidant Y-981 par une courte sangle fixée à ses mains liées. Un bonnet de laine a été enfilé sur sa tête rasée. Au-dessous, je distingue les bosses des capteurs. Elle garde les yeux fermement rivés au sol tandis que Xao me tend la laisse.

– Vingt minutes. Fais attention à ce qu'elle ne se refroidisse pas.

Nous décrivons un cercle lent autour de la cour intérieure. Les cobayes marchent tous dans la même direction, afin qu'ils ne puissent pas communiquer entre eux en se croisant. Y-981 me suit, ne pouvant faire autrement. Lorsque nous arrivons au portail menant à l'autre cour, un faible rayon de soleil éclaire le chemin pavé et joue sur nos visages.

La sangle se tend entre nous et je me retourne pour regarder derrière moi. La jeune fille est arrêtée, son visage pâle tourné vers le soleil. Ses joues ruissellent – ses yeux sont désormais tellement habitués à l'obscurité que l'éclat du jour les fait pleurer.

– Tu... tu veux rester dans la lumière ? je lui demande avec incertitude en désignant le jardin baigné de clarté.

La cobaye ne réagit pas à ma question, mais me suit lorsque j'emprunte un chemin menant sous de hauts pins noirs du Japon. Elle continue de regarder le soleil.

Sa peau pâle est celle d'une personne restée trop longtemps à l'intérieur. Ses yeux sont d'un brun profond, son souffle s'est transformé en givre blanc sur ses cils. Ses lèvres sont si serrées qu'il est difficile de l'imaginer rire, parler, manger ou embrasser quelqu'un. Tout petit, j'ai appris à détester les traits japonais, mais maintenant, j'essaie de voir au-delà des siens. Comme moi, elle a un duvet délicat sur les lobes de ses oreilles, des papilles sur la langue, deux rangées de dents, des poils qui se dressent sur ses bras dans l'air froid... Y-981 est un être humain, avec un nom et un passé.

– Tu as froid ?

Ma question reste suspendue entre nous, comme inutile. Elle semble ne pas la comprendre. Nous marchons côte à côte le long du sentier étroit.

– Quel est ton nom ? je lui demande impulsivement lorsque nous arrivons près des pins.

Elle tressaille, mais ne me regarde toujours pas. Son visage n'exprime aucun désir de parler. C'est presque comme si je promenais un animal docile. Je me dis que cette fille à côté de moi pourrait tout aussi bien être Marija, et l'envie de la protéger se réveille alors en moi.

Nous arrivons à l'avant de l'aile ouest ; là, de grands conifères s'élèvent autour de nous comme des colonnes vertes. Au milieu s'ouvre une petite clairière avec deux bancs. La cobaye laisse la lumière baigner son visage comme si elle voulait l'absorber. Elle devine que bientôt, ce maigre plaisir lui sera retiré.

– Tu penses être quelqu'un de bien parce que tu m'as demandé mon nom ? demande-t-elle au bout d'un moment, d'une voix sèche et éraillée qui n'a pas parlé depuis longtemps. Connaître mon nom ne rendra pas mon meurtre plus facile.

Je la regarde avec surprise. Ses mots sont tranchants et précis comme des flèches soigneusement décochées.

– Je n'ai rien à te dire. Je ne te dois rien.

Mes joues commencent à me brûler. Elle est donc pleinement consciente, malgré tout… *et elle me déteste*. J'ignore ce à quoi je m'attendais, mais, pour une raison quelconque, sa colère me réconforte, car elle fait d'elle un être humain, et de moi, le monstre que j'ai la sensation d'être.

– Désolé.

Nous restons un instant silencieux. La clarté intense me picote les yeux. Un des infirmiers siffle dans la cour intérieure pour signifier que nous devons rentrer, et je commence à ramener la jeune fille. Elle prend une dernière inspiration profonde.

– Ça sent la mer, ici… murmure-t-elle de manière à peine audible.

J'ai la gorge serrée. Je suis incapable de lui répondre quoi que ce soit. L'espace d'un instant, je voudrais tout lui expliquer. Je voudrais lui dire que je ne sais plus qui je suis depuis des mois, que j'aimerais ne pas être ici, que j'ai juste envie de tout quitter et recommencer, de vivre une vie complètement différente, loin d'ici. Que je suis un lâche, que je préférerais ne pas lui faire de mal, ne plus jamais blesser qui que ce soit pour la seule raison qu'il est différent de moi, mais que je participe encore à toute cette souffrance. Cela fait de moi un monstre, et même la caméra attachée au col de ma veste n'y change rien. Parfois, j'ai peur que cet endroit se soit infiltré dans mon sang en particules si fines qu'on ne pourrait même pas les voir au microscope.

La laisse est toujours dans ma main, mais moi aussi, je suis retenu sur place par des forces invisibles qui veillent à ce que je ne m'éloigne jamais trop du chemin tracé pour moi.

Lorsque je ramène la jeune fille à l'intérieur, ses joues presque givrées sont rougies et son menton tremble de froid. Bien que je n'aie pas besoin de rester, je m'attarde dans sa chambre après l'avoir aidée à se recoucher et l'avoir couverte. Ses yeux sont fermés, mais je ne sais pas si elle dort. Je contemple sur le mur l'image projetée d'une grande ville que je ne reconnais pas. À travers les fenêtres, la caméra montre des familles heureuses prenant leur dîner, des plats remplis de nourriture, des sourires pleins d'insouciance. Je me dis que ces plans ont dû être générés par ordinateur. Tout y est trop parfait.

– Mon père affirme souvent qu'on peut déduire beaucoup de la respiration d'une personne, commente soudain la cobaye.

Tu respires par intermittence. C'est une mauvaise chose, cela veut dire que ton corps n'est pas en paix.

J'en prends conscience : je me suis mis à retenir ma respiration sans m'en rendre compte. La fille ouvre lentement les yeux et me regarde. Je ne suis pas en paix, elle a raison sur ce point. Tout en moi est en ébullition, comme en pleine réaction chimique. J'observe sa tête rasée et les sondes qui y sont fixées. Elles sont alignées, du sommet de la tête jusqu'à la nuque, comme un chemin bien droit.

– Est-ce qu'elles te font mal ? je lui demande.

D'abord, elle ne comprend pas de quoi je parle, puis elle touche prudemment le haut de son crâne.

– Plus maintenant. Seulement si je me retourne accidentellement sur le dos en dormant. Cela a l'air pire que ça ne l'est.

– Tu es mon premier cobaye, je lui avoue, car il me semble important de le préciser. Je n'avais encore jamais fait ce travail. Mon père veut que je devienne médecin, mais je ne m'en sens pas capable.

– Très peu de gens dans ce monde peuvent faire ce qu'ils veulent.

J'ai honte. Je regarde les capteurs et le bout de ses doigts sans ongles et je sais que malgré tout, mon monde est immense et plein de possibilités. Je peux aller où je veux, étudier et voyager, adhérer à un parti, voter, aller travailler, me marier et avoir des enfants si je le souhaite. Toutes ces choses lui sont interdites.

– Je reviendrai demain matin.

Je me retourne pour partir.

– Satomi, dit-elle précipitamment. Tu m'as demandé mon nom. C'est Satomi.

Je la fixe avec étonnement avant d'acquiescer.

– Je m'appelle Aleksei.

Ce n'est que dans le couloir que je remarque que je retiens à nouveau mon souffle.

CHAPITRE 27
Cobaye

« La carte est maintenant complète », m'ont-ils dit.

Alors je vais bientôt partir.

Quel genre d'adieux vais-je faire au monde ?

Lorsque je retourne dans mes souvenirs vers des routes familières, j'y retrouve beaucoup de points douloureux, mais aussi beaucoup de bonheur. C'est étrange qu'au bout du compte, il y en ait eu autant. Je me sens émue lorsque je tiens dans mes mains avec tendresse ces pépites d'or, ces trésors fragiles et miraculeux.

Aujourd'hui, ils voulaient encore me montrer le soleil. Je suppose qu'ils pensaient faire preuve de miséricorde, mais c'était de la cruauté. Je n'avais pas senti la brise sur mon visage, vu la lumière du jour, foulé la terre depuis des mois. J'avais déjà réussi à oublier ce qu'on éprouve lorsqu'on a l'impression de faire partie du monde. Aujourd'hui, la lumière a ruisselé sur mon visage pour la dernière fois.

Mon infirmier m'a promenée comme on promène un chien, tout en me parlant comme s'il essayait de se faire pardonner quelque chose. Il m'a demandé mon nom, et au début, je ne pensais pas le lui dire, mais j'ai changé d'avis. Je suis faible. Je voulais juste qu'au moins l'un d'eux le connaisse : ainsi, je laisserai quelque chose derrière moi, telle une empreinte de main sur un rocher que quelqu'un pourra trouver un jour.

Un nouveau paysage est projeté sur le mur de ma chambre aujourd'hui. Je suis sous l'eau. Des plantes aquatiques, aussi hautes que des arbres, ondulent dans des courants invisibles, et je suis submergée par tout ce vert et ce bleu.

J'ai mal à la tête.

On m'apporte mon repas : du riz, des carottes, du chou.

L'infirmière reste à mes côtés pendant que je porte la nourriture à ma bouche sans appétit. Elle n'est pas comme celui qui m'a promenée dans la cour : elle ne me regarde jamais. J'aimerais la forcer à le faire, mais cela ne servirait à rien. Elle ne me verrait pas de toute façon.

Une fois seule, je parle aux murs, à cette mer sans poissons, aux plantes aquatiques.

Je leur dis : « Je m'appelle Satomi Masaki et je suis retenue ici contre ma volonté. »

Peut-être que l'eau emportera mes paroles au-delà de la mer, vers celle avec qui j'aurais dû autrefois partir d'ici et tout recommencer. Le paysage sous-marin tremble, disparaît un instant, puis revient. Les murs ne répondent pas. Mon esprit est embrumé. La lumière a disparu.

CHAPITRE 28
Aleksei

Melnikov m'emmène souvent avec lui au pigeonnier. En hiver, il faut entretenir les casiers quotidiennement pour qu'ils ne se remplissent pas de neige, mais pour le reste, les oiseaux se satisfont de peu et supportent bien le temps froid. Ils se blottissent les uns contre les autres presque toute la journée, les plumes ébouriffées. Nous leur donnons à manger et nettoyons leurs nichoirs à l'aube. Nous ne parlons guère, mon père et moi, mais en travaillant ensemble, nous nous rapprochons sans nous en rendre compte. De plus en plus souvent, Melnikov m'appelle « Aleksei » et non plus « fils ».

– Tu sembles t'être bien réhabitué à La Nouvelle-Tokyo. Tu as travaillé sans relâche depuis ton retour et tu t'es fait de nouveaux amis. Et ta demoiselle, est-elle d'origine russe ou chinoise ?

Un instant, je m'imagine lui dire la vérité. Je ne peux même pas me représenter sa réaction. Peut-être que le choc le ferait imploser.

– Elle est née en Russie, je mens.

Il est ravi.

– Quel est son nom ?

– Marija, je réponds, en espérant que Melnikov ne me demandera pas son nom de famille.

– Marija, répète-t-il. C'est un beau nom. Que fait son père ?

– Il est commerçant. Il voyage à travers l'Union pour vendre des panneaux solaires et des accumulateurs.

Cette réponse est la bonne, car c'est une profession respectable, mais toutefois si éloignée de nos cercles que Melnikov ne peut s'imaginer le connaître. Cela lui suffit et il ne demande rien d'autre.

– Je me souviens de ce que c'est que d'être jeune. Cela ne me manque pas. Le monde n'est pas encore bien défini, on doit le façonner à sa manière, y trouver sa propre place et créer de l'ordre dans le chaos. Quand j'avais ton âge, je ne connaissais encore rien à la vie, mais j'avais de grands projets. Tellement grands que c'est presque embarrassant d'y penser maintenant.

J'ai du mal à imaginer mon père plus jeune. Je regarde son dos si droit et essaie de me le représenter des années en arrière, mais je n'y parviens pas.

– Quel genre de projets ? je demande.

Il me ne répond pas immédiatement ; à la place, il parle à ses pigeons. L'un d'eux monte avec légèreté sur le dos de sa main et l'observe en penchant la tête.

– Crois-le ou non, je souhaitais devenir écrivain. J'ai dévié vers la médecine comme par accident, mais après tout, l'anatomie humaine recèle un nombre infini d'histoires. Ce que je fais maintenant à l'institut – réinitialiser et réinstaller l'esprit humain –, c'est au fond un peu comme écrire.

Les paroles de mon père me surprennent. Je n'en avais aucune idée, et il m'est impossible de croire qu'il ait jamais voulu faire quelque chose d'autre que ce métier qui me semble être toute sa vie.

– Mais c'est mieux ainsi, conclut-il d'un ton raisonnable en fermant la porte du pigeonnier derrière lui. Tu es encore jeune, Aleksei, mais toi aussi, tu dois déjà garder le cap sur la voie que tu empruntes. Je sais qu'actuellement, ta petite amie te semble être ce qu'il y a de plus important au monde, mais crois-moi quand je te dis que ce n'est pas le cas. Concentre-toi sur ton travail, assume ton devoir comme un homme et ne cède aux tentations qu'après cela. C'est mon conseil.

– D'accord, Papa, je réponds, et Melnikov tressaille à ce mot qui m'échappe pour la première fois depuis l'enfance.

Il a d'abord l'air embarrassé, avant de passer avec raideur son bras autour de mes épaules, de les tapoter une fois et de me dire :

– Tu es un bon garçon. Peut-être que je suis parfois trop dur avec toi.

La neige commence à tomber. Le couvre-feu est toujours en vigueur, limitant mon univers à l'institut. Je pense à Marija, loin d'ici, à l'autre extrémité de la ville, là où l'eau s'agite sans entraves de l'autre côté des murs anti-inondation. Que peut-elle bien être en train de faire ? Si seulement je pouvais la rejoindre…

– Je suis allé voir Maman, j'annonce au bout d'un moment.

Melnikov hoche la tête.

– Elle m'a appris qu'elle voulait être transférée. Apparemment, tout est déjà réglé, il ne lui reste qu'à t'en parler. Je sais que c'est dur, mais je pense que nous devrions accepter sa décision.

Père me regarde avec surprise. Jusque-là, nous avons toujours été du même côté en ce qui concerne ma mère : nous voulions la garder avec nous.

– Nous avons discuté, finit-il par répondre. Je n'ai pas l'intention de l'en empêcher.

Je suis étonné de voir avec quelle facilité il renonce maintenant à elle. Mais peut-être qu'il lui a fait ses adieux depuis si longtemps que le caractère définitif de cette décision est aussi un soulagement.

Les pigeons s'agitent, battant des ailes comme pour s'envoler. Melnikov redevient rapidement lui-même, et je peux lire à sa posture que nous ne poursuivrons pas cette discussion aujourd'hui. Pendant un court instant, il semble sur le point de rajouter quelque chose, mais il se contente de secouer la tête comme pour se débarrasser d'une pensée pénible.

– Allons, du calme, il n'y a pas de quoi s'inquiéter.

Il me tourne le dos tandis qu'il essaie d'apaiser les oiseaux roucoulants.

La tempête commence cet après-midi-là et dure trois jours. De fortes pluies s'abattent dans les rues et le niveau de l'eau monte si haut que le mur anti-inondation menace d'être submergé. Le vent souffle depuis la mer. Des rafales furieuses font trembler nos vitres ; les plus violentes arrachent les toits des vieilles maisons et les arbres du parc.

Toute lumière a disparu derrière d'épais nuages. Le soleil semble hiberner. La pluie brouille tout et l'institut se referme sur lui-même. Les jours s'enchaînent, le passage des heures n'est marqué que par les repas, mais les petits-déjeuners et les dîners se prennent dans le même crépuscule.

Un après-midi, je suis Melnikov à travers l'institut, dont il me présente les différents départements. Je porte la caméra à mon col et m'assure qu'elle voit tout. Dans l'aile de recherche physiologique, il m'explique en détail les résultats de diverses expériences tandis que nous passons devant des cellules verrouillées et des salles d'examen vivement éclairées, vides pour la plupart.

– Il y a moins de cobayes qu'avant, se plaint encore une fois mon père, et ça ne va pas en s'arrangeant.

« Test d'antidote, test de privation de sommeil, test d'exposition à la lumière, test de retombées nucléaires », énumère-t-il au fur et à mesure que nous progressons dans le département. Je m'efforce de dissimuler mon trouble. Dans le service des maladies infectieuses, il me parle d'une expérimentation à laquelle les participants eux-mêmes ignoraient prendre part : un virus génétiquement modifié a été implanté l'année dernière dans les puits d'innombrables villages d'internement afin d'étudier la manière dont il se comporterait dans l'organisme humain et la rapidité avec laquelle il se propagerait.

– Parfois, au nom de la science, il faut prendre des libertés. C'est ce qu'on appelle la médecine d'investigation.

Nous passons rapidement devant le service de réanimation. On amène ici les rares individus qui ont survécu à leur première série de tests, pour qu'ils reçoivent des soins avant la série suivante.

– Avant, on ne s'embêtait pas autant. Les résultats se détériorent naturellement lorsque les cobayes passent par autant de cycles, mais de nos jours, leur recyclage est nécessaire pour des raisons pratiques.

J'aperçois des peaux qui pèlent, des moignons, des orbites vides. Certains individus sont allongés sans bouger, quelques-uns se balancent d'avant en arrière dans leurs lits, les genoux serrés contre leur poitrine comme des enfants. Je vois aussi l'un des « cafards » qui ont été amenés à l'institut le soir de mon arrivée. L'homme est encore en vie ; c'est presque un miracle. Assis au bord de son lit, il regarde devant lui, le visage inexpressif. Je suis obligé de détourner le regard et de me concentrer sur le dos de la blouse blanche de Melnikov, sous cette lumière artificielle qui enlaidit tout.

Demain est un jour important : ma propre cobaye sera réinitialisée. Dehors, la tempête fait rage sur la ville, et j'ai l'impression d'étouffer. C'est le dernier jour du couvre-feu. J'ai hâte de sortir d'ici. Cet Aleksei-là me répugne, il est faible et sans volonté. Je ne le supporte pas.

Je veux que les yeux graves de Marija se posent sur moi. Mais avant cela, il me faut endurer cette journée jusqu'au bout.

CHAPITRE 29
Cobaye

Ils m'emmènent par un couloir étroit jusqu'à la salle de lavage de cerveau. J'aimerais penser que c'est le même que ma mère a emprunté il y a des années. Le cercle se referme ; cette fin est, à sa façon, terrifiante, d'une logique parfaite. Mère m'accompagne au bout de mon chemin. Cette pensée me rassure, même si je sais bien ce qui m'attend à l'autre extrémité de ce couloir.

On me demande de m'allonger, et le garçon qui connaît mon nom pose doucement sa main sur mon front, comme le faisait mon père quand j'étais enfant pour savoir si j'avais de la fièvre.

– Tout va bien se passer, dit-il à voix basse.

La machine est mise en marche et je ferme les paupières pour ne plus voir leurs visages, pour ne plus rien voir d'autre qu'un jardin quelque part, très loin d'ici, de l'autre côté de la mer. Des fleurs jaunes, joyeuses, ensoleillées, quelques rosiers et arbres fruitiers et, sous les arbres, me tournant le dos, *elle*, assise là, qui m'attend.

Mon corps devient vite lourd et atone. Je me sens sombrer dans l'épaisseur du lit, puis le traverser, lourde comme du plomb, m'enfonçant à travers la terre, l'argile, la roche, au plus profond du monde, vers l'obscurité silencieuse, là où commence et finit la vie.

Mon esprit est une toundra sans arbres, venteuse et vide, au sommet d'une haute montagne. Le paysage en dessous de moi est couvert d'épais nuages, et au-dessus, il n'y a qu'un ciel clair et éblouissant. Il est si proche que je pourrais presque le toucher, glisser le bout de mes doigts sans ongles dans ce bleu pâle et le traverser pour rentrer à la maison.

Tout est désolé, mais, en plissant les yeux, je finis par apercevoir quelque chose : loin, très loin, de l'autre côté de ce monde désertique, brille une lumière. Je me dirige vers elle au ralenti, comme si j'étais dans l'eau.

Je suis un papillon de nuit : la lumière m'attire vers elle, même si je risque de me brûler les ailes. Quand je me rapproche du feu, je la vois. Mai est assise et me regarde avancer, les flammes se reflétant sur son visage. Ses traits sont la seule chose tangible dans ce monde sans relief. Je sursaute devant leur précision. Elle me sourit et me fait signe de la rejoindre. Je secoue la tête. *Non !* j'ai envie de crier. *Cache ton visage ! Ils te cherchent !*

– Viens, assieds-toi un moment ici avec moi, me demande-t-elle.

– Je ne peux pas. Si je m'approche de toi, ils te trouveront et t'emmèneront.

Elle penche la tête et m'observe avec un sourire qui plisse ses yeux.

– Tu as peur de trop de choses.

– Et toi de pas assez, je lui réponds.

Mais je cède, savourant la chaleur de sa présence.

Ce n'est probablement rien de grave, mais nous avons peut-être un problème. Venez voir.

Soudain, le ciel se remplit de rais de lumière éblouissants. Les faisceaux lasers des camions militaires nous cherchent, elle et moi. Quelqu'un nous regarde d'en haut, directement depuis le sommet de mon crâne. Terrifiée, je repousse Mai dans l'ombre, et nous nous enfuyons en courant, nous cachant dans les broussailles, sans même oser respirer.

– Ils te cherchent. Tu es mon dernier souvenir.

– Viens avec moi, supplie-t-elle, sa main froide agrippant mon poignet comme une liane. Tu ne dois pas m'oublier.

– Je ne peux pas les en empêcher ! Tu entends ? Ils sont déjà tout proches !

Regardez, le souci se reproduit. Les synapses ne réagissent pas aux neurotransmetteurs.

La voix provient de quelque part au-dessus de moi. Je scrute le ciel dans sa direction, toujours sans rien voir.

Mai ne comprend pas mon inquiétude.

– Je t'ai attendue, le soir où nous étions censées partir, mais tu n'es jamais venue, dit-elle d'un ton accusateur.

– J'ai essayé, mais je n'ai pas pu. Je les aurais conduits directement vers toi. C'est ce qui se passe maintenant, tu vois ? Ça recommence.

Le ciel paraît s'ouvrir complètement et une lumière vive déferle sur nous. Je pousse Mai à l'abri et, l'espace d'un instant, je sens son souffle sur ma peau.

Ah-ha ! Voilà la source du problème ! Cette connexion ne fonctionne pas comme les autres, il y a quelque chose en plus ici.

Le temps m'est compté. Je ferme les yeux et imagine mon amie avec une capuche – la blanche qui couvrait sa tête lorsqu'elle était encore une Nymphe chez Rafikov. Son visage est ainsi masqué, et je soupire de soulagement. Il restera à moi.

– Tu te souviens du phare ? Je vais te cacher là-bas. S'ils viennent, ne les laisse pas entrer. Tu comprends ? Fais comme si tu n'existais pas.

Nous nous tenons à présent sur le promontoire venteux familier. Les oiseaux sont suspendus dans le ciel comme s'ils étaient accrochés à des fils et des rafales soufflent dans toutes les directions. Le phare se dresse à nos côtés comme un mémorial des temps passés.

– Tu dois partir.

Elle m'obéit, franchissant le seuil.

Je ne vois pas son visage. Je n'arrive pas à me le représenter.

Je ne me rappelle plus son visage.

– Ne m'oublie pas ici, m'implore-t-elle.

Puis la porte se ferme, et je reste seule.

Je n'ai nulle part où aller, aucune route à emprunter. Rien dans ce paysage ne m'est familier, il n'y a pas un seul point d'attache. Petit à petit, tout se couvre de ténèbres, le brouillard bleuté devient noir et m'engloutit.

CHAPITRE 30
Aleksei

Les montagnes blanches s'élèvent dans le ciel clair. Le monde est plus facile à appréhender depuis les airs : tout est plus petit qu'on n'oserait l'imaginer. Jin et Xao portent leurs plus beaux vêtements, guindés jusque dans leurs expressions. À côté de moi, mon père a fière allure dans sa veste en popeline noire et son chapeau d'hiver en poils de loup. Les jambes croisées, il lisse soigneusement le tissu de son pantalon. Aujourd'hui, c'est le jour du Commandant en chef ; aucun pli n'est toléré.

Il ne nous faut que quinze minutes pour rejoindre l'hôtel Garamov. Même s'il semble inutile de prendre un hélicoptère pour un trajet si court, nous devons arriver par les airs comme tous les autres invités de marque. Un instant, je distingue les immeubles gris construits à la hâte aux abords du nouveau centre-ville, l'entrelacs des rues, les dos jaunes des trolleybus et la foule rassemblée près de la maison de l'administration. Le nouveau centre semble étonnamment petit, ses bâtiments densément agglutinés les uns aux autres. Il n'y a même pas de place entre eux pour des parcs ou des arbres. Plus loin s'étendent la vieille métropole engloutie et ses vieux gratte-ciel, et enfin, la mer.

Nous nous posons sur l'héliport de l'hôtel Garamov, où nous sommes reçus en invités d'honneur. Quatre belles chambres nous ont été réservées à un étage intermédiaire.

– Nous ne logeons pas aux étages supérieurs ? demande immédiatement Melnikov avec un air déçu.

Le portier secoue la tête en s'excusant et assure que les chambres sont de première classe, avec une belle vue sur la ville et la maison de l'administration, d'où seront tirés les feux d'artifice ce soir.

Il nous reste quelques heures avant le début du programme officiel. Je me retire dans ma chambre en prétextant un mal de tête, mais, dès que j'entends les autres portes se fermer, je me faufile à nouveau dans le couloir.

Je sors un instant pour respirer de l'air frais, les rues sont bondées. Des milliers de personnes en tenue de fête se sont rassemblées, des fanions ont été tendus au-dessus des rues. Les enfants ont les joues rougies par le froid et les adultes des sourires figés aux lèvres. Un trolleybus gronde en passant à côté de moi. Une affiche collée sur son flanc proclame : « Vive le Commandant en chef ! »

Je suis surpris de soudain apercevoir Marija et Petrov dans la foule – lui porte des lunettes de soleil qui cachent ses yeux, elle un chapeau en laine bordeaux et un manteau d'hiver qui lui tombe jusqu'aux mollets. Même si elle me tourne le dos, je la reconnais immédiatement. Je la reconnaîtrais entre mille.

J'appelle son nom. J'ai peur qu'elle disparaisse, mais elle se retourne avec stupéfaction. Un sourire se dessine sur son visage. Elle m'indique une ruelle calme, à l'écart de la foule.

– Je ne pensais pas vous voir ici. Qu'est-ce que vous faites là ?

– Nous ? Nous participons aux festivités, comme tout bon citoyen se doit de le faire, répond Marija en mettant son poing sur sa poitrine comme en signe de respect.

Petrov rit sèchement. Je me sens soudain stupide, comme s'ils savaient quelque chose que j'ignore.

– Vous préparez quelque chose ?

Mon amie a un petit rictus et jette un coup d'œil complice à son camarade. À nouveau, je me sens exclu.

– Tu verras. Mais je te conseille de ne pas sortir dans les rues ce soir.

– Je veux être des vôtres.

J'ai bien conscience que ma réaction est enfantine. Marija secoue la tête.

– Nous n'avons pas besoin de toi aujourd'hui. N'oublie pas que ta propre mission est importante, tu es notre taupe parmi les loups. Tu as bien ta caméra sur toi ?

J'acquiesce, effleure le col de ma veste. Elle le redresse légèrement, et le bout de ses doigts frôle mon cou. Ce geste me trouble. Elle sourit.

– Sois attentif, suis les conversations les plus intéressantes, et tu obtiendras de bons enregistrements, me conseille-t-elle.

– Quand nous reverrons-nous ?

– Je prendrai contact avec toi au moment voulu, promet-elle.

J'espère seulement ne pas trop attendre.

Juste avant qu'ils ne disparaissent dans la foule, Petrov se penche pour murmurer quelque chose à Marija, qui rit. J'ai l'impression qu'ils parlent de moi, mais je me donne probablement trop d'importance. Ils sont sans doute bien trop occupés pour penser à ma petite personne. J'envie Petrov de connaître Marija. De la connaître *vraiment*. Moi, je ne la vois que de l'extérieur.

À mon retour à l'hôtel, je m'asperge le visage d'eau glacée jusqu'à ce que ma peau picote et qu'un peu de couleur revienne sur mes joues. Il y a un an jour pour jour, je ne savais pas encore où j'allais. Une grande fête avait été organisée à l'école, il y avait eu des discours, de la nourriture et même de la musique, la salle des fêtes avait été décorée de photos du Commandant en chef et de drapeaux de l'Union. Je m'étais assis seul contre le mur, observant mes camarades, leurs expressions insouciantes et leurs postures pleines d'assurance. J'avais déjà commencé à m'éloigner d'eux, mais je les enviais encore. Ce devait être plus facile pour eux. Il est toujours plus aisé de faire partie d'un groupe que de s'en démarquer.

Nous arrivons à la maison de l'administration en foulant le tapis rouge. Les années précédentes, mon père faisait la queue avec les autres invités et s'asseyait dans la galerie du haut avec le public, mais maintenant qu'il est médecin-chef de l'Institut de recherche sur l'humain, lui et son entourage reçoivent un traitement de faveur.

– Ça, c'est quelque chose ! se rengorge Xao.

Il rayonne de fierté. Melnikov, à ses côtés, arbore son flegme habituel. S'il est ravi, cela ne se remarque pas.

Nous sommes conduits au salon des invités, qui est déjà rempli de commandants et d'autres personnalités de haut rang de l'Union. Je reconnais certains des membres les plus importants du Parti – des médecins, des analystes, des scientifiques, des généraux, des commandants. La salle bourdonne d'impatience.

Il n'y a qu'un seul groupe politique au sein de l'Union de la Ligue marchande de l'Est. J'ai appris au sein de la résistance que ce n'était pas habituel ailleurs dans le monde.

– Il est important qu'existent des partis d'opposition, m'a expliqué Vadim à la fin d'une réunion à Moscou.

Je ne comprenais pas. Comment un tel système pourrait-il fonctionner ? Les forces opposées se battraient alors pour le pouvoir, qu'elles exerceraient à tour de rôle. À l'époque, cela me paraissait insensé.

– C'est ça, la démocratie. Chacun a le droit d'exprimer son opinion.

C'était la première fois que j'entendais ce mot.

Je ne pouvais pas imaginer que l'Union permettrait un jour une telle liberté de choix. La preuve avec le cas du commandant Wang : il s'est publiquement écarté de la ligne du Parti et a été immédiatement qualifié de traître. Il a fini par devoir fuir et disparaître. Dans ce pays, il faut toujours penser comme un seul homme.

Je ne sais pas pourquoi, je suis surpris que personne ne semble remarquer notre arrivée : celle-ci passe inaperçue dans le brouhaha et la musique. Je peux lire une déception discrète sur le visage de mon père. Il salue les invités, qui lui répondent poliment en retour, mais la plupart n'ont pas l'air de le reconnaître.

C'est l'un des nôtres, un membre de l'élite comme nous, lit-on simplement dans leurs regards.

J'accepte le verre de vin mousseux qui m'est offert et déambule dans le salon bondé. J'essaie d'enregistrer un maximum de conversations au cours de cette soirée, à la recherche d'informations importantes pour le mouvement de résistance.

De l'autre côté de la salle, Melnikov me fait signe d'approcher. Il veut me présenter à un commandant arrivé du Nord qui, selon lui, milite pour la réouverture des camps dans notre colonie.

– Commandant Rafikov, voici mon fils Aleksei.

Il me serre la main avec fermeté.

– Ravi de vous rencontrer, jeune homme, me salue-t-il poliment. Êtes-vous étudiant ?

– Je viens tout juste de terminer le lycée à Moscou.

– Il va commencer ses études de médecine à Pékin, s'empresse de rajouter Père.

Le commandant hoche la tête en signe d'approbation. Melnikov fait un compliment banal sur les festivités, et Rafikov l'accepte avec un air reconnaissant comme s'il était personnellement responsable de leur organisation.

– La fête est en effet particulièrement réussie cette année. J'attends avec impatience le discours de Lebedev, répond-il.

Nous acquiesçons. Personne n'exprime à voix haute la question que nous nous posons tous : va-t-il vraiment y avoir un discours ? Lebedev est faible et n'est pas apparu devant les caméras depuis six mois. Qui sait même s'il est encore en vie ? La disparition du Commandant en chef dans un tel climat menacerait le fragile équilibre de l'Union. Il serait plus sage de garder cette mort secrète, afin de ne pas placer le mouvement de résistance en position de force.

– Et si nous allions manger quelque chose, nous aussi ? propose Rafikov en désignant le buffet qui croule sous les mets.

Alors que nous traversons la salle, il demande à mon père sur un ton étonnamment familier :

– Dis-moi, Melnikov : on vous amène des prisonniers de toute la colonie, n'est-ce pas ?

– De tous les coins de l'île, en effet.

Rafikov frotte son menton barbu.

– Hum. Je me demandais si, par hasard, vous aviez reçu une prisonnière nommée Mai Ito ces derniers mois ?

Je jette un coup d'œil au profil taillé à la serpe de Rafikov, puis à Père, qui fronce les sourcils d'un air pensif.

– Non, pour autant que je m'en souvienne. Pourquoi cette question ?

– C'était ma Nymphe. Elle s'est enfuie il y a quelques mois, à mon grand regret. Je l'ai recherchée dans les prisons et les camps, mais elle semble avoir disparu sans laisser de traces.

Rafikov vide son verre de vin mousseux, lèche les dernières gouttes sur ses lèvres et secoue la tête. L'expression de Melnikov s'assombrit.

– Ce nom ne m'est pas familier, je m'en souviendrais certainement si c'était un cobaye de l'institut. Je suis navré de ne pouvoir vous aider davantage.

– Elle est certainement morte. Quel gâchis... lâche le commandant d'un air sombre, avant d'ajouter sur un ton plus léger : J'aurais beaucoup aimé lui infliger la sanction qu'elle méritait.

Rafikov tourne alors les talons, nous présentant son large dos drapé de bleu. Quand il s'est éloigné, mon père secoue la tête avec dédain.

– Ces hommes hypocrites avec leurs Nymphes... Comme c'est pathétique.

Lui-même n'a jamais pris de Nymphe, même si son statut le lui permettrait.

Le buffet déborde d'un tel excès de victuailles que le message est clair : nous ne manquons de rien. Il y a de la viande – du porc, du bœuf, de l'agneau –, et même du *poisson*, si difficile à obtenir de bonne qualité de nos jours. Il y a des fruits et des baies cultivés sous serre, des fromages, des pains, des pommes de terre sous toutes les formes, ainsi que de l'alcool. Pas de limite de verres aujourd'hui : c'est après tout le jour de fête le plus important de l'année, alors on s'autorise une exception.

Melnikov ne mange jamais devant des inconnus. C'est une de ses bizarreries. Ce soir n'échappe pas à la règle : il ignore le buffet et se dirige droit vers les boissons, demandant au serveur de lui verser une demi-dose de whisky. Celui-ci est rarement disponible par chez nous. On ne trouve généralement que de la bière légère ou, dans le pire des cas, du vin de riz, la boisson des pauvres.

Je n'ai pas non plus envie de manger. Je le suis et commande le premier whisky de ma vie. Il me brûle la gorge.

– Eh bien, fils. C'est quelque chose, n'est-ce pas ? me lance mon père, mais son sourire ne semble pas sincère et ses mots manquent de conviction.

Il commence à faire le tour du grand salon, cherchant des visages familiers. Il en trouve enfin un près du portrait du Commandant en chef, où un homme mince à la tête grisonnante appuyé sur sa canne est en pleine conversation.

– Popov ! s'exclame-t-il.

Le vieil homme le regarde en plissant les yeux, puis sourit chaleureusement en le reconnaissant.

– Boris Melnikov ! Ma parole, ça fait une éternité !

Ils se serrent la main et mon père me présente à nouveau. Y a-t-il de la fierté dans sa voix, ou est-ce seulement le fruit de mon imagination ?

– Ton fils, tu dis ? Il a bien grandi ! Je me souviens de l'avoir vu quand il n'était qu'un petit garçon. Vous vous ressemblez, ment Popov en nous regardant tour à tour.

Ils discutent ensuite de l'état de l'Union, des manifestations, de l'incident des drapeaux de la semaine précédente. Quelle honte ! Comment osent-ils ? Et ce Wang qui n'a toujours pas été retrouvé ! Ma foi, ce ne sont que de menus tracas. Du reste, l'Union se porte au mieux, la discipline et l'ordre règnent plus que jamais, des objectifs et des valeurs communs nous guident… Mais il y a des espions, c'est vrai, on ne peut pas le nier. Quel dommage. Il faut redoubler d'attention, faire ceci et cela, ne rien céder aux cafards.

– Toute la ville inondée devrait être évacuée et noyée une bonne fois pour toutes ! C'est là qu'ils se terrent.

– Oui, mais où mettrions-nous tous ces gens ? Nous ne pouvons pas les laisser s'installer parmi nous, fait remarquer Melnikov.

Le vieil homme balaie l'objection d'un revers de main.

– Nous avons des camps de travail et des prisons, s'énerve-t-il, avant que son visage s'éclaire à l'arrivée d'un serveur portant un plateau rutilant.

Il se sert une petite quiche au saumon.

– Ce poisson est délicieux, vous devriez y goûter. Il vient de l'océan Arctique, d'une nouvelle ferme piscicole, si j'ai bien compris.

Je finis mon verre trop vite et mon visage s'échauffe.

– Excellent, excellent, acquiesce mon père tout en refusant poliment les amuse-bouche.

Il adresse à son interlocuteur le même sourire qu'il réserve à tous ceux qui ne lui importent pas vraiment – avec autant de chaleur et de sincérité qu'il en est capable.

– Comment ça va, à l'institut ?

– À merveille, merci de t'en soucier. Nous avons récemment reçu un chargement de nouveaux cobayes, le premier depuis un certain temps, et nous faisons des progrès rapides dans nos recherches sur la manipulation de la mémoire.

Les autres hommes avec qui parlait Popov s'intéressent à leur tour à la conversation.

– Ainsi, c'est vous qui dirigez l'Institut de recherche sur l'humain ? demande l'un d'eux.

– C'est bien moi, Boris Melnikov.

– Nous parlions justement de vous à l'instant.

– Ah oui ?

– Tout à fait, confirme un autre en se joignant à la discussion.

– Nous spéculions sur le nombre de Nymphes que votre institut pourrait produire chaque année.

Père cligne des yeux, passant de la surprise à la confusion.

– Je vous demande pardon ?

De la tension pointe dans sa voix, mais je suis le seul à pouvoir remarquer le subtil changement dans sa posture, dans la façon dont il tient son verre.

– Rien que dans notre colonie, les besoins annuels sont probablement d'au moins cinquante… Selon Liu, c'est une estimation haute, mais je suppose que ce n'est pas un nombre excessif.

– Cinquante quoi ?

– Nymphes, bien entendu. Bien sûr, les besoins seront moins grands si vous parvenez à créer des filles pleinement dociles. Pour le moment, les pertes sont malheureusement encore élevées.

– Excusez-moi, mais je ne comprends pas très bien… Quel est le rapport entre mon institut et ce sujet ?

– Vous n'êtes pas au courant ? La nouvelle administration locale envisage de cesser de financer votre institut s'il poursuit son fonctionnement actuel. Après tout, il est petit, et on parle depuis un certain temps de son absence de rentabilité.

– Son *absence de rentabilité* ?

– Vous venez vous-même de dire que vous n'aviez plus reçu de nouveaux cobayes depuis un moment.

– Certes, mais ce problème n'est que temporaire. Nous ne…

– Eh bien, je n'en sais pas beaucoup plus, l'interrompt l'homme, mais quelques nouveaux commandants ont rédigé une proposition pour la commission des finances : à l'avenir, des fonds ne seraient alloués à l'institut que s'il est en mesure de produire des soldats et des Nymphes de qualité.

– Mais nos recherches ne concernent pas que la mémoire, proteste Melnikov. Ce n'est qu'une partie de notre travail. Le département de recherche physiologique, par exemple, mène d'importants essais sur les antidotes.

Popov plisse les yeux avant de répondre :

– Si j'ai bien compris, ce département de recherche physiologique serait entièrement transféré sur le continent et fusionné avec un autre centre de recherche. Ton institut se concentrerait uniquement sur la manipulation de la mémoire. Imagine les nouvelles opportunités que cela ouvrirait !

– On a recensé beaucoup trop d'incidents et de complications ces derniers temps, reprend le commandant Liu. Rien que le mois dernier, une Nymphe a tué sa maîtresse, et on ne compte plus les évasions et les suicides malgré les précautions. C'est tout à fait regrettable. Il est difficile d'inculquer les bonnes manières à ces filles, et quand elles parviennent à s'enfuir, on doit recommencer le travail depuis le début. J'ai toujours dit qu'il fallait prendre des mesures plus efficaces. Essayez de nos jours de trouver des filles convenables dans les villages ! Cela fait déjà des années que je suggère la création d'un centre spécialisé pour produire des Nymphes.

Après une pause, il s'étonne :

– Pourquoi avez-vous l'air si surpris ? Nous en avons déjà discuté avec votre collègue de manière très détaillée.

– Mon collègue ?

– Le docteur Xao. Il affirme s'exprimer en votre nom lorsque votre travail vous retient. Alors quoi ? Vous voudriez nous dire que vous n'étiez pas au courant ?

– Je... je ne savais pas que la décision avait déjà été prise.

Le commandant Rafikov se joint lui aussi à la conversation.

– Je me suis moi-même déjà rendu à l'institut pour voir quelques filles, lorsque j'étais de passage en ville pour affaires, raconte-t-il. Le docteur Xao a eu l'amabilité de me montrer trois cobayes différentes, dont l'une m'a semblé particulièrement prometteuse.

La fureur dans le regard de mon père est si intense que je crains un instant qu'il ne perde son sang-froid.

Je me souviens subitement de la robe blanche de Nymphe et de la perruque noire dans l'appartement de Xao, et je réalise qu'il complotait alors déjà dans le dos de son supérieur. Ces accessoires étaient destinés aux cobayes.

– Je n'ai pas donné ma permission pour cela.

– Le sujet divise vraiment, s'empresse d'enchaîner Popov. J'ai moi-même voté pour le projet, mais uniquement pour que vous puissiez continuer votre précieux travail et que votre centre ne soit pas complètement fermé. C'est une véritable institution, une fierté pour notre petite colonie.

Melnikov avale d'un trait le reste de son whisky et pose son verre sur le plateau d'un serveur qui passe. Son ami et les autres hommes l'observent, attendant une réponse, tout en savourant son silence et ses épaules qui s'affaissent. Je ne l'ai jamais vu si anéanti.

– C'est une bonne nouvelle. C'est le projet dont tu parles depuis des années, Papa.

Je nous surprends tous les deux. Mais je veux lui donner une chance de sauver la face.

– C'est une question de bon sens, je reprends. Davantage de financement signifie davantage de cobayes. Les recherches pourront se poursuivre au mieux et tout le monde bénéficiera du résultat final.

Popov hoche la tête avec enthousiasme.

– Ce garçon a tout à fait raison.

Melnikov se balance d'une jambe sur l'autre.

– Oui, les recherches se poursuivront, parvient-il à dire avec difficulté.

Les autres s'attardent un moment par politesse avant de prendre congé. Melnikov ne rougit jamais, pas même maintenant. Il ne transpire pas, ses mains ne tremblent pas, le ton de sa voix ne le trahit pas. Mais je lis son dos courbé comme un livre ouvert.

– Des Nymphes, lâche-t-il enfin en se tournant vers moi. Tu imagines ? Des Nymphes et des soldats ? Autant dire des poupées ! Je vais tuer Xao.

– Comment a-t-il pu faire ça dans ton dos ?

– Et moi qui pensais que tout ce qui faisait le charme des Nymphes était qu'elles se trouvaient dans cette position contre leur gré, ricane-t-il amèrement. Mais qu'est-ce que j'y connais, après tout ?

Nous passons d'une pièce à l'autre, saluons des gens que je ne connais pas. La plupart affichent la même incertitude que j'ai déjà remarquée plus tôt : beaucoup ne reconnaissent pas Melnikov. Je n'en crois pas mes yeux. Toute ma vie, j'ai imaginé que mon père était presque un surhomme, que tout le monde se taisait lorsqu'il entrait dans une pièce. Que chacun à La Nouvelle-Tokyo, dans notre colonie et peut-être dans toute l'Union connaissait son nom, savait ce qu'il représentait et le vénérait tout comme moi autrefois, impressionné par son air distant et sa sagesse incontestable.

En regardant mon père aujourd'hui, j'éprouve soudain de la pitié pour lui.

Car ma vision est désormais radicalement différente. Je vois le directeur d'un petit institut isolé dont peu de personnes dans cette salle connaissent seulement le nom. Je découvre des fissures que je n'ai jamais remarquées auparavant et, pour la première fois de ma vie, je ressens une tendresse inattendue pour lui.

Melnikov, Papa, n'est après tout qu'un être humain.

CHAPITRE 31
Aleksei

La soirée se déroule comme à l'accoutumée – mais cette fois, nous nous asseyons dans la loge des invités de marque avec les autres notables de notre colonie. Nous écoutons une succession de discours, des phrases maintes fois répétées sur l'unité de l'Union, la pureté, la fraternité, la grande mission, contre lesquelles je m'insurge intérieurement. Mon humeur s'assombrit. Je jette discrètement un coup d'œil à l'horloge. Combien de temps cela va-t-il encore durer ?

Le point culminant des festivités est le discours du Commandant en chef Lebedev, qui est retransmis en direct dans chaque foyer, tour à tour depuis Pékin et Moscou. Cette année, la célébration officielle a lieu à Pékin. L'écran ne montre d'abord qu'une chaise vide pendant près de cinq minutes. Nous attendons, mais le Commandant en chef n'apparaît toujours pas. Le public s'agite, fébrile. On peut entendre à l'arrière-plan une foule nombreuse chanter d'un ton monocorde *Sous un seul drapeau*. Enfin, le chant s'interrompt et des applaudissements éclatent, assourdissants. Une ferveur enthousiaste, communicative, déborde de l'écran.

Bientôt, la silhouette voûtée de Lebedev apparaît. Tous les souffles se suspendent : cette année, le Commandant en chef est en fauteuil roulant. C'est du jamais-vu. Il fait peine à voir. Il se tient avachi, le menton sur la poitrine. Presque gêné pour lui, je détourne le regard un instant. Quand je relève les yeux, sous le maquillage épais, je vois un individu malade, frêle et très âgé qui agite lentement sa main maigre pour saluer le public.

Combien de temps un homme peut-il vivre ? Son âge est un mystère. Le jour du Commandant en chef n'est pas un anniversaire, on ne parle jamais de chiffres. L'Union veut donner l'image d'un leader incontestable et immortel qui subjugue la foule, lui parle d'unité et lui fait croire que tout ceci est juste, que notre façon de vivre est indéniablement la bonne. *Ne vous inquiétez pas et ayez confiance en l'avenir.*

Le discours de Lebedev dure en général entre une demi-heure et une heure. Il est toujours plein de formules pompeuses, faciles à transformer en gros titres pour les journaux, en affiches et en slogans à scander dans les haut-parleurs. Mais pas aujourd'hui ; cette fois, il parle si doucement que quelqu'un doit rapprocher le micro de son menton, et même alors, il reste à peine audible.

– Chers citoyens. Je vous suis reconnaissant d'être… d'être venus en si… en si grand nombre cette année encore. Cela me procure une grande joie de voir que… que dans notre nation, il y a encore de la fraternité, de la loyauté, et… et que nombreux sont ceux qui respectent le drapeau et tout ce qu'il représente.

Il règne désormais dans le public un silence de mort, tant à Pékin que dans cette salle. Chaque mot est comme un coup. Je peux lire la même pensée sur le visage de tous les auditeurs : comment quelque chose d'aussi permanent et stable peut-il s'effondrer ainsi ? Tout, absolument tout se termine un jour. Je me demande pourquoi personne ne dit rien, comme si tout allait bien, alors que chacun de nous peut voir dans quel piteux état est Lebedev. Cela me paraît grotesque.

– Cette journée est importante, parce que…

Mais un écran noir met un terme brutal au discours. Une rumeur frustrée s'élève du public. Au moment où quelqu'un se précipite pour régler l'appareil, l'image revient.

Cette fois, cependant, ce n'est pas Lebedev qui apparaît, mais Wang.

Le contraste est saisissant. Après le fragile Commandant en chef, le jeune et fringant Wang semble solide, confiant, vigoureux. En un mot, il ressemble à un leader. Assis face à la caméra dans un uniforme blanc, il commence à parler d'une voix claire et assurée.

– Citoyens. Je m'excuse d'avoir interrompu le traditionnel discours du Commandant en chef de manière aussi cavalière. Je ne peux faire entendre ma voix autrement que par des moyens détournés, et même si je respecte les traditions, je dois recourir à cette extrémité pour vous faire passer mon message.

Une clameur monte du public. Beaucoup se lèvent en criant :

– Éteignez ça !

Mais étonnamment, nombreux sont aussi ceux qui restent assis à écouter.

– Chers frères et sœurs, mon message pour vous sera bref. Une nouvelle ère est venue. Nous devons laisser le passé derrière nous. Tout comme vous, j'ai été élevé comme un citoyen loyal de l'Union. Mon père était ouvrier agricole, ma mère travaillait dans un atelier de couture. Ils menaient une vie simple et obéissante dans un petit village des territoires du Nord. Parfois, nous mourions de faim, parfois, nous vivions sans électricité, mais nous n'avons jamais blâmé l'Union pour ces manques, car nous craignions pour nos vies. Nous avons accepté toutes les épreuves, parce que nous en étions venus à penser que la souffrance était notre lot. Nous devions la porter avec gratitude et fierté. C'est ce qu'on nous avait toujours fait croire.

« J'ai consacré toute ma jeunesse à la cause de l'Union, mais plus j'ai appris, plus j'ai observé, et plus je me suis interrogé. Au fil des années, j'ai gravi tous les échelons de la société pour devenir commandant de coalition, et, en cours de route, mes questions se sont multipliées. Pourquoi diable laissons-nous notre propre peuple mourir de faim alors qu'en supprimant les restrictions commerciales, nous pourrions aisément mettre de la nourriture sur toutes les tables ? Pourquoi punissons-nous certains simplement en raison de leur origine, au lieu de valoriser chacun en fonction de ses actes ? Je n'ai cessé de me questionner, mais ce pays n'est pas clément avec ceux qui remettent en cause l'ordre établi. J'ai été accusé de trahison, et on a essayé de me faire taire.

« Il y a beaucoup de choses auxquelles je ne crois plus. Je m'oppose à ce que nos propres citoyens doivent endurer faim et privations simplement parce que nous persistons à fermer nos frontières au commerce international. Je m'oppose à la guerre menée depuis peu dans les zones frontalières du Sud pour s'en accaparer la production alimentaire. Elle témoigne d'une vision cupide et bornée. Je ne crois pas non plus à la réouverture des camps, au repli sur soi, à la domination de l'argent, à l'entêtement, à l'inégalité entre les citoyens. Mais il y a quand même une chose à laquelle je crois encore, même après tout cela : la bonté humaine. Beaucoup d'entre vous savent au fond d'eux que j'ai raison. Le temps de l'oppression touche à sa fin. Alors de quel côté vous tiendrez-vous quand…

La transmission se fige au milieu de la phrase. La bouche de Wang reste ouverte et ses yeux à moitié fermés. La salle résonne immédiatement de cris furieux, certains agitent leur poing vers l'écran. Quelle impudence ! Comment une telle chose a-t-elle pu se produire ?

Une envie de rire me saisit. Comme j'aimerais voir l'expression de Marija à cet instant !

Il est donc vivant.

La révolution va réellement se produire. Je ressens soudain un tel soulagement que l'émotion m'envahit. Je presse mon front dans mes mains pour la cacher. Je dois juste faire ma part, et le monde basculera bientôt.

Lorsque je relève les yeux, mon regard se pose sur un serveur, citoyen de second rang, dans un coin de la salle. Le jeune homme pleure, et je sais qu'il ressent la même chose que moi.

Un peu plus tard dans la soirée, un dîner de gala traditionnel est organisé, car tout le monde veut désespérément s'en tenir au plan prévu et faire comme si tout allait bien. C'est ainsi que l'on gère les choses ici. Cependant, l'ambiance de la fête est gâchée. Lorsque la liaison vidéo avec Pékin a été rétablie, le Commandant en chef avait déjà été emmené hors de scène, et il n'est jamais réapparu à l'écran.

Nous sommes assis à une longue table avec quelques commandants locaux. Comme par un signe du destin, mon père a été placé presque en face du commandant Popov. Je sens qu'il va encore aborder le sort de l'institut. Et en effet, quand la conversation glisse sur Wang, Melnikov s'essuie la bouche avec sa serviette et se saisit de l'occasion :

– Comment pouvons-nous justifier que les citoyens étrangers doivent être isolés de la société, si nous les laissons entrer chez nous et couchons avec eux comme s'ils étaient nos égaux ? C'est ce qui se passe avec les Nymphes. Cette pratique n'est-elle pas foncièrement hypocrite ? Les partisans de cette tradition démodée pensent probablement que la discrimination raciale ne doit s'appliquer qu'aux individus peu attrayants.

Une expression légèrement amusée passe sur le visage de Popov. Des rires forcés se font entendre, beaucoup secouent la tête avec mépris.

– Vous simplifiez trop les choses, docteur Melnikov. Cette coutume a une longue tradition dans notre pays.

– Wang a raison sur un point – non, non, écoutez-moi jusqu'à la fin avant de me lyncher ! Wang a raison sur *un point*, à savoir que des changements sont à venir, que cela nous plaise ou non. Nous ne sommes plus aussi unis que nous aimerions le croire. Quiconque soutient encore le contraire après cette journée est soit stupide, soit aveugle.

– Wang ne fait que parler, il n'a aucune chance d'accéder au pouvoir, intervient Xao d'un ton mesuré.

La posture de mon père est droite, son regard perçant. Sa résignation de tout à l'heure a disparu.

– Avec tout mon respect : je crois que vous avez tous tort à ce sujet. Il serait naïf de le sous-estimer.

Tout le monde à table est silencieux. Melnikov vide son verre et fait signe au serveur de lui en apporter un autre. Il est à nouveau lui-même, il ne montre plus aucun signe de vulnérabilité.

– Ton père mâche-t-il toujours aussi peu ses mots ? me demande Popov avec aigreur.

– Oui.

D'une certaine manière, je suis fier de lui. Au moins, il dit sincèrement ce qu'il pense, sans détour, même si ses interlocuteurs ne l'acceptent pas. La conversation glisse rapidement vers la nourriture et l'origine supposée de la viande. Ce repas de fête à l'ambiance morose est interrompu avant le dessert par un vacarme qui retentit à l'extérieur.

C'est une rumeur qui s'est intensifiée progressivement : au début, on croyait entendre de la pluie, puis on a commencé à distinguer des cris isolés. Finalement, quelqu'un cède à la curiosité et jette un coup d'œil par la fenêtre, avant d'annoncer :

– Une manifestation !

Jin est le premier debout. Les chaises raclent le sol, les hommes se lèvent, lissent leurs chemises et retroussent leurs manches. Ils attendaient juste un élément déclencheur. Il a suffi d'une seule étincelle pour qu'ils explosent. Je le sais. J'ai ressenti la même chose autrefois.

Wang est parvenu à mobiliser massivement la population. Les gens frappent sur des seaux et des casseroles, crient des slogans. Je regarde la rue à travers l'ouverture du rideau, essayant désespérément de trouver Marija ou Petrov dans la foule, mais celle-ci est nombreuse et trop éloignée. Les manifestants semblent être pour la plupart des citoyens de second rang, des étudiants de foyers d'éducation, de jeunes hommes. Tous portent des drapeaux blancs et sont vêtus tout de blanc eux aussi.

Certains convives se précipitent à la porte. Ils ne suivent désormais plus que leur instinct. Je les imagine penser avec reconnaissance : *Enfin, quelque chose se passe. Enfin, je peux casser quelque chose, combattre ces traîtres de mes propres poings.*

Je reste cloué à ma chaise. Père aussi est toujours assis, tout comme Xao. Aucun de nous ne parle. Nous écoutons les voix enfler à l'extérieur, les injures et les insultes, les slogans pour la liberté et le changement. Mais les cris s'entrecroisent jusqu'à ne plus être intelligibles, chacun veut hurler plus fort que les autres, personne ne s'écoute, et finalement, la clameur de la foule se noie dans les aboiements des chiens, les voix braillant des ordres et le grondement des hélicoptères.

Je pense à la fille que j'aime, là-bas, dehors, au cœur des événements. Et moi, je suis toujours assis ici, en sécurité, loin de l'action. Je serre et desserre les poings. Melnikov me regarde fixement me lever de table. Sans un mot, je me dirige vers la porte et rejoins la foule en furie.

Un chaos total règne dans la rue. On s'y bat à mains nues ou avec des armes. J'observe avec quelle facilité des hommes dont la furie emporte toute capacité de réflexion rouent de coups les manifestants.

On me bouscule. La majeure partie des protestataires s'est rassemblée sur la place des Martyrs, et je les suis. Ces gens sont venus par centaines, mais c'est une mission suicide, car ils sont clairement en infériorité numérique. J'ai du mal à comprendre : pourquoi venir ici seulement pour être battus et arrêtés ? Pourquoi se mettre ainsi volontairement en danger ? Quelqu'un me tend une batte. Je la regarde avec stupéfaction : elle semble être comme un prolongement naturel de ma main. L'homme qui me l'a donnée a l'âge de mon père, est bien habillé et a une bosse sanglante sur le front. Il disparaît dans la foule.

J'atteins enfin la place. Ils ont essayé de nettoyer la peinture sur le monument, mais on devine encore l'inscription « NOUS N'OUBLIONS PAS » sur la pierre blanche. La foule hostile aux protestataires déferle autour de moi comme une marée montante qui obéit désormais à sa volonté propre, irrépressible. La situation devient très dangereuse, car les manifestants sont coincés, encerclés. L'armée est déjà sur place, mais observe les violences de loin. Les soldats n'ont pas l'air pressés de disperser la cohue.

Je m'enfonce dans la masse et tente d'atteindre les rangs des manifestants. Je me hausse sur la pointe des pieds, cherchant le visage de Marija dans cette mer de vêtements blancs. Je vois un homme se faire frapper au visage avec un tuyau métallique.

– Marija ! je m'époumone. Marija !

Les deux groupes sont entrés en collision, deux masses en colère, deux forces opposées. Mais les individus en blanc ne frappent pas, continuant à tambouriner sur leurs seaux et à chanter à l'unisson une chanson que je ne connais pas. Leur non-violence semble attiser davantage la furie de l'autre camp.

– Cafards ! Battez-vous ! crie quelqu'un. Traîtres !

On leur lance des pierres. On leur crache dessus. Le premier coup était comme une autorisation à poursuivre. Maintenant, plus rien ne retient la fureur de la foule.

J'aperçois soudain le visage familier de Petrov, mais il disparaît immédiatement dans la cohue. Je me fraie un chemin pour me rapprocher. L'un des manifestants tombe et une chaussure le frappe au flanc. Je ravale ma peur et fonce à travers la foule. Je retrouve soudain Petrov. Il porte secours à un blessé. À ce moment, je ne me soucie plus de moi, ni des frontières entre les gens, ni des règles. Les citoyens de plein droit autour de moi interprètent mal ma détermination, la confondant avec de la rage. Ils me prennent pour l'un des leurs.

En me rapprochant, je constate que Petrov soutient Marija. Un filet de sang coule de sa tête. Il a l'air soulagé de me voir, mais je lis aussi de la peur sur son visage. Notre amie tient à peine sur ses jambes.

– Sors-la d'ici, me demande-t-il. Va vers les tunnels. Tu te souviens du chemin ?

J'attrape Marija. Elle essaie de se redresser, mais ses jambes ploient sous elle, trop faibles pour la porter, alors que le sang continue à dégouliner le long de sa joue jusqu'à son cou. Je la conduis péniblement hors de la foule.

– Laissez-nous passer, cette fille est blessée !

J'essaie de nous dégager un chemin à travers la marée humaine.

Soudain, j'entends crier mon nom.

Jin. Il se tient à seulement quelques mètres de nous. Il me regarde d'abord, puis Marija à mes côtés, vêtue de blanc et en sang. Son expression change. Mon ancien ami essaie d'assembler les pièces du puzzle. Nous nous fixons et, pendant un instant, il me voit tel que je suis. Puis je me détourne, et Marija et moi nous fondons dans la foule.

CHAPITRE 32
Marija

Une douleur lancinante me martèle la tête. Aleksei me conduit hors de la cohue, mais je résiste.

– Ils ont besoin de moi, je ne cesse de répéter.

Il ne semble pas m'entendre. À la fin, je cède et le laisse m'emmener. Au fond, c'est un soulagement. Qu'il prenne les rênes ; je pourrai me reposer un moment.

Nous pénétrons dans le tunnel par la même entrée que la dernière fois. Il y fait froid et sombre, mais Aleksei sort son projecteur de sa poche, et son faisceau lumineux nous permet de descendre l'escalier métallique qui nous conduit profondément sous terre.

Là, le bruit cesse. Ne reste qu'un picotement sourd et lancinant au niveau de ma tempe. Mon ami regarde ma plaie.

– Qu'est-ce qui s'est passé ?

Je hausse les épaules. Ce qui arrive généralement dans de telles situations.

– Tu as vu le message de Wang ? je lui demande.

Il acquiesce et m'apprend qu'il a déclenché un tollé général. Je vois une lueur nouvelle dans ses yeux. Elle me remplit d'une allégresse qui me réchauffe.

Même s'il le fait avec douceur, je tressaille quand il appuie sur ma tempe. La blessure semble être plus profonde que je ne le pensais, et la douleur commence à se réveiller pour de bon. Dehors, elle se noyait dans le vacarme.

– Je devrais être là-bas, avec eux, je souffle faiblement.

Mais Aleksei ne répond pas, se contentant de me tenir près de lui.

Je connais les tunnels aussi bien que la ville flottante. Ils ont été construits il y a longtemps, en cas d'inondations et de tempêtes. Lorsque l'eau est montée définitivement et que La Nouvelle-Tokyo a été bâtie en hauteur derrière les murs anti-inondation, ils ont été abandonnés et sont tombés dans l'oubli.

Peu de gens savent que plus de six kilomètres de ces souterrains circulent sous la ville.

Nous les utilisons depuis des années. Bientôt, lorsque la vie de notre côté deviendra trop dangereuse et que la révolution sera enclenchée pour de bon, nous devrons déménager ici, dans l'obscurité. Cette pensée m'a longtemps semblé angoissante, mais maintenant que je sais que ce jour approche, je me sens prête. Je peux bien vivre quelque temps sans lumière.

– Laisse-moi te montrer quelque chose.

Je guide Aleksei le long du tunnel est. Au pied des escaliers, je cherche à tâtons la boîte à outils que nous avons cachée ici en cas d'urgence. J'en sors deux torches solaires. La lumière s'allume d'abord avec un grésillement, puis se stabilise, éclairant le tunnel du sol au plafond.

Le passage s'élargit à mesure que nous approchons de la grande salle souterraine. Nos pas résonnent entre les murs de pierre comme si nous n'étions pas seuls, mais suivis dans l'ombre par toute une armée clandestine.

Lorsque nous arrivons enfin, mon compagnon d'infortune pousse une exclamation stupéfaite. Même si je suis venue ici plusieurs fois, le spectacle est toujours aussi impressionnant : devant nous, une immense salle s'étend sur presque deux cents mètres de long. À plus de vingt mètres au-dessus de nos têtes, le plafond est soutenu par une soixantaine d'énormes piliers. Je me sens minuscule.

– Où sommes-nous ?

– C'est un vieux réservoir de contrôle de pression. Magnifique, n'est-ce pas ?

– On dirait une ancienne église.

Nos voix résonnent entre les colonnes ; nos lampes solaires adoucissent les ombres et semblent rendre les lieux plus petits qu'ils ne le sont. Je suis parcourue de frissons. Aleksei me jette un coup d'œil inquiet. Son angoisse me dérange ; je sais qu'il est plein de bonnes intentions, mais elle me fait me sentir faible. Je voudrais penser qu'il est trop craintif, mais c'est faux. Il y a en lui un courage et une détermination surprenants, que j'ai maintenant pu observer à deux reprises.

Le rencontrer a bouleversé mon équilibre. Pendant des années, je ne me suis concentrée que sur un seul objectif, un seul sentiment. Ma vie était linéaire. Chaque jour était le même que le précédent, j'obéissais aux ordres, j'exécutais les tâches qu'on me confiait, je jouais mon rôle, et c'est tout. Mais désormais, d'autres choses ont commencé à s'immiscer subrepticement dans mon univers, l'air de rien.

Et je me demande : *Qu'est-ce que ça ferait, de laisser quelqu'un d'autre se rapprocher de moi ? De me laisser aller un instant ? De quoi je rêve, au fond ?*

Je retrouve un peu de moi-même en lui. Il m'a fallu du temps pour comprendre quoi. Nous sommes très différents à bien des égards, mais nous avons aussi quelque chose en commun :

nous cherchons tous les deux notre place. Nous nous sentons tous les deux isolés. Seules quelques personnes nous connaissent vraiment, et nous gardons beaucoup de secrets. Du moins en ai-je l'impression. Peut-être que je me sens si seule que mon esprit invente des liens qui n'existent pas véritablement.

Nous nous arrêtons au milieu de la salle et je m'assois pour me reposer au pied d'une colonne. Aleksei s'installe à côté de moi – pas tout près, mais je pourrais le toucher si je tendais la main.

– Restons ici jusqu'au matin, je propose.

– Tu as mal à la tête ?

– Un peu, mais la blessure n'est pas profonde. Elle guérira vite.

Il reste silencieux quelques instants, avant de demander :

– Pourquoi diable êtes-vous venus manifester alors que vous saviez que vous seriez en infériorité numérique ?

– Notre objectif est plus important que le sort de chaque individu. Se cacher ne sert à rien si l'on veut que sa voix soit entendue. À un moment donné, il faut sortir au grand jour, même si ça fait peur.

Mes paroles le font réfléchir. Je change de position. Ma tempe me lance et je lâche un gémissement. Aleksei touche mon front de sa main merveilleusement fraîche.

– Nous connaissions bien les risques, je reprends. Nous savions que nous serions immédiatement débordés, mais nous devons nous rendre visibles pour être entendus. Après ces émeutes, nous sommes devenus bien réels : ils ne peuvent nous effacer des informations ou nier notre présence dans les rues. Une effusion de sang sur la voie publique provoque toujours une prise de conscience – ici comme de l'autre côté de la mer. On a aussi besoin de victimes.

Aleksei fronce les sourcils.

– Vous *vouliez* donc être battus.

– Je te le répète : notre objectif est plus important que le sort de chaque individu.

Il secoue la tête avec incrédulité.

– Vous êtes plus courageux que moi.

Il paraît bien pâle dans la lueur de sa torche. Il sort alors un inhalateur de la poche de sa veste. Il y verse une dose d'un produit indéterminé avant de me jeter un coup d'œil. Il me demande si ça me dérange, et je secoue la tête. Qui suis-je pour le juger ? Chacun se débrouille dans ce monde comme il le peut. Aleksei prend une profonde bouffée, puis expire. Son visage se détend jusqu'à devenir inexpressif. Il me tend l'inhalateur, mais je refuse.

– À quoi sert cette substance ?

– À calmer les nerfs. Tu n'as jamais essayé ?

– Yang n'approuve pas l'usage de stupéfiants.

– Je comprends. J'essaie d'arrêter. Mais parfois, j'ai l'impression de ne pas pouvoir survivre sans.

Quelque part, une goutte d'eau tombe toutes les trois secondes sur le sol rocheux – *tip*, *tip*, *tip*. L'appareil émet un bip, puis Aleksei le remet dans sa poche. Il appuie sa tête sur le pilier et laisse ses paupières se fermer. Je lui demande comment il s'est retrouvé dans le mouvement de résistance. Il ne répond pas tout de suite et, un instant, je crois qu'il s'est déjà endormi.

– J'ai réalisé que je devenais une personne que je ne voulais pas être, dit-il enfin. Ça m'a effrayé.

– Quel genre de personne ?

– Le genre trop paresseuse pour penser par elle-même.

– Hum. Ce sont peut-être les plus dangereuses de toutes.

– Des recruteurs m'ont repéré à Moscou. J'étais sur liste rouge. Je manquais trop de réunions de l'Union de la jeunesse sans excuse acceptable. J'ai aussi eu des ennuis à l'école.

Mon attitude était paraît-il inquiétante, et j'ai fini par recevoir une remontrance publique dans la salle disciplinaire. J'ai eu honte – non pas pour moi, mais pour nous tous. Honte que nous ayons instauré de tels moments d'humiliation publique.

– Pourquoi tu ratais des réunions ?

Je veux le comprendre. Aleksei contemple longtemps l'obscurité, choisissant ses mots avec soin.

– Je n'en pouvais plus de faire semblant. Certaines choses se sont produites qui... qui m'ont changé. Après ça, il m'a été difficile de me soucier de quoi que ce soit pendant longtemps. Je ne supportais plus d'aller aux cours ni aux rassemblements, je n'en pouvais plus de faire semblant. C'était comme si je m'étais soudainement réveillé, mais que tous les autres autour de moi continuaient à dormir. Une fois, après une réunion de l'Union de la jeunesse, un jeune homme est venu me parler. Il m'a invité à prendre une bière. J'ai d'abord refusé, mais il m'a dit qu'il voulait vraiment discuter avec moi. Son ton était si plaisant que j'ai accepté. Nous avons d'abord parlé de tout et de rien, mais peu à peu, la conversation a pris une nouvelle tournure. Il m'a demandé si je savais que chaque année, un million de personnes mouraient de faim aux quatre coins de l'Union, et que des centaines de milliers de citoyens étrangers avaient déjà été réincarcérés dans des camps. Je l'ai fixé, incapable de répondre quoi que ce soit. Il a continué à parler, et il s'est avéré qu'il savait des choses sur moi qu'il n'aurait pas dû connaître. À l'époque, j'ignorais encore vos méthodes et le fait que vous surveilliez de près les personnes figurant sur la liste rouge pour les recruter. À la fin, il m'a demandé si je voulais en savoir plus. J'ai haussé les épaules. Je ne savais pas vraiment. J'aurais probablement dû avoir peur, mais j'étais fatigué d'être toujours vigilant. Il m'a donné une adresse et un rendez-vous, et la semaine suivante, je me suis rendu à ma première réunion.

Je pose doucement ma main à côté de celle d'Aleksei, déplaçant mon petit doigt jusqu'à toucher le sien. Chaque personne dégage une sorte d'aura, d'énergie. Dans la sienne, je me sens bien. Moins en colère. Je n'ai soudain plus envie de sortir retrouver les autres dans le chaos. Je veux seulement rester là, sous terre, avec lui. L'idée de me battre est épuisante.

– À combien de réunions tu as assisté à Moscou ?

– Six ou sept. Et puis je suis rentré, répond-il. Et toi ? Quelle est ton histoire ?

Mon histoire. Personne ne m'a jamais demandé ça. Rejoindre la résistance, c'est repartir de zéro : on laisse le passé derrière soi. Il est sans importance, on n'en parle pas. J'y pense moi-même très peu.

– Là où je suis née, nous n'avions l'électricité que deux fois par an : le jour du Commandant en chef et celui de la Nouvelle Administration, juste pour que nous puissions regarder les discours officiels. Nous devions sinon collecter celle des panneaux solaires ou des éoliennes. Il faisait froid. Pas comme à Tokyo, non, bien pire. En hiver, les congères nous montaient jusqu'à la taille. Je m'en souviens encore. C'était beau, mais ça avait aussi quelque chose de désespérant.

Je revois encore les chemins déblayés qui reliaient les maisons de notre petit village comme des artères courant dans la neige. Ils étaient dégagés à la pelle chaque matin, et les adultes les parcouraient deux fois par jour : pour aller au travail et en revenir. Je me souviens de notre maison, de sa peinture bleu clair écaillée, de son toit couvert de mousse. J'ouvre les yeux et la vision s'évanouit.

– Est-ce que ce village se trouvait en Ancienne Finlande ? demande Aleksei.

– Oui, tout au nord.

– Comment t'es-tu retrouvée ici ?

Des images défilent dans mon esprit. Les passeurs. Les enchères. Le voyage à travers le continent. Sans cesse de nouvelles chambres dans de nouvelles maisons. Les fenêtres en plexiglas, les dortoirs partagés, l'attente interminable. Toujours la même respiration haletante dans le noir, la même main lourde sur mon dos. Puis une fille qui fuit dans la nuit, qui court sans regarder en arrière.

Je secoue tellement la tête que mes tempes en sont douloureuses.

– C'est une longue histoire, je te la raconterai une autre fois. Je suis fatiguée.

– Tu as subi une commotion cérébrale, tu ne dois pas t'endormir. La nuit est encore longue, je te tiendrai compagnie.

J'écoute le silence s'épaissir entre nous. Je lui suis reconnaissante de m'avoir permis de garder mon passé pour moi. Je ne suis pas prête à y retourner.

– Aleksei, Aleksei… je chuchote dans le noir en poussant légèrement son épaule. Tu es réveillé ?

– Qu'est-ce qu'il y a ? demande-t-il, groggy. Ça va ?

L'obscurité me rend anxieuse. Mon cœur bat plus vite, mes peurs m'entraînent dans un gouffre noir. La panique me serre soudain la gorge. Je veux m'agripper à quelque chose de réel. Je veux qu'Aleksei m'aide à redevenir moi-même.

– J'ai froid. Laisse-moi me réchauffer un peu, j'implore d'une voix tremblante tout en me rapprochant de lui.

Il se presse contre moi et me transmet sa chaleur. Mon mal-être s'atténue à mesure que j'écoute sa respiration. Prudemment, je glisse ma main sous sa veste. Je peux sentir sa peau chaude juste sous sa chemise en coton doux. Mes doigts explorent sa colonne vertébrale, ses côtes. Il frissonne, se rapproche encore de moi. Ses lèvres effleurent doucement ma joue.

– Qu'est-ce que tu fais, citoyen de plein droit Aleksei Melnikov ?

– J'aimerais t'embrasser…

Je n'ai plus embrassé personne depuis des années, depuis que je me suis enfuie. Avant cet instant, je n'en ai jamais eu envie, mais maintenant, contre toute attente, c'est le cas.

– C'est une permission que tu me demandes ? Alors embrasse-moi.

Il touche avec douceur mon cou, ma joue, mes cheveux. Puis il m'embrasse, étonnamment sûr de lui. Mes lèvres répondent à son baiser. D'abord avec précaution, puis avec un peu plus d'avidité.

Il me vient à l'esprit que ce pourrait être son premier baiser. *Et il l'échange avec une citoyenne étrangère.* Mais il n'hésite pas, ne recule pas. Il le veut autant que moi. Rien ici n'est sale ou immoral.

Nos caresses viennent si naturellement que j'ai l'impression que nous ne formons qu'une seule et même âme, ici, dans l'obscurité. Ses lèvres trouvent mon cou, mes seins, mes tétons. Sa main se déplace jusqu'à ma hanche, puis vers la chaleur entre mes jambes. Mes doigts caressent ses boucles, descendent le long de sa colonne vertébrale, s'immobilisent sur ses fesses. Sa peau est fraîche, un peu sèche à cause du froid, presque rugueuse. J'aime la sentir contre la mienne. Il enfouit son visage dans mes cheveux, me murmure qu'ils sentent bon.

Le monde se réduit maintenant à nous deux. Je devine que c'est sa première fois, et en quelque sorte, ça l'est aussi pour moi. Le passé est effacé. Je n'ai jamais touché quelqu'un de cette manière avant. Je me mets à califourchon sur lui et je me sens sombrer tout entière dans une vague chaude, jusqu'à n'être plus qu'un cœur rouge et palpitant, jusqu'à ce qu'il n'y ait plus que du plaisir, plus que lui et moi, et que tout le reste ait disparu.

Après avoir fait l'amour, nous nous allongeons l'un près de l'autre. J'ai peur de parler. Il y a un poids étrange dans ma poitrine. Ou peut-être est-ce au contraire quelque chose de léger, comme de l'espoir.

– J'aimerais que le matin ne vienne jamais, murmure-t-il, et je ne peux m'empêcher de rire.

– Tu es un grand sensible, n'est-ce pas ? je lui dis d'un ton taquin, même si je ressens la même chose.

– Je suis sérieux.

Mais j'entends dans sa voix qu'il sourit.

– Hum.

– On est bien, ici, ajoute-t-il.

– Oui, on est bien.

Cette nuit-là, il n'y a pas une seule fissure dans mon monde.

CHAPITRE 33

Aleksei

Quand je rentre à l'hôtel, les traces du chaos sont visibles partout. Des vitrines de magasins ont été brisées, des fanions ont été arrachés et piétinés. Des soldats patrouillent dans toutes les rues, fusils en bandoulière. À part eux, la ville est déserte. Par terre, je vois des chaussures perdues dans la bagarre, et même des dents.

On m'arrête trois fois pour contrôler mon numéro d'identification et me poser les mêmes questions : qui je suis, d'où je viens, où je vais ? Je me les suis souvent posées ces derniers temps, moi aussi.

Melnikov et Xao sont à l'évidence soulagés de mon retour. Ils ont veillé toute la nuit en suivant les informations.

– C'est incompréhensible, lâche Xao en secouant la tête. Qu'est-ce qu'ils s'imaginaient tous ? Est-ce qu'ils sont fous ? Cette histoire ne pouvait se finir qu'en bain de sang !

– Ça va ? me demande mon père.

– Pas une seule égratignure, soupire avec soulagement son collègue en examinant mon visage. Dieu merci. As-tu vu Jin ?

– Il n'est pas encore rentré ?

Je me souviens soudain de son regard dans la foule lorsqu'il nous a vus, Marija et moi. À quel point a-t-il compris ?

Melnikov suggère que nous allions nous renseigner à l'hôpital le plus proche. Les lignes téléphoniques sont saturées, il vaut donc mieux se rendre sur place. Je propose de les accompagner.

Nous passons devant la vitrine brisée d'une boulangerie ; les éclats de verre scintillent sur le trottoir comme des cristaux de givre. Xao raconte que lorsque l'armée a finalement réussi à maîtriser la situation, la foule fatiguée a progressivement reflué. Certains sont partis s'enivrer, d'autres sont rentrés s'enfermer dans leurs chambres d'hôtel, panser leurs blessures derrière des rideaux fermés. Xao et Melnikov ont attendu toute la nuit en vain des nouvelles de moi ou de Jin.

– Je pensais que vous étiez ensemble, dit le père de mon ancien ami. Tu ne l'as donc pas vu ?

– Non, je mens.

S'il est mort, mon mensonge ne sera jamais révélé. À cette pensée, la honte m'envahit.

L'hôpital est rempli de citoyens de plein droit déjà plâtrés ou recousus, les arcades sourcilières enflées et les poings meurtris. Où a-t-on emmené la partie adverse pour soigner ses blessures ? Je n'ose même pas y penser. Xao informe l'infirmière de la réception qu'il cherche son fils.

– Attendez ici un instant. Un officier de police est actuellement avec lui, explique-t-elle.

– Un officier de police ? relève Xao en fronçant les sourcils. Pour quelle raison ? A-t-il des ennuis ?

La femme lui lance un regard épuisé et hausse les épaules. Ils sont submergés par l'afflux des blessés de la nuit dernière, elle ne peut pas suivre tous les dossiers un par un.

Au mur, un écran diffuse les informations.

« L'Union met tout en œuvre pour éviter de nouveaux troubles », déclare la présentatrice. La caméra s'attarde sur son visage inquiet, dont les sourcils froncés semblent condamner les manifestations.

« Les mesures de sécurité ont dû être renforcées dans les grandes villes, mais l'armée assure qu'il n'y a aucune raison de s'inquiéter. Il ne s'agit que de prévention », poursuit-elle en adoucissant un peu son expression.

On ne peut que lui faire confiance, avec ses dents si blanches, son apparence si soignée et sérieuse.

« L'une des manifestations rebelles d'hier soir a stoppé le convoi de sécurité du Commandant en chef en chemin vers l'aéroport de Pékin. Des traîtres à la patrie ont obstrué la route, et il a fallu l'intervention de l'armée pour les disperser. Le Commandant en chef est parfaitement indemne. »

Combien sont morts hier ?

Les gens comme Marija n'ont peur de rien. Ils savent ce en quoi ils croient et de quel côté ils se battent, et c'est pourquoi nul ne peut les briser. Même si l'armée intervient, même si l'on fait feu sur eux dans la rue, ils ne peuvent être vaincus. S'ils meurent, leur voix résonnera encore après eux, elle ne fera même que devenir plus forte. Elle avait raison : désormais, on ne peut plus les effacer.

Sur l'écran passe l'image d'un groupe de dix citoyens étrangers debout devant leur village, la bouche recouverte d'un bâillon, les yeux graves et cernés. « Nous n'avons pas de droits humains », a écrit quelqu'un d'une main tremblante sur une banderole flottant misérablement à l'arrière-plan. Je sursaute à cette vision. Comment diable ce plan a-t-il pu échapper à la censure de la rédaction ? L'instant d'après, la caméra se détourne déjà. Les visages des manifestants apparaissent environ trois secondes, puis on revient à la présentatrice aux dents blanches.

Nous n'avons pas de droits humains.

Ce slogan m'intrigue. Ce n'est pas une accusation directe ni une revendication, mais les mots pénètrent cependant sous la peau comme de petites échardes et s'y attardent douloureusement.

Nous arrivons devant la chambre de Jin. Le policier a une main sur l'épaule de mon ancien camarade et plaisante avec lui. Enfin, c'est surtout lui qui rit, pas Jin – le poignet de ce dernier est plâtré et son visage meurtri exprime une politesse forcée. L'homme secoue la tête, toujours hilare, en prenant des notes sur sa tablette. Puis ils se serrent la main et l'officier sort dans le couloir.

– Excusez-moi. Je suis le père de Jin. Mon fils a-t-il des ennuis ?

– Pas du tout, j'ai juste pris sa déposition. Il s'agit d'une simple formalité, mais dans un tel cas, il faut suivre le protocole.

– Comment ça ? demande Xao en haussant les sourcils.

– En cas de décès, précise le policier. Mais la situation est sans ambiguïté. Il s'agissait clairement de légitime défense, et considérant que votre fils n'est pas celui qui a déclenché l'incident…

– En cas de décès ? Vous voulez dire que Jin a tué quelqu'un ?

Les sourcils froncés, le fonctionnaire regarde d'abord Xao, puis moi.

– Oui, enfin, c'était un citoyen de second rang.

– Oh.

Xao a l'air mal à l'aise.

– Mais il ne sera pas poursuivi en justice, ne vous inquiétez pas.

– Certes, certes… Mais tout de même…

Le policier jette un coup d'œil à sa montre.

– Eh bien, si vous n'avez plus d'autres questions… j'ai encore beaucoup de dépositions à prendre. Nous sommes débordés aujourd'hui.

Xao baisse la tête. Les mots lui font défaut.

Son fils est de bonne humeur. Il nous raconte comment les événements se sont déroulés : l'un des manifestants s'est attaqué à lui, l'a empoigné par le col de sa veste et lui a donné un coup de poing au visage, sans raison. C'est à ce moment-là qu'il a perdu son sang-froid.

– Je l'ai jeté au sol et je l'ai frappé. J'ai cogné, encore et encore, jusqu'à ce que ma main me fasse mal et que mon agresseur soit inerte, le visage en sang. J'aurais probablement continué si des soldats ne m'avaient pas relevé et emmené.

Comme toujours, sa voix est calme et mesurée, mais dans son récit transparaît une fureur qu'il ne parvient pas vraiment à cacher. Il pense que ses convictions le rendent meilleur que les autres, mais il est lui aussi guidé par des forces primitives.

– La nuit dernière a marqué un tournant. Comme nous le disons depuis longtemps, la violence…

Jin lâche un grognement quand son père l'aide à enfiler son manteau, avant de reprendre :

– … n'est pas bestiale. C'est la chose la plus humaine qui soit. Elle est pure. Je l'ai vu hier dans les yeux de tous – les leurs comme les nôtres.

Je me souviens de ce dont j'ai été témoin. Je n'ai pas vu un seul manifestant frapper ni même résister. Je m'énerve :

– Tu penses vraiment que tuer des personnes sans défense est *humain* ? Ils ne sont pas venus pour se battre ; ils sont venus pour exprimer leur opinion.

Jin fronce les sourcils.

– Ils voulaient de la violence, ils nous ont volontairement provoqués. Ils savaient très bien ce qu'ils faisaient.

– Ce n'est pas si simple.

– Dans ce monde, seuls ceux qui acceptent leur propre violence et s'en servent survivent. C'est aussi simple que cela.

Je ne peux m'empêcher d'éclater de rire.

– C'est ridicule. Ce ne sont que des paroles vides de sens. N'importe qui peut lancer ce genre de vérités fumeuses et en tirer une pseudo-argumentation dénuée de fondement.

Tu généralises, Jin. Tu parles d'un simple groupe de personnes insatisfaites et en colère comme s'il s'agissait de toute l'espèce humaine. Mais la violence est la solution de facilité. Et si nous essayions ne serait-ce qu'une fois d'écouter les arguments des autres ? Est-ce absolument impensable ?

En parlant, je me suis rapproché de lui. Je vois maintenant de près son visage contusionné, ses yeux. Depuis ses douze ans, son regard n'a pas changé. Il exprime toujours la certitude de son infaillibilité, sa foi inébranlable dans sa cause. Même si j'ai essayé des centaines de fois d'imiter ce regard face à un miroir, je n'y suis jamais parvenu.

Je suis fier que dans mon monde, il y ait toujours une place pour les erreurs. Qu'il soit toujours possible de changer d'avis, de direction, d'apprendre quelque chose de nouveau. Jin n'a pas cette latitude.

– Le dialogue est inenvisageable. On ne demande pas non plus aux animaux ce qu'ils veulent ou s'ils ne sont pas satisfaits de leur sort, me répond Jin avec un petit sourire moqueur. Tu as bien sûr le droit d'avoir ton opinion, Aleksei. Mais ce que j'ai vu hier m'a ouvert les yeux. C'était tellement étrange de se retrouver face à cette foule furieuse quand on a toujours l'habitude de voir ces gens la tête baissée. Mais c'est désormais clair : voilà ce qui couve sous leur carapace silencieuse. La violence. Ils veulent nous tuer et nous voulons les tuer. La question est juste de savoir qui aura le dessus, qui réussira en premier. Je suis d'avis que l'on peut à présent oublier les discours sur l'intégration. Toi aussi, tu y étais, Aleksei. Tu as vu la même chose que moi. D'ailleurs, tu ne m'as pas répondu quand je t'ai appelé. Qui était la fille que tu accompagnais ?

– C'était une blessée. Je l'ai conduite en lieu sûr, j'explique tout en me sentant rougir de colère.

– Elle était vêtue comme une manifestante.

– Quelle importance ? Elle était grièvement blessée, tu as pu le constater par toi-même.

– Tu étais du mauvais côté, Aleksei. À ta place, je ferais très attention.

Il agite son index en guide d'avertissement. Ce simple geste me fait sortir de mes gonds et je repousse brusquement sa main.

– Ça suffit, nous réprimande sévèrement Xao. Nous sommes tous fatigués. Rentrons chez nous.

Nous quittons l'hôpital sans dire un mot. Je regarde la main de Jin : elle est plâtrée, elle guérira bien, ses os se remettront en place. Mais où est l'homme qu'il a battu à mort dans la rue ? Qui le regrette ? Qui lavera le sang de son corps, l'habillera de vêtements funéraires propres, accomplira les derniers rites et pleurera sur sa tombe ?

Nous rentrons à l'institut le matin même. En dessous de nous, vue depuis les airs, La Nouvelle-Tokyo devient si petite qu'elle ressemble à un nid d'oiseau. On brûle déjà des corps sur la place des Martyrs. Un épais nuage de fumée s'élève vers le ciel en une colonne noire et malodorante. Cette vision me semble mettre irrémédiablement un point final à la longue réflexion que j'ai initiée il y a six mois à Moscou.

Un silence tendu règne dans l'hélicoptère. De temps à autre, le pilote essaie de lancer la conversation, mais lui aussi n'évoque que les troubles – de quoi d'autre pourrait-il parler ?

– Les services de renseignement auraient localisé l'endroit d'où a été transmise la vidéo pirate. Wang se planque quelque part en Sibérie. Ce n'est qu'une question de temps avant qu'ils ne l'attrapent.

Je ne crois plus aux informations depuis longtemps, mais j'acquiesce avec les autres.

– Il n'a donc jamais quitté le pays, remarque mon père.

– Mais non, il est toujours ici ! Il se cache comme un immonde cafard, répond le pilote.

Personne ne dit à voix haute ce qui paraît maintenant évident : Wang a beaucoup plus d'alliés qu'aucun d'entre nous ne le pensait. Un détournement de transmission comme celui d'hier ne peut se faire sans l'aide de divers intervenants extérieurs – sans une aide *au sein du cercle restreint*. Sans parler du fait que le chef de la résistance aurait réussi à se cacher dans son propre pays depuis des mois sans être découvert. Il n'est pas seul. Il n'est absolument pas à prendre à la légère. Pourtant, on parle toujours de « cellules rebelles isolées » et de « terroristes agissant seuls » aux informations.

Une véritable contre-attaque, un vrai coup d'État, nécessite le soutien de l'armée et de puissances étrangères. À quel point sommes-nous proches d'une telle issue ? De quoi avons-nous encore besoin ? Je pense à ma caméra et à tout ce que je peux faire de mon côté pour réparer les injustices. Pas seulement pour expier mes propres actes, mais simplement parce que c'est la bonne chose à faire.

Ce n'est qu'à notre retour à l'institut que je m'autorise à penser à Marija. Lorsque nous nous sommes séparés ce matin, elle a soudain eu l'air timide, plus jeune que son âge. La bosse sur sa tempe était déjà en train de virer au violet foncé ; la blessure n'était pas aussi grave que je l'avais cru. Elle en garderait une cicatrice, mais aucun point de suture ne serait nécessaire.

Pendant la nuit passée à ses côtés, j'ai eu l'impression d'être chez moi pour la première fois de ma vie. L'ombre en moi s'est dissipée sous ses caresses et je me suis senti plus léger que jamais auparavant. À ce moment-là, avec elle, il m'a suffi d'être moi-même. J'ai pu ressentir tout ce qu'il y avait de bon en nous et entre nous.

C'était ma première fois, mais visiblement pas celle de Marija. Cela ne m'a pas dérangé. Le passé n'existait pas à cet instant-là.

Et l'avenir n'avait pas d'importance. Nous avons fusionné dans la même chaleur jusqu'à oublier le monde un moment.

Au matin, j'ai effleuré sa tempe et elle a frissonné, me regardant longuement de ses yeux bleu outremer.

– Quand te reverrai-je ? je lui ai demandé.

– Bientôt. Je te contacterai.

Elle a embrassé ma paume rapidement, comme en secret. J'y sens encore l'empreinte invisible de ses lèvres.

CHAPITRE 34
Cobaye

Quand je me réveille, une lumière vive m'éblouit et une voix inconnue venue de derrière celle-ci me demande comment je me sens. J'ai la bouche sèche ; on me tend un verre d'eau que je vide en trois longues gorgées. L'eau est fraîche, elle a bon goût.

Soudain, j'ai peur. J'ai envie de pleurer, de fermer les yeux, de m'enfoncer à nouveau dans l'obscurité. Autour de mon lit se tient un groupe de plusieurs personnes. Je n'en reconnais aucune, alors je panique, mais un homme en blouse blanche m'apaise.

Il m'explique qu'il est médecin, que je suis à l'hôpital. J'ai été longtemps dans le coma et c'est pour cette raison que je me sens si étourdie. Il me demande si je comprends. Je pense que oui. J'ai un problème qu'il veut réparer. Il se rapproche, écoute mon cœur, puis hoche la tête.

– Parfait, dit-il.

Mais il me prévient qu'il faudra faire attention les premiers jours. Mon corps est fragile des suites de ce long coma.

Je touche ma tête, parce qu'elle me fait très mal. Elle est entièrement enveloppée de gaze. Je palpe avec précaution le sommet de mon crâne douloureux. J'ai subi une opération, et cela m'a sauvé la vie.

Le médecin me demande ce dont je me souviens d'avant mon accident.

Je regarde les mains posées sur mes genoux. Elles me font penser à deux colombes sans ailes, blanches et mortes. Je plie les doigts ; ils m'obéissent, mais je ne les reconnais pas comme les miens. C'est étrange, d'ailleurs : je n'ai pas d'ongles. La peau où ils auraient dû se trouver me démange. Je regarde cette chair rose et je sens un gouffre se creuser entre mon corps et moi.

Je dois réfléchir très attentivement à la question du médecin. Je ferme les yeux, me concentre, puis secoue la tête négativement. Je ne me souviens de rien avant ce moment. L'air grave, l'homme prend des notes sur un appareil. Puis il me demande mon nom.

– Je ne sais pas, je lui réponds avec étonnement.

– Et d'où venez-vous ?

Je secoue à nouveau la tête.

– Savez-vous où vous vous trouvez ? En quelle année nous sommes ?

J'essaie de me souvenir, mais mon esprit n'est qu'un trou noir. J'ai à nouveau terriblement peur. Je me mets alors à pleurer comme une enfant. Le médecin essaie de me réconforter, mais je me sens totalement seule au monde. Il fait sortir les infirmiers de la pièce. Il a un visage auquel il est facile de faire confiance. Soudain, j'ai l'impression de me souvenir de lui. Quand je le lui dis, il a un léger sourire, mais celui-ci n'atteint pas vraiment ses yeux.

– Peut-être dans votre subconscient, suppose-t-il tout en m'observant.

– Que m'est-il arrivé ?

– Vous avez été retrouvée inconsciente dans la rue. Vous n'aviez aucune pièce d'identité ni aucun effet personnel sur vous, nous n'avons pas pu vous identifier tout de suite. Vous aviez subi un grave traumatisme crânien, des fractures, une hémorragie interne – vous aviez probablement été agressée. Vous êtes restée trois mois dans le coma. Nous commencions à craindre que vous ne vous réveilliez plus.

– Je ne me souviens de rien de tout ça.

– C'est habituel dans de tels cas, explique le médecin. Nous allons vous garder en observation encore une semaine, voire deux, jusqu'à ce que votre commandant vienne vous chercher.

– Mon commandant ?

– On est venu vous réclamer à l'hôpital peu après votre... accident. Mais je devrais peut-être laisser votre commandant vous en parler lui-même.

– S'il vous plaît. Dites-moi.

Le médecin examine la machine placée à côté de mon lit puis me regarde avec hésitation.

– Votre nom est Areia et vous êtes la Nymphe du commandant Rafikov. Savez-vous ce que cela signifie ?

Je secoue la tête, mais ces mots me glacent. L'homme me rassure, me dit qu'il s'agit d'une position très particulière, que je suis la servante personnelle la plus importante d'un commandant respecté. Je réponds que je ne comprends absolument pas de quoi il parle, et qu'en plus, j'ai mal à la tête. Il pose sa main sur mon épaule, promet de m'expliquer quand j'irai un peu mieux et que j'aurai repris des forces. Je presse dans mes mains mon visage mouillé de larmes.

– Où suis-je ?

Le médecin m'apprend que nous sommes en l'an 213 après la montée des eaux, et qu'aujourd'hui est l'avant-dernier jour de la première lune de l'année. Nous nous trouvons dans la treizième colonie de l'Union de la Ligue marchande de l'Est, dans une ville appelée La Nouvelle-Tokyo. Je suis dans le meilleur hôpital de la ville. J'ai dix-huit ans. Je suis globalement en bonne santé, hormis les séquelles passagères de mon accident.

– Nous avons compris que vous étiez une Nymphe à votre cicatrice sur la nuque. Une puce de suivi est implantée à toutes les Nymphes pour des raisons de sécurité. Vous êtes précieuses, alors il y a parfois des tentatives d'enlèvement et des attaques. Nous suspectons que c'est ce qui vous est arrivé.

Je touche instinctivement ma nuque, où mes doigts rencontrent une aspérité. Quelque chose en moi s'allume et s'éteint sur-le-champ, trop vite pour que je puisse saisir cette pensée fugace.

– Ma mémoire reviendra-t-elle ?

– La mémoire est capricieuse, mais avec le temps, vos souvenirs pourraient revenir, complètement ou partiellement. Ne désespérez pas : tout n'est sûrement pas perdu. Le plus important est que vous vous soyez réveillée et que votre guérison puisse commencer. Chaque chose en son temps.

Le médecin est navré, il craint de m'avoir trop donné d'informations pour une seule journée. Je viens de me réveiller, mais je dois déjà me reposer. Il me faut reprendre des forces. La voix de l'homme est calme et, en l'écoutant, ma peur se dissipe un peu. Il m'installe confortablement sur mon lit et me donne un médicament qui soulage mon mal de tête.

Plus tard, je me lève avec difficulté et je me traîne à travers la pièce jusqu'au petit miroir suspendu au-dessus du lavabo.

J'y rencontre un visage ovale pâle qui ne m'est pas familier. Des cheveux courts, une tête recouverte de gaze. Deux sourcils arqués, des yeux brun foncé, de longs cils, un nez droit, une bouche sévère et triste. Je comprends bien que ce reflet est le mien, mais je ne m'y reconnais pas.

Qui es-tu ?

Je touche ma pommette, et la fille dans le miroir fait de même.

Je me tourne de profil pour voir ma nuque. Je touche légèrement la cicatrice, où la peau est plus lisse. Je sens une petite bosse sous mes doigts. Je me souviens des paroles du médecin : « Il y a parfois des tentatives d'enlèvement. » La gaze blanche autour de ma tête me rappelle quelque chose. Un flash passe derrière mes yeux : une fille assise dans le noir, une capuche blanche sur la tête, qui attend…

La pièce tourne autour de moi. Je regagne mon lit à pas lents, me rallonge et fixe la lueur jaune du plafonnier. Je ferme les yeux. Je suis très fatiguée, comme si j'avais couru une longue distance. Le lit semble se balancer et, quand je m'endors, j'ai l'impression d'être sur l'eau. Tout bourdonne autour de moi.

CHAPITRE 35
Aleksei

Lors de la réunion de l'Union de la jeunesse, deux jours plus tard, notre groupe est conduit à bord d'un trolleybus vers le vieux gymnase surplombant la périphérie de la ville. J'ai immédiatement un mauvais pressentiment.

Il n'y a plus de fumée sur la place des Martyrs, mais l'odeur de la mort y flotte encore. Tout est trop calme, trop immobile. Comme juste avant une tempête.

Une partie des gradins nous est réservée. Nous nous y installons parmi d'autres jeunes. Je reconnais les commandants locaux assis face à nous à leurs uniformes bleu foncé et à leurs couvre-chefs noirs. Dès que je les aperçois, je sais que quelque chose de terrible va se produire.

Quand les prisonniers sont amenés dans la salle, l'assistance se déchaîne, hurlant des insultes et poussant des cris d'animaux. Les détenus marchent en silence, la tête basse et les mains derrière le dos. On nous a fait venir ici pour assister à leurs derniers instants. Mes mains sont glacées et moites. Je les enfonce dans mes poches pour les empêcher de trembler. Je compte une trentaine de femmes et d'hommes, tous jeunes, arborant le même air de défi.

Mon cœur s'emballe lorsque je reconnais soudain deux visages familiers : Irina et Petrov. L'angoisse m'envahit. Je cherche désespérément Marija du regard, tentant d'identifier ses cheveux et ses yeux parmi ceux des femmes, et je suis soulagé de constater qu'elle n'est pas là.

Irina et Petrov savent qu'ils vont mourir. S'ils ont peur, cela ne se voit pas sur leurs visages. Ils se sont sûrement préparés à ce moment depuis longtemps.

Une voix masculine sortie des haut-parleurs domine le vacarme : on nous explique que ces citoyens de second rang ont enfreint la loi en rejoignant une cellule terroriste. Chefs d'accusation : trahison, terrorisme, diffusion de propagande, incitation aux troubles à l'ordre public. En vertu de la loi sur l'état d'urgence, ces prisonniers ont été condamnés à mort.

Les yeux de Petrov croisent soudain les miens. Son expression change un instant, et il redresse le menton, comme pour me saluer. « Voilà comment cela se termine pour moi, mais ce n'est pas grave, je suis prêt à partir », me fait-il comprendre. Nous n'avons jamais été amis, mais nous combattions pour la même cause. Je serre les poings et j'ai envie de crier, encore et encore. Tout cela est une erreur. *Un tel gâchis.*

Ces gens vont mourir ici, aujourd'hui, abattus comme des chiens. Je n'arrive pas à me faire à l'idée.

Tout se passe en un instant. Le peloton d'exécution arrive sur l'estrade et un silence religieux se fait. On nous demande d'applaudir. Mes mains tremblantes ne m'obéissent plus. Je veux les garder posées sur mes genoux, mais elles bougent contre mon gré, détachées de moi. Mes paumes claquent l'une contre l'autre. Je me déteste de devoir participer à ce spectacle grotesque. Le silence retombe peu à peu. Dans l'attente, nous nous figeons pendant que les commandants lissent leurs uniformes et que les prisonniers fixent leurs bourreaux du regard. La salle entière se tait et le monde s'arrête l'espace d'un instant.

Juste avant les coups de feu, je regarde la paroi de plexiglas qui nous sépare d'eux. Tout se résume à une seule question : de quel côté de cette frontière est-ce que je veux me tenir ? Quel côté *dois-je* choisir pour pouvoir vivre avec moi-même ? Mes hésitations semblent désormais ridicules, car en réalité, tout est très simple.

Les tirs résonnent, assourdissants. Le spectacle est terminé. Leur écho semble pourtant persister bien après que les prisonniers sont tombés.

Je ne me détourne pas. La caméra fixée au bouton supérieur de mon col de chemise voit et se souvient de tout cela.

Plus tard, Igor et moi fumons de l'efexa sur le toit-terrasse de l'institut. Mon ami est plus silencieux que d'habitude, et je ne suis pas non plus d'humeur à parler pour ne rien dire. Je ne peux penser qu'à tous ces cobayes dépouillés de leur humanité, juste sous nos pieds. Tous ces êtres sans identité, comme des objets dans un grand magasin.

Je pense en particulier à Satomi. Bientôt, je devrai retourner dans sa chambre, endosser le rôle qui m'a été assigné et achever ma mission. J'essaie de me consoler en pensant que, même si je ne peux probablement plus la sauver, je pourrai peut-être venir en aide à ceux qui viendront après elle. Mais mon implication dans toutes ces exactions me tourmente de plus en plus chaque jour.

Je pense aussi à Petrov et à Irina, et à tous ceux qui sont morts aujourd'hui. Des exécutions publiques similaires ont eu lieu aux quatre coins de l'Union. Selon les informations officielles, cinq mille prisonniers auraient été abattus ce midi. Je suis incapable de me représenter un tel nombre. Je lève les yeux vers le ciel. On ne voit pas d'étoiles ; ce soir, un épais brouillard s'est levé.

Igor se frotte le cou et soupire.

– Je connais l'un des bourreaux, commence-t-il en enfonçant ses mains dans ses poches. Un gars sympa. Toujours serviable, toujours très aimable. C'est l'un de mes instructeurs. Beaucoup d'autres sont imbus d'eux-mêmes, ressentent le besoin de persécuter les autres et de prouver leur supériorité, mais lui bavarde avec les nouvelles recrues comme avec des égaux, toujours prêt à les aider. Arsenov est un homme bien, marié et père de deux enfants.

Je ne réponds rien. Mes poings se ferment instinctivement, comme prêts à frapper. J'ai peur de ne pas avoir en moi la capacité de réparer ce monde. Comment le reconstruire après tout ça ?

– Je me souviens de la première fois que je l'ai vu en colère. C'était un changement brutal, comme si on avait actionné un interrupteur. Ce gars décontracté, que j'avais appris à connaître au camp d'entraînement, a disparu en un clin d'œil, remplacé par quelqu'un de complètement différent. Au cours d'un exercice de patrouille, nous avons arrêté une citoyenne de second rang – la servante personnelle d'une riche maison, qui rentrait après avoir fait les courses. Elle se déplaçait seule, et lorsque nous lui avons demandé son laissez-passer, elle a fouillé les poches de sa veste avant de s'affoler. « Je l'ai laissé à la maison, nous a-t-elle expliqué, vous pouvez appeler ma maîtresse pour vérifier. » J'ai eu pitié d'elle et je voulais laisser tomber, tout ça ne me semblant pas bien grave, mais Arsenov n'a pas lâché l'affaire. Il a déclaré que se déplacer sans permis était une lourde infraction pour quelqu'un comme elle. La servante a tenté de le supplier, mais il n'a rien voulu savoir. Bien entendu, elle était effrayée. Elle a effleuré ma manche comme pour me demander de faire entendre raison à mon supérieur. J'ai bien réessayé, lui ai répété qu'un coup de téléphone ne prendrait qu'un instant, mais ça n'a servi à rien. À ce moment-là, j'ai compris quelque chose sur la nature humaine.

– Quoi donc ?

– Nous ne voyons que ce que nous voulons voir et n'entendons que ce que nous voulons entendre. C'est ainsi. Ça ne sert à rien de discuter avec des individus comme Arsenov.

Mes pensées me ramènent encore une fois à Moscou. Après ma première réunion, j'ai envisagé un moment de dénoncer la cellule de résistance. Je savais que je me trahirais moi-même en même temps, mais j'étais prêt à accepter ma punition. J'espérais que ma loyauté envers l'Union compenserait ne serait-ce que partiellement ma faute, et qu'en avouant, j'éviterais au moins la peine de mort, même si je devais passer le reste de ma vie en prison. J'avais préparé ce que j'allais dire : « J'étais désorienté et confus. Il y a eu une période où je ne savais pas que croire, et c'est à ce moment-là qu'ils m'ont approché. » Je prévoyais d'implorer leur pardon, de confesser mes péchés, de prouver que j'étais fidèle à mon pays même si j'avais déraillé dans un moment de faiblesse. J'essayais de me convaincre qu'il leur avait fallu déployer leurs techniques de séduction pendant des semaines pour me convaincre. Mais la vérité était que lorsqu'ils m'avaient approché, j'étais déjà prêt à être séduit, et je les avais suivis presque avec reconnaissance.

Tôt le lendemain matin, j'ai pris le trolleybus jusqu'au commissariat de police. Les portes étaient encore closes, alors j'ai fait le pied de grue dans la cour en béton. C'était la fin de l'été, les dernières hirondelles volaient dans l'air déjà lourd. J'ai regardé le ciel parsemé de nuages cotonneux et me suis demandé si je le reverrais un jour. M'emmèneraient-ils tout de suite ? Je savais bien ce qui arrivait aux traîtres.

Je me suis soudain senti violemment déchiré. J'en étais presque malade. Si je croyais à une vérité, je tournais le dos à l'autre. Cela me semblait beaucoup plus difficile que je ne l'aurais pensé. J'aurais voulu imaginer que la réponse se trouvait quelque part entre ces deux extrêmes, mais je savais que ce n'était pas le cas. Dans ce monde, il y a toujours un camp à choisir. Si je décidais de retourner au repaire de la résistance dans le quartier abandonné, tout serait bouleversé. Ma vie ne se déroulerait plus comme je l'avais toujours imaginé. J'y voyais une délivrance, mais cela m'effrayait aussi. Voilà pourquoi je n'avais pas pris ma décision tout de suite. Je suppose que, comme toujours, j'attendais que quelqu'un décide à ma place.

Je ne pouvais pas renier le passé. Je me souvenais de mon dégoût non dissimulé lorsque parfois, un citoyen de second rang s'était assis à côté de moi dans le métro, ou de toutes les fois où j'avais répété les vérités unilatérales des informations officielles, comme tout le monde autour de moi. Et même si je faisais mon possible pour enfouir ce souvenir au plus profond de moi, je ne pouvais pas non plus oublier le toit de l'internat, la vue depuis le quatrième étage, la femme en bas, dans la rue, la brique, la mare de sang.

J'ai alors pesé ma vie : sur un plateau de la balance, il y avait toute mon existence – ma famille, mon avenir, tout ce en quoi j'avais toujours cru. Sur l'autre ne se trouvait qu'une longue série de questions. Comment se pouvait-il que la balance penche de plus en plus vers ce côté ?

J'ai juré en silence. Ces quelques heures passées dans l'appartement exigu d'un immeuble de banlieue moscovite avaient réveillé en moi quelque chose que je ne pouvais plus nier. J'avais peur, parce que je ne me reconnaissais plus. Quand exactement tout avait-il changé ? Quand étais-je sorti de mon moule ? J'ai regardé fixement le ciel et ressenti une vague consolation dans le fait que lui, au moins, était toujours le même. Les portes du commissariat se sont ouvertes et le gardien m'a regardé.

– Vous pouvez entrer, c'est ouvert.

Quel genre d'existence pourrais-je espérer mener si je laissais la balance pencher totalement du côté de mes doutes ? Je n'aurais plus d'avenir ici. Je finirais par devoir quitter mes proches. Je deviendrais un hors-la-loi. Mais quelle était l'alternative ? Il existait plusieurs types de prisons. Si je poursuivais sur la voie des questions, je pourrais perdre ma liberté, peut-être même ma vie. Mais si je ne changeais rien, je ne serais qu'un menteur ; ma prison serait *intérieure*, mon existence deviendrait un piège. J'ai senti ce matin-là que l'on m'avait donné une opportunité – peut-être même une obligation – d'agir autrement.

J'ai secoué la tête en direction du gardien et je suis parti.

– Je ne suis pas d'accord, je réponds. Il faut toujours tenter d'établir un dialogue. La plupart du temps, ça ne mène à rien, mais il arrive parfois que l'autre soit prêt à écouter.

Igor hausse les épaules et contemple le paysage monotone.

– Quelquefois, on a l'impression que tout le monde est devenu fou. Je suis content de pouvoir parler de tout ça avec toi.

À ce moment, j'aimerais dire à mon ami qui je suis vraiment. Les mots sont sur le bout de ma langue, mais je dois une fois de plus les retenir. À la place, je réplique :

– Bien sûr que tu peux.

– Je me demandais juste ce qu'il se serait produit si j'avais été affecté à cette tâche. De bourreau, je veux dire. Aurais-je suivi les ordres et fait mon travail ? C'est probablement ma raison d'être. Mon rôle en tant que soldat est simple : je dois obéir. Je le savais quand j'ai rejoint l'armée, mais maintenant que je m'imagine à la place d'Arsenov… Bon sang, Aleksei. Je ne dis pas qu'ils ne méritaient pas d'être punis, mais je me pose simplement une question. *De quel droit faisons-nous ça ?* Tuer une autre personne ne devrait pas être une décision facile.

– Dans ce cas, tu as peut-être mal choisi ta carrière, je lui fais remarquer, et nous rions tous les deux.

Igor secoue la tête et, dans son expression, je reconnais un peu de celui que j'étais il y a quelques mois. Peut-être que le changement est vraiment possible. Il commence justement avec des personnes comme Igor et moi, qui osent poser des questions et écouter les réponses.

– Je n'approuve pas ce qui s'est passé aujourd'hui, je finis par avouer.

Il me semble important de le dire à voix haute.

Igor me regarde fixement. Ses yeux s'emplissent de larmes. Il déglutit, s'essuie le visage, puis regarde à nouveau au loin, derrière la ville, là où le mont Fuji s'élève depuis la nuit des temps.

– Encore une dose ? propose-t-il.

– D'accord.

CHAPITRE 36
Cobaye

Aujourd'hui, j'ai le droit de me dégourdir les jambes pour la première fois depuis que je suis sortie du coma. Elles sont flageolantes, et je dois m'appuyer sur l'infirmier qui m'accompagne le long du couloir vide. Un nouveau jour d'un blanc laiteux inonde les lieux depuis les lucarnes.

Je me suis réveillée il y a maintenant plusieurs jours. Le médecin est très sympathique. La deuxième fois qu'il m'a rendu visite, il m'a tenu compagnie un long moment et m'en a dit un peu plus sur qui je suis. J'ai hoché la tête, même si je n'ai absolument pas compris de quoi il parlait.

– Le jour de votre accident, vous vous déplaciez seule, sans votre garde du corps, a précisé le docteur. Ce n'est pas autorisé, en raison des risques d'enlèvement. Heureusement, vous avez réussi à échapper à vos agresseurs, et même si vous vous êtes fait renverser par un véhicule, vous vous en êtes bien sortie. Qui sait ce qui aurait pu vous arriver s'ils avaient réussi à vous kidnapper ? Votre commandant a décidé de vous reprendre chez lui, même si vous avez enfreint les règles. C'est un homme bon, vous lui devez beaucoup.

Personne d'autre – pas même mon commandant, dont j'ai tant entendu parler – n'est venu me voir. On me laisse le temps de reprendre des forces. J'apprends constamment de nouvelles choses, et toutes ces informations me donnent mal à la tête, comme un étau invisible. Heureusement, je ne dois pas non plus tout réapprendre : je sais encore marcher, parler, manger, boire, me laver. Ces gestes du quotidien sont encore gravés en moi, même s'il y a beaucoup de choses que j'ai oubliées.

Je ne connais rien du monde hors de l'hôpital. Je vais devoir le redécouvrir entièrement. Que font les gens de leurs journées, là dehors ? Qu'attendra-t-on de moi là-bas ? Selon les dires de mon médecin, le monde extérieur est dangereux. C'est une chance qu'un foyer sûr m'attende quand je sortirai d'ici. Tous ne sont sûrement pas dans une aussi bonne situation.

Heureusement, je ne dois pas encore partir. L'hôpital me semble déjà immense, alors l'étendue de ce qui se trouve hors de ses murs m'effraie. Parfois, je contemple par ma fenêtre les bâtiments à l'extérieur, certains hauts, d'autres bas, si proches les uns des autres qu'il n'y a aucun espace pour circuler entre eux. J'en ai le souffle coupé. Un air gelé s'insinue à travers les interstices de la fenêtre. Au bout d'un moment, je tourne le dos à la ville et je me recouche, plongeant dans de doux rêves.

J'ai l'impression d'être constamment épuisée, même si je dors à poings fermés la nuit. Même pendant la journée, je m'enfouis sous les couvertures et laisse le temps s'écouler. Mon médecin vient de temps en temps et me demande comment je me sens. Il a l'air inquiet, touche mon front, mesure mon rythme cardiaque, presse un appareil froid d'abord sur ma poitrine, puis sur mon dos. Puis il me donne un médicament, comme une paix artificielle directement injectée dans ma veine.

– Une question m'est venue à l'esprit, je finis par lui demander. Ai-je de la famille ?

– Bien sûr, j'ai déjà mentionné le commandant Rafikov et son épouse.

– Oui, mais… y a-t-il d'autres personnes ? Ai-je des frères et des sœurs ? Mes parents sont-ils toujours en vie ? D'où est-ce que je viens, à l'origine ?

Il semble surpris par ma question.

– Bien sûr que non, il n'y a personne d'autre, répond-il en souriant, mais sa voix est dure. La maison Rafikov est votre seul foyer.

Je ne m'attarde pas sur le sujet, car je me sens déjà glisser vers un endroit inaccessible. Encore une fois, j'ai l'impression que mon lit se balance et me berce vers un sommeil léger.

Pour la première fois, je suis autorisée à regarder les informations sur un appareil appelé « projecteur ». Il tient dans la paume de ma main et, sur son écran, les images défilent à une vitesse étourdissante. Je les laisse se déverser vers moi.

J'apprends progressivement que la Terre est un endroit complexe. Il existe des différences surprenantes entre les gens. Je vois des hommes étudier une carte et parler de la ligne de front, des nouvelles terres du Sud. Je vois des hordes de personnes habillées en blanc portant des banderoles ; elles sont gazées, attaquées, alors que d'autres foules autour d'elles sont laissées tranquilles. Je ne comprends pas pourquoi, mais j'en conclus qu'il existe deux camps distincts. D'un côté, il y a les gens convenables ; de l'autre, les mauvais, les traîtres. Je ne comprends qu'une partie de ce que je vois, mais le monde commence peu à peu à prendre forme. Les frontières façonnent l'espace et assurent notre sécurité. En écoutant la voix du présentateur, je me sens soulagée : il semble tout savoir, alors je cherche dans ses paroles des indices sur ce qu'est censée être mon existence.

« Que chacun connaisse sa place et remplisse son rôle, c'est la meilleure façon de servir la patrie », affirme sans ciller un homme qualifié de « commandant militaire ».

Quelle est ma place ? J'attends que quelqu'un parle aux informations des personnes comme moi, les Nymphes. Que quelqu'un me dise comment vivre, que croire, qui servir. Je fixe l'écran jusqu'à ce que mes yeux pleurent et me brûlent, mais rien ne vient.

La nuit, je navigue.

Tout autour de moi, il n'y a que la mer infinie. Sur mon petit bateau, je suis seule. L'eau m'emporte loin de tout, les vagues déferlent sur mon embarcation. J'agrippe le rebord à deux mains et j'appelle à l'aide. Un si frêle esquif dans une mer si grande… J'ai peur de me noyer. Je me dis que je vais mourir.

Puis j'aperçois quelque chose au loin. Une lueur fugitive.

C'est un rayon de lumière qui se dissipe dans le vent, comme un mirage.

Terrifiée, j'écope l'eau de mon bateau et j'essaie de ramer en direction de l'éclair lumineux. Bientôt, je le revois : maintenant, il brille un peu plus fort, étincelant entre les vagues comme le faisceau d'une lampe.

– Hé ! je m'exclame.

Je me lève, même si le vent menace de me renverser et que le bateau tangue.

– Hé ho ! Là-bas ! Il y a quelqu'un ?

Si seulement je voyais d'où vient la lumière…

Mais je sombre alors dans le noir, et je me réveille en hurlant.

CHAPITRE 37
Aleksei

Après le jour de l'exécution, je ne pense qu'à la mer. Quand j'étais enfant et que Maman faisait encore partie de notre famille, nous passions une fois par an quelques jours dans la petite ville thermale d'Izaka, sur la côte nord. Là-bas, le ciel était différent – il n'était plus prisonnier derrière les immeubles, mais infini et pur.

À cet instant, j'ai envie de revoir la mer rejoindre le ciel à l'horizon, de ressentir ma propre petitesse face à son immensité. Quand je demande à Marija de m'accompagner, elle refuse d'abord.

– Tu es fou ? Pourquoi diable veux-tu voyager là-bas en plein cœur de l'hiver ?

On ne se rend pas sur la côte à cette époque de l'année, mais j'ai envie de partir. Cette ville me dégoûte. Je veux quitter La Nouvelle-Tokyo, l'institut, ma vie. Cela fait longtemps que j'aimerais prendre un billet ridiculement cher et filer à bord d'un train à grande vitesse – m'offrir l'illusion de la liberté. J'imagine déjà les paysages aux effluves marins balayés par le vent, le port calme, les maisons en bois d'antan, les quelques restaurants tranquilles, les arbres couverts de neige.

Dans mon esprit, il n'y a que nous deux là-bas.

– Ce n'est pas le moment. Nous devrions rester en ville, déclare Marija.

– Ce ne serait que pour une journée. S'il te plaît, dis oui, j'insiste.

Elle finit par céder avec une facilité surprenante, peut-être parce qu'elle aussi veut oublier un instant.

C'est par une matinée claire et ensoleillée que nous nous retrouvons à la vieille gare de Shinjuku et montons à bord du nouveau shinkansen en direction du nord. Nous sommes de bonne humeur. Partir a cet effet : on peut un instant imaginer tout laisser derrière soi, se diriger vers quelque chose de nouveau.

Lorsque le train se met en marche, le soulagement envahit tout notre corps. Je surprends Marija en embrassant sa joue rougie par le froid, et cela la fait rire. Son regard est d'abord légèrement désapprobateur, mais bientôt, son sourire répond au mien. Plus la ville s'éloigne, plus il est facile de sourire.

Nous descendons à Izaka après avoir voyagé de longues heures à travers des paysages de campagne figés par l'hiver. La petite ville thermale se situe juste en bord de mer. Si c'est une destination touristique très populaire l'été, elle est déserte en cette saison. La silhouette de la petite gare au toit bleu ressemble à une photographie encadrée sur le ciel clair. Marija descend du shinkansen et crie de surprise quand la bise la frappe de plein fouet. Elle écarte les bras et s'y abandonne.

– Quel vent ! s'exclame-t-elle tandis que les bourrasques agitent nos écharpes et le bas de nos manteaux.

Je ferme les yeux, mais des taches de lumière persistent encore sous mes paupières closes.

Cette ville modeste est l'une des rares à avoir pu conserver entièrement son aspect d'autrefois : ici, les rues sont bordées de petites maisons en bois de style japonais, avec des toits incurvés et des corniches décoratives. Une rivière endiguée la traverse. Elle est gelée près des berges, mais au milieu, l'eau sombre s'écoule toujours librement. De la vapeur blanche s'en élève, givrant les arbres du rivage ; à contre-jour, ils ressemblent à des fantômes.

Marija me prend la main et nous nous dirigeons vers la mer. Nos pas sont si légers que nous avons l'impression de flotter. Elle rit quand une bourrasque emporte mon chapeau et que je cours après. Un changement s'opère en elle : un nouvel éclat illumine ses yeux, son rire devient plus insouciant.

La ville est endormie. En hiver, seuls les gérants des thermes y vivent. De temps à autre, on croise ici et là des familles et des couples venus pour passer une journée au spa. Il n'y a aucun soldat en vue. Au début, cela nous semble suspect, mais ensuite, nous commençons à nous détendre. Étonnamment, nous avons réussi à trouver un petit espace de liberté sur la carte de notre monde ! Personne ne nous prête attention alors que nous marchons dans la rue main dans la main, enfouis dans nos manteaux et nos écharpes. J'ai le sentiment que nous n'avons pas besoin d'avoir peur.

La vie ressemblerait-elle à cela, de l'autre côté de l'océan ?

Je ne me souviens pas de la dernière fois où j'ai vu la mer, mais cette vision me laisse sans voix. La plage est recouverte d'une neige légère, mais l'eau d'un bleu foncé brillant, presque noir, est encore libre de toute glace. J'aperçois au loin les vagues coiffées d'écume qui foncent vers nous avec ténacité. Nous descendons avec difficulté jusqu'à la plage par le sentier enneigé. Le *kogarashi* a créé de petites congères, mais ici et là, on peut encore voir le sable jaune pâle, comme un souvenir de l'été. Marija me lance un regard incrédule puis fait quelques pas vers l'eau.

– Regarde comme c'est beau !

Je cours derrière elle, l'attrape par la taille avec plus d'audace que prévu et je l'embrasse à nouveau. Sa peau est glacée contre ma joue, mais sa bouche est chaude, accueillante. Elle me regarde et frotte le bout de son nez froid contre le mien.

– Alors, on n'a pas bien fait de venir ?

– Si, répond-elle.

Les rafales se déchaînent autour de nous, mais nous n'avons pas froid.

Nous marchons le long de la plage, laissant nos empreintes jumelles dans le sable. Elles font écho à ce que je ressens : nous avançons dans la même direction, côte à côte. En contemplant le large, je me dis que la mer est belle, à la fois frontière de notre monde et voie pour s'en échapper. Au loin, quelque part à l'est, se dressent les rivages du Nouveau Supercontinent. Je n'y pense presque jamais.

– À quelle distance se trouve le Nouveau Supercontinent, à ton avis ?

– Loin, à plusieurs semaines d'ici.

– Je voudrais partir là-bas avec toi, je déclare en serrant la main de la fille que j'aime dans la mienne.

Elle hausse les sourcils avec amusement.

– Comment, à la nage ?

– Je suis sérieux. Qu'y a-t-il pour nous ici ?

– Mais qu'y a-t-il *là-bas* ?

Bien sûr, je l'ignore. J'ai vu quelques photographies passées sous le manteau, surpris des anecdotes, mais je ne peux pas être sûr de leur authenticité. Ceux qui partent ne reviennent pas pour raconter à quoi ressemble la vie de l'autre côté.

Depuis mon enfance, j'ai entendu la description d'un continent en proie à la décadence morale. On m'a dépeint une misère inimaginable, des migrations constantes, la famine, des épidémies pareilles à des raz-de-marée. Plus jeune, j'écoutais toujours ces histoires avec beaucoup d'attention, en frissonnant. Dans un sens, j'aimais entendre qu'il existait un endroit où les choses étaient bien pires que chez nous. Je le raconte à Marija.

– Et tu crois encore à tout ça ?

– Je ne sais pas. J'ai du mal à savoir que penser.

– Je connais quelqu'un qui est parti là-bas.

– Vraiment ? je m'étonne.

– Le petit frère de Yang. Il était fragile, alors, lorsque les troubles ont commencé, ses nerfs n'ont pas pu le supporter. Il a réussi à se trouver une place sur un cargo à destination du Nouveau Supercontinent. Et c'est ainsi qu'il est parti sans faire ses adieux, comme un lâche. Il a juste laissé un message expliquant qu'il voulait commencer une nouvelle vie. Tu te rends compte ? Comment peut-il dormir la nuit ? Pense-t-il jamais à nous ? Enfin, peu importe. L'année dernière, nous avons reçu un dernier message de sa part. Il était arrivé à destination, habitait dans une petite ville, avait commencé des études à l'université. À l'université ! Tu imagines ? Il nous a écrit que ce monde est complètement différent du nôtre, que tout n'y est pas parfait, mais que c'est quand même mieux qu'ici. Qu'il faut le voir de ses propres yeux pour comprendre. Je n'oublierai jamais ses paroles : « Ici, je peux enfin être qui je suis. » Comment a-t-il osé écrire une chose pareille à son frère, en sachant comment nous vivons ?

Elle me lâche la main et ramasse des déchets qui traînent au bord de l'eau.

– À ton avis, d'où viennent ces déchets ? fait-elle, pensive.

Puis elle reprend :

– Permets-moi simplement de te dire une chose : je pense que quand on fuit un problème, on en trouve encore plus à la place.

Je ne suis pas convaincu. Nos pensées s'attardent de l'autre côté de l'eau, sur les mots du petit frère de Yang. *Ici, je peux enfin être qui je suis.*

L'onsen – les thermes auxquels nous nous rendons – est au bord de la rivière, là où les maisons bâties tout près des berges semblent presque flotter sur l'eau. Nous achetons des tickets pour la journée, recevons des serviettes épaisses d'un blanc immaculé, des peignoirs et des chaussons. Nous rejoignons nos vestiaires respectifs et nous lavons soigneusement avant de nous retrouver dans les bassins. L'endroit est très calme aujourd'hui : hormis nous, il n'y a qu'un homme âgé qui semble dormir dans l'une des piscines les plus petites.

Marija tient pudiquement sa serviette pour couvrir son corps nu ; ses membres sont rouges de froid. Nous nous dirigeons vers l'un des plus grands bassins ; il offre une vue dégagée sur les conifères qui poussent le long des berges. Nous nous regardons, elle articule silencieusement « un, deux, trois », et à trois, nous nous immergeons profondément dans l'eau chaude. C'est comme s'abandonner à une douce étreinte. Je regarde mon corps flotter, comme en apesanteur ; ma peau est gelée et me brûle en même temps. Marija soupire de plaisir et pose sa tête contre mon épaule. Il est facile d'imaginer que nous sommes seuls au monde. En cet instant, plus rien ne compte.

Nous nous baignons en silence jusqu'à ce que notre peau se ride et que notre front commence à perler de sueur. Nous changeons de piscine, entrons un moment dans l'eau fraîche et sourions, le souffle court.

Avec la plus grande discrétion, Marija me touche sous l'eau. Le bout de ses doigts me chatouille et me taquine, et je la veux tellement que cette frustration vive, insupportable, est presque un plaisir en soi.

Un peu plus tard, nous mangeons un bon repas au restaurant de l'onsen. Dehors, la lumière change, laissant place aux longues volutes dorées du soleil couchant. Nous savons très bien tous les deux ce que cela signifie. Je prends la main de Marija entre les miennes, embrasse le bout de ses doigts ramollis par l'eau.

– Le dernier train pour Tokyo part dans une heure, dit-elle, soudain sérieuse.

– Peut-être qu'on n'a pas besoin de rentrer ce soir. On pourrait prendre une chambre et rester pour la nuit.

Elle sourit légèrement, sans rien dire. Elle boit son thé à petites gorgées en contemplant en silence la lumière qui danse sur les fenêtres d'en face.

– Je suis sérieux. Qu'est-ce qui nous en empêche ?

– Je ne crois pas que ce soit une bonne idée.

– Pourquoi pas ?

– Aleksei. C'était une merveilleuse journée. Ça ne te suffit pas ?

Je lâche ses mains. Non, ça ne me suffit pas du tout. Ne comprend-elle pas ? Je veux vivre des jours comme celui-ci pour le restant de ma vie. Faciles et agréables. Marija m'observe pensivement, puis pose doucement sa tête sur mon épaule.

– Pourquoi es-tu si pressée de rentrer ? La révolution ne peut-elle pas attendre un jour de plus ? Ne peux-tu pas te permettre d'être heureuse ?

– Hé. Ne sois pas cruel.

– Je suis désolé.

Je sais bien que je suis injuste et que je me comporte comme un enfant.

– Mais est-ce que tu es attendue là-bas *ce soir* ? On ne peut pas rester juste une nuit ?

Marija soupire.

– Je ne sais pas.

La lumière s'estompe au-dehors. Les minutes s'écoulent. Finalement, elle accepte.

– D'accord, Aleksei, restons. Pour une nuit.

Nous prenons une chambre à l'onsen. De sa fenêtre, nous contemplons la petite ville sombre comme un monde qui nous serait complètement étranger. Il n'y a de lumière nulle part, de la fumée s'élève des cheminées des maisons, la nuit est étoilée et paisible.

Nous faisons l'amour ; elle ferme les yeux alors que je la caresse avec douceur. Dans l'obscurité, elle me murmure des mots que personne ne m'a jamais dits auparavant. Je l'embrasse, et je sens qu'au plaisir se mêle du désespoir, car elle a raison : il nous faudra bien rentrer, cela ne peut pas durer, ce n'est pas réel. Le temps est précieux, et c'est justement ce dont nous manquons le plus.

Cette nuit-là, je lui dis la vérité sur moi. Je lui parle de la brique et de la femme, de mon ébullition intérieure. Marija me regarde longuement, me laisse parler sans m'interrompre ni poser de questions. Je touche sa nuque, sa cicatrice rugueuse. Je lui demande pardon.

– C'est pour cette raison que tu es avec moi ? demande-t-elle d'une voix accusatrice en se redressant sur ses coudes. Pour te racheter de tes actions ?

– Bien sûr que non, je lui réponds.

Mais ce n'est peut-être pas toute la vérité.

Nous dormons enlacés, un croissant de lune répandant sa lumière argentée sur nos visages.

Nous retournons à la gare de bonne heure. Le ciel est couvert de nuages et il neige à nouveau à gros flocons. Le charme semble désormais rompu. Marija est pourtant toujours souriante. Je l'aime si fort que j'en suis moi-même surpris. À bord du train, nous nous taisons tous les deux, perdus dans nos propres pensées.

J'observe par la fenêtre les petites villes qui se succèdent à toute allure, les gens sans visage aux passages à niveau et les camions vert foncé dont l'arrière est recouvert d'une bâche noire. Ce sont eux qui amènent les citoyens étrangers à leur travail, aux camps, on ne sait où.

Je m'adosse à mon siège et je laisse le monde défiler. J'essaie de me préparer à ce qui nous attend à Tokyo. À la gare suivante, Marija se raidit sur son siège lorsque des gardes passent devant nous et nous jettent un regard furtif, mais aujourd'hui, nous avons encore de la chance : nous sommes protégés par la magie de la ville thermale. Ils nous laissent tranquilles.

CHAPITRE 38
Marija

J'ai commencé à avoir des insomnies à mon arrivée dans ma première maison close. J'avais quatorze ans. Ce n'est que la nuit que je me sentais en sécurité, que je m'appartenais complètement. Je regardais souvent par la fenêtre, essayant de distinguer les silhouettes dans la pénombre. Dormir était impossible. Je faisais des cauchemars, ou bien de si beaux rêves que m'en réveiller était comme une lente noyade. Je ne voulais pas rêver de mes parents là-bas. Ils appartenaient à une époque tout à fait différente, celle d'une autre Marija.

Cette nuit encore, je veille. Aleksei dort à poings fermés, une main sur ma poitrine, l'autre sous mon oreiller. Son visage est détendu. Il est juste à côté de moi, et pourtant, j'ai l'impression d'être très loin. Je suis emportée par des courants invisibles qui ne me laissent aucun répit. J'aimerais le réveiller et lui demander de me retenir, mais je ne le fais pas. Bientôt, ce sera le matin, et nous partirons d'ici.

Tout à l'heure, quand nous faisions l'amour, j'ai eu l'impression de quitter mon corps un instant. C'était une sensation agréable. Terriblement agréable. Il était si tendre que c'en était presque douloureux – cela m'a ramenée à ces caresses du passé, celles qui n'étaient pas tendres, celles qui voulaient seulement me prendre quelque chose, et qui y sont parvenues.

Pourquoi ai-je mal maintenant ? Je voudrais retourner à la plage, au vent froid et au fracas des vagues. J'aimerais crier. Une partie de moi tressaille à chaque fois qu'Aleksei me touche. J'ai peur qu'il soit en train de m'emmener loin de ce que je suis. Que me restera-t-il si l'on me prend ma colère, mon ressentiment ?

Il y a quelque chose d'insupportable dans le silence. Dans l'immobilité. Les caresses. Les baisers. La tendresse. Peut-être que quelque chose ne tourne pas rond chez moi. Peut-être qu'Aleksei a raison, peut-être que je ne m'autorise pas le bonheur.

Depuis mon arrivée à Tokyo, je n'ai pas passé une seule nuit loin de ma nouvelle famille, je n'ai été que là où je devais être. Ce genre d'escapade n'est pas dans mes habitudes.

Mais tout ça, ce ne sont que des rêves qui s'envoleront comme des plumes dans le vent. À quoi je m'attendais ? Je repense à cette journée, à l'expression d'Aleksei lorsqu'il contemplait la mer et parlait du Nouveau Supercontinent, de partir d'ici – d'abord, cela m'a effrayée, mais désormais, cela ne fait que m'agacer. Il pense donc encore qu'il y a un avenir. Moi, j'ai déjà accepté depuis longtemps qu'il n'y aura pas de nouveaux départs. Pour moi, il n'y a que la fin. Et elle s'approche déjà.

Aleksei m'a confié son secret pour que je le protège comme un oiseau blessé. Il porte en lui une grande culpabilité et est pétri de regrets, mais j'ai quand même regardé sa main avec dégoût. Cette main, qui vient de me toucher si tendrement, est aussi capable d'actes bien différents.

Dans l'obscurité, l'esprit emprunte ses propres chemins. Parfois, la nuit, quand le sommeil ne vient pas, j'essaie de retourner dans mes souvenirs au temps d'avant les maisons closes. À notre petit village et à notre maison bleue, à Maman.

Parfois, je retrouve un aperçu de cette époque : le fumet des champignons poêlés dans la cuisine, le lin usé des vêtements d'intérieur de ma mère, l'odeur doucereuse du tabac à pipe de mon père. Ce voyage ne me fait pas remonter si longtemps en arrière ; j'arrive à peine à concevoir que quatre ans seulement se sont écoulés depuis que l'on m'a emmenée. Et pourtant, je suis séparée de cette vie par un gouffre que je ne peux franchir, pas même cette nuit.

Je me sens coupable d'être ici et non à Tokyo auprès des autres. Petrov et Irina viennent juste de mourir ; je suis irréfléchie, irresponsable, je fuis. J'ai honte d'avoir ressenti de la légèreté et même du bonheur, d'avoir embrassé ce citoyen de plein droit, d'avoir regardé la mer et bien au-delà, et de m'être permis de penser pendant un instant fugace : *peut-être bien*. J'ai oublié mes règles : « N'oublie jamais ta mission, tes responsabilités, ta cause. » Aujourd'hui, je n'en ai respecté aucune.

Même dans les maisons closes, nous vivions selon des règles strictes. La mère maquerelle avait toujours raison, et nous, nous obéissions aux lois de son royaume. Le premier jour, on m'a emmenée au rez-de-chaussée, où les filles plus âgées m'ont lavée et ont coupé mes cheveux longs. Je sanglotais toujours, alors l'une d'elles m'a saisi fermement le bras et m'a interdit de pleurer devant la patronne. J'ai commencé à me justifier, à expliquer que mon oncle m'avait enlevée et vendue à un trafiquant, que l'on m'avait transportée en train des jours durant et que je ne savais même plus où j'étais.

La fille m'a giflée et, terrorisée, je me suis tue. Elle me paraissait adulte, même si elle était à peine plus âgée que moi. Elle m'a interdit de parler. De pleurer. Cela m'a fait mal sur le moment, mais plus tard, j'ai réalisé qu'elle l'avait fait pour me protéger.

Heureusement, je ne savais pas à l'époque dans quel genre d'endroit j'avais été amenée. Les maisons de joie sont illégales, mais des commandants de haut rang s'y rendent souvent – en secret bien sûr. Certains hommes voulaient des choses étranges : l'un d'eux demandait que je lui attache un sac plastique sur la tête et que je ne le déchire que lorsqu'il s'évanouirait. D'autres étaient presque amicaux, et j'envisageais parfois de leur demander de l'aide. J'étais encore naïve à cette époque, je pensais que le monde était de mon côté. J'ai osé parler une fois au commandant aux sacs plastique, et il n'est plus jamais revenu me voir.

Dans une maison close, on apprend rapidement à se défendre seule. Nous nous querellions tout le temps pour tout, les draps propres, la dernière portion de nourriture, les clients les plus faciles. Malgré cela, nous étions amies. J'étais particulièrement proche de l'une d'elles ; on l'appelait Elea, mais je n'ai jamais pu savoir son vrai nom. C'était une petite brune qui parlait rarement et suivait toujours les règles. Selon des rumeurs, son propre frère l'aurait vendue à un trafiquant. Une fois, je lui ai posé la question directement, et elle a confirmé. Je me souviens encore de son calme lorsqu'elle m'a dit : « Un jour, je m'enfuirai d'ici et je lui trancherai la gorge. » Nous portions toutes en nous la même rage silencieuse. J'ai vécu quelques années là-bas avant de m'enfuir. Quand je suis partie, Elea était toujours là. J'espère que depuis, elle a pu tenir sa promesse.

Aleksei se retourne. Sans la chaleur de sa main sur ma poitrine, je me sens soudain seule. Cette main si délicate, il m'est difficile de l'imaginer blesser, tuer. Je me suis permis de m'écarter de mon propre chemin pour rejoindre le sien. La vie est bien souvent faite d'errances et d'erreurs, de recherches de réponses. Je laisse mes yeux se fermer et j'évoque de nouveau tout ce en quoi je crois. Je ne peux pas oublier ma propre mission. Je décide que nous retournerons à La Nouvelle-Tokyo à la première heure et que cette nuit ensemble sera notre dernière.

CHAPITRE 39
Aleksei

Le jour où Maman nous quitte, il fait un temps si radieux que c'est comme si le monde lui-même voulait lui dire au revoir. Elle porte le même manteau d'hiver que lorsque j'étais enfant. Il n'est pas usé du tout – après tout, pourquoi un manteau jamais utilisé le serait-il ?

Il me semble étrange de la voir debout. Elle se déplace lentement, s'appuyant sur moi à chaque pas. Mon père ne nous accompagne pas, mais, au moment de partir, nous le croisons à la porte de l'appartement. Il hésite un instant avant de toucher l'épaule de ma mère, redressant maladroitement la bandoulière de son sac. Son geste me fait monter une boule dans la gorge. Maman se penche doucement vers lui et ils s'étreignent. Puis elle lui murmure ses adieux. Quand nous nous mettons en route, je m'attends presque à ce que Melnikov change d'avis et veuille la retenir, mais il n'en fait rien. Il reste silencieux, se contentant de fermer la porte derrière nous. *Il l'aime vraiment*, je pense. Sinon, il ne la laisserait pas partir.

Nous nous rendons à la limite nord de la ville dans notre voiture privée. Ma mère observe tout avec des yeux fatigués, faisant remarquer ici et là un changement survenu au cours de ses années d'absence. Tout lui paraît lointain, ce monde ne l'affecte plus. Je suppose que dans son esprit, elle est déjà loin d'ici. Il ne reste plus qu'à rendre le transfert permanent.

Chez Nox, nous sommes chaleureusement accueillis. On emmène ma mère se préparer pendant que l'on me rappelle encore une fois les conditions et que je m'enregistre comme témoin du transfert. On me propose du café, mais je n'y touche même pas lorsqu'on me l'apporte.

– Quel lien familial entretenez-vous avec la personne qui part ? me demande un homme vêtu d'un costume élégant qui se présente comme le tuteur de ma mère.

Je lui réponds, puis il me décrit les étapes techniques du transfert. Je n'écoute qu'à moitié, car je préférerais aller dans la chambre de ma mère pour pouvoir passer nos derniers instants seul à seule.

– Le transfert est définitif, précise le tuteur, comme si je ne le savais pas.

Il m'explique que par le passé, il est arrivé que la famille du transféré attaque Nox en justice, tentant d'obtenir l'annulation du transfert. C'est pour cette raison que des clauses spécifiques sur la permanence de la procédure ont été ajoutées au contrat, et qu'aujourd'hui, seul le transféré lui-même peut le signer. Il ne peut donc être résilié. L'homme s'inquiète clairement de mon opposition éventuelle.

– Ceux qui partent sont très sûrs de leur décision au moment où ils viennent ici. C'est souvent un grand soulagement pour eux.

– Oui, ça l'est aussi pour ma mère.

Il me sourit avec compassion.

– Avez-vous des questions ?

Je pose la première qui me vient à l'esprit :

– Est-elle en sécurité ici ?

– Bien entendu. La sécurité de nos clients est notre priorité absolue, tout est prévu pour l'assurer. Nous prendrons grand soin de votre mère.

– Et si une guerre éclatait ? Une révolution ? Et si la mer montait jusqu'ici dans dix ans et que vous deviez déménager ?

Le tuteur a toujours un sourire aimable, mais son regard trahit une certaine confusion.

– Écoutez, nous disposons d'un excellent service de gestion des risques, parfaitement préparé à tout problème éventuel. Je vous enverrai une copie de notre règlement, que vous pourrez lire à tête reposée. Je vous assure qu'il n'y a aucune raison de vous inquiéter.

Avant de prendre congé, il ajoute :

– Je fais ce métier depuis longtemps et je suis fier de ce que nous accomplissons ici. C'est un privilège d'offrir à nos clients un nouveau départ. Il y a une forte demande pour cela actuellement.

Maman a sa propre chambre. En vérité, ce n'est qu'un placard : elle ne contient qu'un lit étroit et l'appareil auquel elle sera bientôt connectée. Elle est déjà allongée sur son lit et du ruban adhésif couleur chair maintient des capteurs ronds sur ses tempes. Elle semble soulagée, mais très fatiguée. Je vois qu'elle retient déjà ses larmes.

L'infirmière nous prévient depuis le seuil qu'elle reviendra dans quelques instants avec le technicien, nous donnant le temps de faire nos adieux.

– Merci de m'avoir accompagnée, dit ma mère, dont les larmes coulent à présent. Oh, Aleksei. Je me sens tellement coupable. Quel genre de mère abandonne son enfant ?

– Ne pleure pas, Maman. Je ne te reproche rien.

– Prends soin de toi. Et garde ton libre arbitre, tu entends ? Tu es encore jeune, tu peux devenir ce que tu veux. Tu n'es pas obligé d'être comme ton père.

Je jette un coup d'œil vers la porte. Il nous reste encore un peu de temps. Je me penche vers elle et, sans hésitation, je lui chuchote la vérité sur celui que je suis. Je veux qu'elle me connaisse avant de partir. Je lui apprends que je ne deviendrai pas médecin. Que je ne sais pas ce qui m'attend, mais que j'ai l'intention de trouver ma propre voie. Je lui parle de la ville flottante, de la caméra à mon col, du changement qui s'est opéré en moi. Je lui dis être tombé amoureux d'une citoyenne étrangère. Que son nom est Marija et qu'elle a un adorable petit écart entre les incisives. Les yeux de ma mère s'écarquillent tandis qu'elle m'écoute, et elle me regarde comme si je n'étais plus le même. Elle me prend la main.

– Tu vas réussir à partir d'ici, m'assure-t-elle en souriant à travers ses larmes. Je suis si fière de toi.

L'infirmière réapparaît et tousse discrètement.

– Est-ce que nous sommes prêts ?

Maman s'essuie les yeux et acquiesce. Le temps des adieux est venu.

– Je sais que je veux le faire, mais c'est quand même très difficile, avoue-t-elle. Peux-tu rester avec moi jusqu'à ce que le transfert soit réalisé ? J'aimerais que tu m'accompagnes jusqu'au bout.

Je promets de rester jusqu'à la fin. Je tiens sa main fraîche dans la mienne et réprime un sanglot. Je ne veux pas que ma mère garde de moi une image triste. Je veux qu'elle emporte de ce monde une vision positive. L'idée que, même si elle part, nous allons nous en sortir. Que les choses vont aller mieux.

Le technicien s'installe à côté du lit et connecte les fils reliés aux tempes de ma mère à l'appareil. Je pense à Satomi, et cela fait renaître mon anxiété. Mais ma mère est ici de son plein gré, je me le remémore. Il n'y a rien à regretter. Elle est sur le point de rentrer chez elle. L'infirmière recherche l'une des veines du pli de son coude, dans laquelle elle injectera le sérum de préparation au départ.

– Adieu, Alyosha. Je t'aime, chuchote Maman d'une voix étouffée en embrassant le dos de ma main.

– Moi aussi, je t'aime. Bon voyage. Tu penseras parfois à moi, n'est-ce pas ?

– Tout le temps, promet-elle.

L'infirmière lui injecte le produit et ses yeux commencent à se fermer. La chambre devient silencieuse. Je lui tiens encore la main quand l'infirmière revient et me confirme que le transfert est une parfaite réussite. J'observe le visage inexpressif de ma mère et je me dis que désormais, elle est chez elle, assise sur le canapé à côté d'Ada. Elles boivent une tasse de thé et pleurent un peu, mais dans ces larmes, il y a aussi du soulagement. Alors je lâche sa main et la pose avec précaution sur le lit, à côté de son corps devenu une simple enveloppe.

Lorsque je franchis les portes de l'établissement, la clarté qui se répand sur moi est si brillante qu'elle m'étourdit. J'écoute le vent qui agite doucement les branches des arbres au bord de la route, je regarde la lumière danser sur mes chaussures, les jambes de mon pantalon, les manches de ma veste. Je la tiens dans mes paumes. J'aurais presque envie de la boire dans le creux de mes mains, tant son chatoiement est tentant, tant sa proximité est réconfortante après un long et sombre hiver.

CHAPITRE 40
Cobaye

– Vous avez un visiteur, m'annonce le médecin. Votre garde du corps. Vous sentez-vous capable de le recevoir ?

Je me relève et m'assois sur le lit. J'acquiesce, car la curiosité l'emporte sur la fatigue. Mon cœur s'accélère lorsque la porte s'ouvre et qu'un homme, beaucoup plus jeune que je ne le pensais, entre. Il est petit, presque gracile. Il a des boucles auburn, des yeux verts, un visage fin qui essaie de sourire. Malgré tous mes efforts, je n'ai aucun souvenir de lui.

– Bonjour, me salue-t-il en approchant. Comment te sens-tu ? Tu as l'air fatiguée.

Je rougis. Je n'aime pas qu'il se souvienne de moi alors que je ne le reconnais pas.

– Je suis désolée, je ne me rappelle pas ton nom, je lui avoue.

– Aleksei, répond-il.

Il fronce les sourcils en me regardant si attentivement que je commence à me sentir gênée.

– Tu ne te souviens vraiment pas ?

Je secoue la tête et ramène mes genoux contre ma poitrine. Ses épaules s'affaissent et son visage s'assombrit. J'ai envie de m'excuser de nouveau – je ne fais que ça désormais. « Désolée de ne pas me rappeler, désolée de déranger, d'être si stupide et si triste. »

Aleksei rapproche une chaise du lit puis s'assoit. Il me scrute avec étonnement, comme s'il essayait de trouver sur mon visage quelque chose à quoi s'accrocher.

– Je ne cesse de me reprocher ce qui est arrivé, dit-il en s'éclaircissant la gorge. C'est de ma faute si tu es là. Je n'ai pas réussi à assurer ta sécurité, bien malgré moi.

Il paraît inconsolable. J'ai pitié de lui. Je lui assure que ce n'était pas de sa faute, que je n'aurais pas dû sortir seule.

– En tout cas, c'est ce qu'on m'a dit à mon réveil, mais bien sûr, je ne m'en souviens pas.

– Peut-être que ta mémoire peut encore revenir ?

– Peut-être bien. Mais rien ne le garantit.

Le jeune homme hoche la tête et regarde par la fenêtre avec un air pensif. Comme j'aurais aimé ne pas l'oublier. Il paraît gentil.

– Peut-être que tu pourrais me raconter quelque chose, je lui suggère. N'importe quoi. Un détail de mon passé. Qui je suis.

Mon garde du corps se mord la lèvre et réfléchit un instant. Il me raconte que j'ai grandi dans un petit village près de la mer, seule avec mon père, et que là-bas, j'avais une amie du nom de Mai – voilà ce qu'il sait de mon enfance, mais pas grand-chose d'autre. Nous ne discutions guère chez le commandant, mais dans les rares moments où cela arrivait, il me recommandait de faire attention à ne pas trop parler de moi, car ce n'était pas convenable pour mon rang. Nous nous contentions de parler du temps qu'il faisait, de l'actualité, de l'emploi du temps de la journée, de choses légères et futiles.

La porte de la chambre s'ouvre. Le médecin demande à Aleksei de sortir un moment dans le couloir. Quand il revient, le jeune homme semble avoir reçu de mauvaises nouvelles. Je lui demande s'il se rappelle encore autre chose, mais il secoue la tête.

Il sort alors une photographie de sa poche. C'est moi, vêtue d'une robe blanche ; de longs cheveux noirs tombent en cascade dans mon dos et mon visage affiche un sourire dont je ne me souviens pas. À côté de moi se tient un homme de haute stature en uniforme sombre qui me tend un lys blanc.

– Elle a été prise quelques jours seulement avant ton accident. Voici le commandant Rafikov. Tu ne le reconnais vraiment pas ?

Je secoue la tête.

– C'est un homme bon et juste. Cela fait maintenant quatre ans que tu es chez lui. Je n'ai été ton garde du corps que pendant six mois, c'est pourquoi je ne peux pas te dire grand-chose sur les années qui ont précédé, mais depuis que je suis arrivé, tout s'est bien passé. Jusqu'au jour de ton agression.

– Quel genre de personne étais-je ?

– Tu semblais heureuse. Tu étais un peu silencieuse, mais toujours polie et affable, y compris avec moi. Toutes les Nymphes ne le sont pas. Tu es obéissante et bien élevée, et les autres Nymphes t'admirent. Tu n'as cependant jamais laissé ta position te monter à la tête.

Le ton de sa voix a changé, on dirait qu'il s'est forcé à prononcer ces derniers mots. Il finit par ranger la photo dans sa poche.

– Je ne me rappelle plus du tout comment c'était.

– Quoi donc ?

– D'être une Nymphe. Je ne sais pas ce que cela veut dire. Ce que l'on attend de moi.

– Ils te formeront à nouveau quand tu sortiras d'ici.

– Ne le prends pas mal, mais tu n'es pas très grand, pour un garde du corps.

– La taille n'a pas vraiment d'importance si l'on sait se servir d'une arme.

– J'imagine.

Nous restons un instant silencieux, écoutant le bourdonnement de la climatisation et les bruits de pas dans le couloir. Mon cœur s'est calmé. Aux côtés d'Aleksei, ma peur s'est envolée. C'est logique, après tout : sa mission consiste à me protéger. Il me confie une multitude de souvenirs que je recueille précieusement. Parmi eux, il y a d'autres photographies : sur chacune d'elles, je souris, et j'ai l'air si différente que je ne me reconnais pas.

Le jeune homme me demande si je me souviens de la fois où nous nous sommes égarés sur le chemin du Club. Nous étions à pied, car il faisait beau et que j'avais envie de marcher.

– Tu voulais toujours te promener, commente-t-il tristement avant de chasser les ombres de son visage. Nous nous sommes perdus dans le mauvais quartier de la ville. Ses habitants n'avaient jamais vu de Nymphe, mais en avaient entendu parler. Et toi, tu déambulais dans ta robe d'une blancheur éclatante parmi les maisons grises et les gens ternes.

Il me raconte que la foule se pressait autour de nous, voulait toucher mes cheveux, ma robe, mes bras. Il m'avoue avoir été effrayé, alors que je gardais mon calme. « Ils ne nous feront aucun mal », lui ai-je dit, et je les ai laissés m'admirer. Je n'étais pas cruelle, je savais qu'ils désiraient seulement un soupçon de beauté dans leurs vies.

D'abord, cela ne me rappelle rien. Puis je laisse le souvenir s'installer, essayant de me l'approprier. Et en effet, je revois des mains tendues, une journée d'automne lumineuse, une robe blanche, des marchands de fleurs, l'étal d'un marchand d'ambre… Finalement, ce fragment du passé me revient.

– Des marchands de fleurs ? Un étal d'ambre ? Oui, je pense me souvenir de toute cette scène, je lui réponds tandis que mon esprit commence à s'éclaircir comme le ciel après une forte pluie.

Aleksei se redresse sur sa chaise. Son expression a changé et j'ai peur d'avoir dit quelque chose de mal.

– Qu'est-ce qui ne va pas ?

– Je n'ai pas mentionné d'étals. Tu les as évoqués toi-même, c'est donc un vrai souvenir.

Et pour la première fois depuis le début de notre conversation, un sourire sincère illumine son visage.

– Tu trouves que j'avais vraiment l'air heureuse ?

Maintenant que j'ai saisi ce fil fragile qui me relie au monde, je peux imaginer que je l'étais réellement.

Aleksei se frotte le front avant de me répondre :

– Toujours.

Et moi aussi, je souris, mais avec le même sentiment qui transparaissait sur les photographies qu'il m'a montrées. Celui de faire semblant.

CHAPITRE 41

Marija

À mon retour d'Izaka, les premiers jours, j'ai eu l'impression d'être une nouvelle personne. J'avais laissé ma vieille peau dans l'eau chaude des thermes et en étais revenue encore plus certaine que ma place était ici, aux côtés des miens. Il avait été puéril de m'imaginer ailleurs.

Nous sommes enfin prêts à déménager. Le moment est venu de quitter la ville flottante et de nous installer dans les tunnels. Dans les galeries les plus anciennes, aucun garde ne patrouille ; nous nous cacherons donc dorénavant sous terre, et de là, nous mettrons notre plan en œuvre jusqu'au bout. L'idée de ne plus voir le ciel me semble encore angoissante, mais avec le temps, on s'habitue à tout – j'ai vécu assez longtemps pour le savoir. On doit toujours être prêt à renoncer à quelque chose – y être *déterminé*, même.

Le dernier soir, Yang me demande de venir dans son bureau. Lorsque je le rejoins, il visionne une vidéo qu'au premier abord je ne comprends pas. Une jeune femme est allongée sur un lit d'hôpital. Les yeux grands ouverts, elle fixe un point légèrement au-dessus de la caméra ; je l'entends dire : « Je ne me rappelle plus du tout comment c'était. » Mon estomac se retourne.

– Qu'est-ce que tu regardes ? je demande en m'asseyant sur la chaise vide à côté de Yang.

– Aleksei a fait du bien meilleur travail au sein de l'institut que je n'aurais osé l'espérer. Il participe lui-même au traitement des cobayes, ce qui nous permet de disposer d'une énorme quantité de preuves. Je viens d'envoyer plus d'une centaine d'heures de vidéos à notre contact sur le continent. Grâce à ce garçon, nous pourrons bientôt terminer notre projet.

Je fixe les images de la jeune femme. Elle semble confuse. Sa tête est enveloppée de gaze et ses yeux sont cernés. Aleksei lui parle comme à une vieille amie, mais elle ne semble pas se souvenir de lui.

– Est-ce que… est-ce que c'est en direct ?

Yang acquiesce.

La chaleur me monte au visage lorsque Aleksei prend la parole. D'une voix apaisante, il assure à la patiente que son commandant viendra bientôt la chercher à l'hôpital, maintenant qu'elle se sent mieux. Elle retrouvera sa chambre de Nymphe, son foyer à Otasaki. Elle fronce les sourcils, et je peux presque voir le mensonge établir de fausses connexions dans son cerveau. Avec un frisson, je baisse la tête.

– Sa mémoire a été réinitialisée. Ils essaient de lui faire croire qu'elle est une Nymphe, explique Yang. C'est honteux !

– La pauvre…

Voilà pourquoi je n'ai jamais imaginé Aleksei à l'Institut de recherche sur l'humain. Maintenant que je l'entends prononcer ces mots et que je vois ces images, je réalise qu'en vérité, je ne le connais pas du tout.

Je ne savais pas que je cherchais une échappatoire, mais à présent, cela devient clair : ce garçon n'a été pour moi qu'une bouée de sauvetage, un moment suspendu, un simple aperçu d'une réalité alternative où il y aurait dans ma vie davantage que cette lutte.

Je ne veux pas croire qu'il pourrait être autre chose. Cette explication m'est plus facile à accepter.

– C'était éprouvant à regarder, mais ces enregistrements convaincront certainement notre contact sur le Nouveau Supercontinent. Les images des cobayes suffisent à elles seules à légitimer le soutien à la révolution, mais il y a aussi des vidéos des atrocités commises le jour du Commandant en chef et des exécutions qui ont suivi. Aleksei a parfaitement rempli son rôle. Dommage que je ne puisse pas le lui dire de vive voix.

– Pourquoi pas ?

– Notre coopération s'arrête là. Je n'ai pas l'intention d'emmener une personne de plus dans les tunnels, nous devons serrer les rangs.

– Je pensais que nous attendrions le printemps pour partir.

– L'ordre est venu d'une autorité supérieure. Temporiser n'est plus une option.

Mon cœur manque un battement.

– Es-tu prête ? demande Yang face à mon expression.

J'acquiesce. Bien sûr que je suis prête. Je le suis toujours. Tout le reste passe au second plan, seul demeure notre combat. J'ai l'impression de revenir lentement à moi-même. Cette Marija-là, je la connais.

– Bien. Nous partons ce soir.

J'écoute encore la voix familière d'Aleksei. Elle vient de loin, de très loin, mais c'est pourtant celle qui a murmuré à mon oreille dans la pénombre de notre petite chambre d'hôtel : « Je ne sais pas pourquoi, mais avec toi, j'ai l'impression d'être chez moi. »

Son sourire, à ce moment-là, est resté imprimé en moi et y brûle encore.

Parfois, je vais dans l'un des penthouses vides du dernier étage pour pouvoir être seule. Comme aujourd'hui. Il y reste quelques meubles, même si la plupart ont été récupérés il y a longtemps déjà. Je passe lentement mes doigts sur les touches poussiéreuses du vieux piano. Elles émettent un son désaccordé et lugubre.

Lorsque je pousse la porte du balcon, le vent s'engouffre dans le grand appartement. Je m'approche prudemment de la balustrade et regarde au loin. Au-delà des immeubles s'ouvre une mer sombre qui disparaît à l'horizon. La ville s'étend derrière moi. Quelque part, là-bas, au milieu de toutes ces lumières, il y a le garçon que j'aime.

Parfois, j'ai l'impression dérangeante de n'avoir ma place nulle part. Je me demande si cela s'atténuera lorsque le Commandant en chef sera renversé et que je pourrai circuler en ville sans crainte d'être emprisonnée. Mais j'ai peur que cela ne suffise pas. Cette impression est trop ancrée en moi. « S'apitoyer sur son sort est l'apanage des riches », m'a dit un jour la tenancière d'une maison de joie. Malgré tout, je m'y abandonne parfois, comme on se laisse glisser dans un bain chaud.

Je sors de la poche de ma veste le projecteur confié par Yang. Il me montre encore une image de l'institut. Aleksei est maintenant dans sa propre chambre, en train de dormir. La caméra est probablement restée fixée au col de sa blouse de travail, suspendue face à son lit. Il dort d'un sommeil profond. Je l'observe longtemps. *À quoi tu rêves ? Est-ce que j'y suis avec toi ?* J'aimerais le réveiller, lui demander de me répéter tout ce que je n'ose imaginer seule.

« Tu me reçois, Marija ? Nous sommes presque prêts à partir », grésille la voix de Vladimir dans mon émetteur radio.

Je remets le projecteur dans ma poche, essayant d'ignorer le nœud qui me serre le cœur. *Dors, Aleksei. Quand tu te réveilleras, nous serons déjà loin.*

– J'arrive.

Mais je respire encore un instant l'air marin. Au loin, dans l'obscurité, j'aperçois les lumières d'un navire voguant sur des eaux inconnues. Part-il en direction d'un ailleurs ou en revient-il ?

Enfin, après tout, quelle importance ? Je me demande dans quelle direction moi, je veux aller.

Et pour la première fois de ma vie, j'aperçois dans mon futur autre chose que de l'obscurité. J'y entrevois une chance à saisir, et cela me fait encore plus peur.

Il fait sombre dans la cage d'escalier, mais les lumières vives de lampes de poche me font m'immobiliser à l'entrée de notre étage. *Ils* sont là, à l'autre bout. J'en compte trois ou quatre. Dans leurs vêtements noirs, ils filent en silence le long du couloir.

La peur me fige sur place. Tout se passe très vite, mais j'assiste à chacun de leurs mouvements, et à l'enchaînement des événements, comme au ralenti. Comme dans un rêve. Je me rends surtout compte que je suis incapable d'émettre le moindre son. Je n'essaie pas de sauver les miens. Je ne fais rien pour arrêter ce qui se produit. Si je m'en tire, je serai celle qui, un jour, racontera aux autres comment tout cela s'est terminé.

Ils forcent la porte sans effort et s'élancent dans l'appartement. Je hurle intérieurement en entendant la fusillade commencer. Des cris de surprise et des coups de feu retentissent. Je presse mes mains sur mes oreilles de toutes mes forces. Je recule en direction de l'escalier, me recroqueville contre le mur.

Il se passe beaucoup de temps avant que les bruits ne s'atténuent et que tout ne redevienne calme. Je me rends compte qu'ils vont revenir dans le couloir quand j'entends leurs pas lourds se rapprocher. Je n'essaie pas de m'enfuir ; je suis clouée sur place, mes jambes ne m'obéissent plus. Si tout se termine aujourd'hui, alors je partirai avec les autres.

Libre est celui qui ne craint pas la mort.

Un faisceau de lumière projette un cercle parfait sur le mur juste devant moi. Ils sont suffisamment proches pour que j'entende leur respiration. Je me blottis dans l'ombre.

CHAPITRE 42
Aleksei

Ils sont amenés à la muraille de Sang tôt le matin pour y être exhibés comme des animaux : ainsi, tous les citoyens peuvent voir quel sort attend les traîtres. L'image nous est infligée brutalement durant le petit-déjeuner. Je dois immédiatement courir à la salle de bain pour rendre mon repas. Je presse mon front contre la porcelaine froide des toilettes et ferme les yeux pour effacer cette vision d'horreur. Mes mains ne cessent de trembler.

Trente cadavres accrochés le long de la muraille, tous avec une pancarte autour du cou : « Cafard ». J'entends encore la voix du présentateur résonner sous mon crâne : « L'armée a découvert une cellule rebelle dans La Vieille-Tokyo grâce à une dénonciation anonyme. »

Quand je reviens à table, le journal est déjà passé à un autre sujet. Je me sens à bout de forces, transparent. Mon père me jette un coup d'œil inquiet.

– Ça va ? me demande-t-il.

Je ne réponds pas. Je ne sais pas mentir, mais je ne peux pas non plus lui dire la vérité.

Il fixe les informations d'un air morne. Je constate qu'il a repoussé son assiette, comme s'il avait perdu l'appétit.

– Bon. Si nous retournions au travail ? Aujourd'hui est un jour important. Tu es prêt ?

Trente cadavres avec un sac sur la tête. J'espère, je *prie* pour que Marija ne soit pas parmi eux, mais je la vois, les yeux fixes, étendue sur le ventre avec les autres corps dans l'appartement exigu. L'odeur métallique du sang flotte dans l'air, un silence pesant règne dans la pièce. Je vois les soldats porter son cadavre jusqu'aux bateaux et l'emmener en ville comme un trophée à exhiber. Je les vois couvrir sa tête d'un sac en toile de jute et lui ôter ainsi ses derniers lambeaux d'humanité. Je veux croire que je me trompe, mais la peur m'enlève presque toute capacité de me raisonner.

Nous croisons Jin dans le couloir. Il nous salue gaiement et nous demande si nous avons regardé les informations du matin. Avant de pouvoir m'en empêcher, je me précipite sur lui. Je n'avais encore jamais frappé quelqu'un, mais à cet instant, mon poing s'abat sur lui avec force, une fois, puis deux. Jin recule, chancelant, et me regarde, interloqué. Du sang rouge vif coule de son nez jusque sur sa poitrine.

Melnikov parvient avec grande difficulté à me maîtriser. Je cesse de lutter. Je me sens complètement impuissant. Jin semble furieux, mais ne répond cependant pas à mes coups.

– Bon sang, qu'est-ce qui te prend ? demande mon père. Tu es fou ?

Je ne fais que secouer la tête ; les mots me font défaut.

– Réponds-moi, fils ! Pourquoi t'es-tu emporté ainsi ?

– Laisse-le donc tranquille, Melnikov, tempère Jin. Aleksei révèle pour une fois son vrai visage. En fait, je suis même fier de lui.

Puis il ajoute avec un sourire en coin :

– Tu penses que ta petite amie était sur la muraille avec les autres ?

Son regard est le même que lors des émeutes du jour du Commandant en chef. Je le fixe à mon tour, mais cette fois, je ne baisse pas les yeux. À ce moment-là, nous nous voyons tous les deux tels que nous sommes réellement. Il me tend la main en signe de conciliation.

– Le passé est révolu, dit-il froidement. Je suis sûr que tu choisiras tes amis plus judicieusement à l'avenir.

J'ignore son geste. Je m'arrache à la poigne de Melnikov avant de me diriger vers mon prochain mensonge : ma cobaye attend ma visite.

CHAPITRE 43
Cobaye

La nuit, je flotte sur l'eau à la recherche de quelque chose – je ne sais pas quoi : cela s'enfuit toujours juste quand je m'en approche.

La journée, je m'entraîne à vivre. Je me regarde dans le miroir et je me répète : « Je m'appelle Areia », mais ce nom m'est encore aussi étranger que mon visage. Pourtant, de jour en jour, je me familiarise un peu plus avec l'un comme l'autre. Combien de temps faudra-t-il pour qu'ils soient à nouveau complètement miens ?

Aleksei me rend visite très souvent. Il m'aide à reconstituer le puzzle dans mon esprit et me raconte sans cesse de nouveaux souvenirs, que je stocke avidement dans ma mémoire. J'ai tellement envie de comprendre qui je suis et d'où je viens, à quel genre de vie mon corps est habitué. Je remarque que bouger me manque. J'aimerais courir, mais comme je suis déjà essoufflée rien qu'en marchant, cela devra attendre.

Mon garde du corps répond du mieux qu'il peut à mes questions, mais il ne sait pas tout non plus. Après tout, comme il me l'a déjà dit, nos chemins ne se sont que brièvement croisés.

Parfois, il a l'air abattu ; je suppose qu'il nourrit toujours de la culpabilité. À ces moments, je lui assure que je ne lui en veux pas, que ce n'est pas de sa faute si je suis dans cet état – si je ne suis plus qu'une coquille vide. Il secoue la tête, refusant de me croire. Mes mots glissent sur lui sans l'atteindre.

– C'est moi qui t'ai amenée ici, dit-il.

J'ai l'impression de lire un appel à l'aide dans son regard, mais je ne comprends pas ce qu'il attend de moi.

Un matin, nous sortons ensemble. Il y a un petit parc dans la cour de l'hôpital, avec quelques bancs, des pins et des petits oiseaux qui oseraient certainement manger dans ma main si j'avais quelque chose à leur donner. L'endroit est calme, mais j'entends quand même le bourdonnement constant de la ville, les bruits de la circulation et des gens.

Je suis rapidement à bout de souffle, mais je ne veux pas m'arrêter. L'air de l'extérieur est comme de la soie fraîche sur ma peau asséchée par le séjour à l'hôpital ; il me fait du bien, je sens mes joues reprendre des couleurs. Il fait froid, nous sommes apparemment en hiver. Je croise mes bras sur ma poitrine comme pour me protéger du monde.

– Quand dois-je rentrer ? je demande.

Aleksei ne le sait pas. Le commandant est toujours en voyage d'affaires, mais il sera bientôt de retour et il viendra alors me chercher.

– J'ai peur.

– Il n'y a aucune raison à ça, répond Aleksei. Tout ira bien.

Mon garde du corps se plonge à nouveau dans ses pensées et tripote nerveusement le bord de sa veste.

Aujourd'hui, il m'a raconté mon quotidien : le matin, je passe du temps avec la femme de Rafikov ; à midi, je déjeune seule dans ma chambre ; l'après-midi, je flâne généralement dans le jardin s'il fait beau, et je passe les soirées dans ma chambre ou au Club avec d'autres Nymphes et leurs commandants. J'ai acquiescé en l'écoutant : tout semblait clair, les limites de mon existence facilement gérables. Je me sens capable d'apprendre cette vie.

Parfois, quand je ferme les yeux, des bribes du passé m'apparaissent. La maison du commandant, l'escalier étroit menant à l'étage où j'ai trébuché une fois et me suis blessée à la cheville, les moments passés au jardin l'après-midi, quand j'écoutais les oiseaux et laissais le soleil baigner mon visage pendant qu'Aleksei montait la garde un peu plus loin.

Dans la cour de l'établissement, des infirmiers promènent en rond des patients qu'ils tiennent par le bras. Mon estomac se retourne à leur vue.

– Que font-ils exactement ?

Aleksei hausse les épaules.

– On sort tous les patients de temps à autre.

– Mais regarde-les... Cette femme, là, est si maigre. Ils ont l'air misérables.

– Ils sont malades, c'est pour ça qu'ils sont ici.

– Est-ce que ce sont des citoyens étrangers ? je demande avec hésitation.

Aleksei me lance un regard perçant.

– Que sais-tu d'eux ?

Je me sens soudain pleine de doutes et je secoue la tête, parce que j'en ignore tout – mais quelque chose dans leur apparence, dans leurs épaules voûtées et leurs visages maigres me rappelle les images de citoyens étrangers vues aux informations.

Il m'attrape soudain le bras, visiblement nerveux.

– Sois sur tes gardes, me prévient-il. Ne prends pas pour argent comptant tout ce qu'ils te racontent. Tu ne devrais même pas me croire, moi non plus. En fait, ne crois plus un mot de ce que je te dis. Dans ta situation, il est dangereux de faire confiance à qui que ce soit.

– Je ne comprends pas…

Je suis déconcertée. Aleksei desserre un peu sa prise, remarque mon effroi et essaie de me calmer. Il doit juste être fatigué. Oui, c'est ça : il se fait trop de soucis et manque de sommeil.

– Dis-moi quelque chose que personne d'autre ne sait, me demande-t-il alors.

Je pense d'abord qu'il se moque de moi, mais il est tout à fait sérieux.

– Que veux-tu que je te dise ? Je ne connais rien que tu ne saches déjà.

Il soupire. Ses épaules s'affaissent.

Un des infirmiers siffle, et les autres commencent à rassembler les patients maigres pour les remmener à l'intérieur. Je détourne le regard vers le ciel d'hiver et les nuages effilés. On dirait qu'ils ont été dessinés à la plume.

CHAPITRE 44
Aleksei

Ce soir-là, je sors le transmetteur crypté que Yang m'a donné. J'écris un court message : « Tout va bien ? » J'attends une réponse, qui ne vient pas.

J'écris un nouveau message : « Marija ? Tu es là ? »

Personne ne répond.

Je veille toute la nuit. Dès le lendemain matin, je me rends en bordure de la ville flottante. Je dois m'assurer qu'elle est en vie. Je choisis le trolleybus qui passe loin de la place des Martyrs, car je ne veux pas voir la foule qui s'y est rassemblée pour regarder les corps accrochés à la muraille. Les soldats ne les ont toujours pas enlevés ; je suppose qu'ils craignent que leur message ne soit pas encore parvenu à tout le monde.

Je parcours le même chemin que la première fois avec Marija, à travers le parc Yoyogi. Puisque je n'ai pas ma propre embarcation, je me retrouve à prendre un bateau-taxi. Son conducteur, un homme jeune et élancé, me demande une somme exagérée pour le transport, mais je l'accepte. Je paierais n'importe quel prix pour rejoindre Marija. Lorsqu'il entend où je veux aller, il secoue la tête.

– Je n'emmène plus personne à cette destination.

– Je peux payer plus.

– Non, refuse-t-il, je ne vais pas dans le secteur 20. C'est trop agité là-bas. Tu as certainement entendu parler de ce qui vient de s'y passer ?

– Je t'en prie. Je te paierai dix mille roubles supplémentaires.

Le jeune homme me toise avant d'accepter. C'est une très grosse somme, qu'il ne peut se permettre de refuser. Il prend l'argent, puis démarre le moteur, et nous commençons à glisser du quai vers la ville inondée. L'endroit est aussi calme que la dernière fois, mais désormais, son silence semble sinistre. La boule dans ma gorge grossit. J'ai peur de ce que je vais trouver une fois sur place.

Nous venons juste de quitter la voie principale pour emprunter un canal plus étroit lorsque nous croisons une femme ramassant de la ferraille sur une barque d'allure fragile. Elle soulève un peu sa capuche, comme pour nous saluer, et dès que je croise son regard inquisiteur, je me sens fébrile.

– Où vas-tu, Tián ? s'exclame-t-elle avec familiarité.

– Ce type veut être transporté jusqu'au terminus, répond le chauffeur du bateau-taxi en secouant la tête.

– Et tu as accepté ? C'est audacieux, même pour toi.

Alors que la femme nous dépasse, je la vois sortir un objet de la poche de son manteau. Je reconnais un appareil de communication. Elle le porte à son oreille tout en nous jetant un coup d'œil par-dessus son épaule. Je vais me faire prendre. J'ai l'impression de m'écrouler. À l'intersection suivante, des bateaux militaires se précipitent sur nous et nous encerclent. On nous ordonne de nous mettre sur le ventre au fond du bateau-taxi. Mon conducteur s'époumone, implorant grâce, affirmant ne rien savoir et n'être qu'un simple chauffeur. Le fond en fibre de verre usé du bateau est rugueux contre ma joue.

J'écoute l'eau clapoter contre les parois alors que l'un des policiers monte à bord et me donne un coup de taser. Le monde devient blanc, puis noir.

On m'emmène au commissariat principal pour un interrogatoire. Je n'ai cependant pas été officiellement arrêté, et lorsque je leur demande de quel crime je suis accusé exactement, ils évitent de me répondre et me posent à leur tour une question : qu'est-ce qu'un honnête jeune citoyen de plein droit comme moi faisait seul dans la vieille ville et, pire encore, en route vers le secteur 20 ? Allais-je y retrouver quelqu'un ? Et étais-je au courant que la cellule terroriste qu'on venait de démanteler l'avait été dans ce secteur précis ?

– Je n'en savais rien.

Lorsque je suis allé pour la première fois dans la ville flottante, Marija m'a fourni une explication toute prête pour une telle situation :

– Je me rendais dans une maison de tolérance.

Visiter un tel lieu n'étant qu'une infraction passible d'une amende, je ne devrais pas avoir trop d'ennuis.

– Alors comme ça, on va chez les putes ! Oh, mon garçon, tu devrais faire plus attention à ta santé, les bordels de cette zone fourmillent de maladies. On pourrait pourtant penser qu'un jeune homme comme toi peut avoir des filles sans avoir besoin de les payer...

– Effectivement, il y a des maisons closes là-bas, approuve l'un de ses collègues. Mais tu sais ce qu'il y a aussi ? Des traîtres, des criminels, des trafiquants de drogue. Toutes sortes de gens louches. Un citoyen convenable ne devrait jamais mettre les pieds dans un tel endroit.

Je hausse les épaules. Ils me regardent fixement, dans l'expectative, mais en vain. Nous savons tous qu'ils n'ont aucune preuve contre moi. Malgré tout, j'ai peur : ils n'ont pas vraiment besoin d'une bonne raison ; je sais que s'ils veulent m'arrêter, ils en ont sans doute le droit.

Les policiers me gardent au poste pendant des heures et me posent sans relâche les mêmes questions.

– Tu te rendras service si tu es honnête, affirment-ils.

Mais je ne leur donne rien. Je pense à Marija : elle ne me dénoncerait certainement pas non plus.

S'ils m'avaient suivi plus loin dans la ville flottante, ils auraient eu plus d'éléments à ma charge, mais ils se sont précipités et m'ont arrêté trop tôt. Ils le savent eux-mêmes, et maintenant, ils sont obligés de me laisser partir.

Je ne suis pas majeur, puisque je n'ai pas vingt ans. Après l'interrogatoire, je dois donc être remis aux bons soins d'un adulte. La personne qui vient me chercher devra signer le formulaire de sortie et leur assurer que je serai dorénavant étroitement surveillé. Je leur indique le nom de Xao, car je ne peux absolument pas faire venir mon père. Je ne supporterais pas d'affronter sa déception.

Xao arrive une heure plus tard avec son air soucieux habituel. On l'emmène brièvement dans une pièce voisine, où j'imagine qu'on l'informe en détail des causes de mon arrestation et des soupçons pesant sur moi. Dix minutes plus tard, il revient, le visage pâle. Il paie mon amende et signe les papiers de sortie. Ensuite, je suis libre de partir.

Sur le chemin du retour, il me demande ce que je fabriquais vraiment là-bas. Que faisais-je seul dans la ville abandonnée ? Est-ce que je ne comprends pas que cela risque de me causer de sérieux ennuis dans le contexte actuel ? Aller au bordel ! Ai-je perdu la tête ? Je répète que j'ai été stupide et m'excuse pour le dérangement que mon inconséquence a causé.

Je suis fatigué et je me sens découragé. Je ne sais toujours pas où est Marija. Peut-être qu'elle s'est enfuie. Peut-être qu'elle est suspendue à la muraille. Ou peut-être qu'elle sera amenée avec le prochain chargement à l'institut et que Melnikov la désignera comme ma cobaye.

J'ai la nausée. Je dois m'arrêter pour vomir au bord de la route. Tandis que je reprends mon souffle, Xao me tapote le dos d'un geste paternel.

– Tout va s'arranger, répète-t-il encore et encore. Tout ira bien.

Je ne me sens pas capable de parler à ce moment précis, encore moins de mentir, alors j'espère qu'il ne me posera pas davantage de questions.

Il me surprend en s'arrêtant à un petit bar-restaurant. À l'intérieur, la lumière chaude et le brouhaha ambiant aident mon cœur à se calmer. Il nous commande deux bières et nous nous asseyons dans un coin tranquille.

– Je ne t'avais jamais vu boire de bière, je lui fais remarquer.

– Je suppose que tout part à vau-l'eau, réplique Xao avec un semblant de sourire, mais il a l'air épuisé.

– Je suis désolé que tu aies dû faire tout ce chemin pour venir me chercher.

– Ne t'inquiète pas pour cela, Aleksei. Je te considère comme mon fils. Je suis venu volontiers.

– Est-ce que le trolleybus que tu as pris a traversé la place ?

Il hoche la tête avec une expression sombre. Je frissonne.

– Les corps sont-ils encore là-bas ?

– Oui. Ces exécutions publiques, ces expositions de cadavres sur la muraille… Il y a certaines limites qu'il ne faudrait pas dépasser.

Je me redresse sur ma chaise et jette un coup d'œil autour de moi pour m'assurer que les autres clients sont hors de portée de voix. Xao fixe son verre de bière. Je sens des picotements dans mes mains. Pour une fois, je ressens le besoin de parler honnêtement et sans détour. Je voudrais raconter ce que j'ai vu dans les yeux des prisonniers au gymnase l'instant précédant leur exécution. Mais je dois faire attention, car les mots sont des pièges où l'on peut tomber si l'on n'y prend pas garde.

– Ne répète à personne ce que je vais te dire, reprend alors Xao sur le ton de la confidence, mais ces derniers temps, j'ai commencé à penser qu'il y a du vrai dans les paroles de Wang. Les choses ne peuvent pas continuer ainsi. J'ai entendu dire qu'à la campagne, on vit au bord de la famine. Et pourquoi ? Juste parce que ceux qui nous dirigent sont trop fiers ou trop obstinés pour envisager d'ouvrir le commerce à l'étranger ? C'est absurde. En l'état, notre production alimentaire n'est tout simplement pas capable de tous nous nourrir. Et qu'en est-il de l'électricité ? Combien de milliers de personnes mourront de froid cet hiver ? Et sur quoi se concentrent les têtes pensantes ? La réouverture des camps. La persécution des citoyens de second rang et étrangers. Peut-être ces idées font-elles de moi un traître, mais je ne crois pas que cela soit juste.

À mesure qu'il parle, la flamme en moi se ravive. J'observe son visage fatigué avec incrédulité : je n'aurais jamais cru entendre ces mots de sa bouche. Je me demande combien de personnes pensent comme lui, mais n'osent tout simplement pas s'exprimer à voix haute par peur d'être punies. Il y a encore de l'espoir.

– Je suis d'accord avec toi, je murmure en faisant tourner mon verre de bière frais entre mes mains, pesant mes prochains mots. Moi aussi, j'ai beaucoup réfléchi ces derniers temps.

Xao acquiesce et attend que je continue. Ses yeux perçants s'attardent sur moi, avant de se poser sur la porte lorsque deux soldats entrent. Nous nous crispons tous les deux sur nos chaises, mais ils ne sont venus que pour boire, comme tout le monde. Leur apparition nous incite toutefois à la prudence. Il y a des yeux et des oreilles attentifs partout.

– La situation est très difficile. Tu as probablement entendu dire que même l'institut était menacé de fermeture. Nous n'avons obtenu la prolongation du financement qu'en acceptant des conditions qui sont, en toute franchise, déplaisantes. Ton père m'en veut toujours d'avoir donné mon accord dans son dos, sans comprendre que j'ai pris cette décision uniquement pour que nous puissions continuer notre travail. Peut-être la situation changera-t-elle plus tard, qui sait, mais pour le moment, nous devons protéger l'œuvre de notre vie en acceptant leurs ordres, aussi odieux soient-ils.

– Mais à quoi sert réellement cette œuvre d'une vie ? L'institut n'est que partie prenante de ce pouvoir oppressif.

Xao soupire et secoue la tête.

– On croirait entendre ton père. Melnikov n'aurait jamais accepté ces nouvelles exigences, je le savais bien. La décision n'a pas été facile, et je me demande encore si c'était la bonne chose à faire. Seul le temps nous le dira. Mais notre travail est précieux et j'aimerais le continuer.

Son insatisfaction me prend au dépourvu. J'ai du mal à comprendre tout ce que j'entends. Je ressens toutefois du soulagement à parler de la situation avec quelqu'un d'autre que Marija. Avec quelqu'un dont les racines sont les mêmes que les miennes. Xao se frotte le visage et sourit tristement.

– Jin, je l'ai déjà perdu… Bien sûr, mon fils est intelligent, mais il n'est plus possible de discuter avec lui. Comment peut-on devenir aveugle à ce point ? Mais toi, Aleksei, tu es d'une autre trempe. J'ai l'impression de pouvoir échanger franchement avec toi. Tu as toujours été un observateur, tout comme moi. Tu vois clairement ce qui se passe autour de nous, n'est-ce pas ?

– En tout cas, j'aimerais le croire.

– Parfois, j'espérerais presque qu'une révolution éclate, lance-t-il d'un coup.

Je suis effrayé par son franc-parler et me recroqueville instinctivement sur ma chaise. Il s'éclaircit la gorge, soudain soucieux.

– Comprends-moi bien : je suis juste frustré.

Je vide mon verre et le pose sur la table, dans le cercle humide qu'il y a dessiné.

– Tu n'as pas besoin de t'expliquer. Je te comprends parfaitement, je réponds alors.

Il me regarde longuement sans rien dire. Il se penche vers moi et s'apprête à ajouter quelque chose, avant de changer d'avis. Des clients s'installent à la table d'à côté ; nous ne sommes plus en sécurité pour parler librement. Mon visage devient brûlant. Xao termine son verre et nous sortons dans la fraîcheur du soir.

En rejoignant l'arrêt de trolleybus, nous ne parlons guère. Les panneaux d'information projettent des colonnes lumineuses dans les flaques d'eau, un chat se faufile derrière une poubelle, la lune émerge de la couche nuageuse. Le monde est beau, tout est calme et à sa place.

Lorsque nous descendons à l'arrêt de l'institut, Xao m'attrape par la manche et me demande d'un air grave :

– Puis-je te faire confiance, Aleksei ?

– Bien sûr.

– Tu ne dois parler à personne de ce que je m'apprête à te dire, sinon, nous aurons tous les deux de gros ennuis. Je ne sais pas ce que tu as fait dans la vieille ville aujourd'hui – ce n'est pas grave, tu n'as pas à te justifier auprès de moi –, mais si c'est ce que je pense et ce que suspectent les policiers, je veux juste te dire que je garderai précieusement ton secret. Moi aussi, tu vois, je suis allé dans des endroits où je n'aurais pas dû me rendre ces derniers temps, et j'y ai rencontré des gens que je n'aurais pas dû rencontrer. À chaque fois, je crains qu'il ne m'arrive la même chose qu'à toi aujourd'hui. Tu as eu de la chance cette fois, mais à l'avenir, tu devras être beaucoup plus prudent. La surveillance a été renforcée, on ne peut plus faire confiance à personne. Certains sont condamnés à la prison ou à la peine de mort pour des motifs ridiculement mineurs. Comme je te l'ai dit, j'espère que, d'une manière ou d'une autre, il y aura une révolution. Je suis sincère. Je vois bien que tu le comprends, et cela me donne de l'espoir. Peut-être pouvons-nous nous entraider. Sache simplement que tu peux tout me dire. Que si tu as une mission à accomplir ou s'ils t'ont demandé quelque chose, je peux t'aider.

Il se tait et fronce les sourcils, dans l'attente de ma réponse. Ma respiration s'accélère, un poids pèse sur ma poitrine. Les mots sont prêts, je veux les prononcer à voix haute, affirmer mes convictions, lui parler de la caméra qui est déjà devenue un prolongement de moi et qui, aujourd'hui encore, observe le monde depuis le col de ma veste.

Xao sourit avec bienveillance et pose une main sur mon épaule. Cependant, quelque chose m'arrête. Je ne peux pas. Il m'est impossible de me confier à lui.

– Je ne sais pas de quoi tu parles, je parviens à répondre.

Mon expression doit être devenue distante, car il me lâche.

– J'étais seulement en route pour la maison close, comme je l'ai déjà dit.

Il semble déçu, mais je suis méfiant. C'est pourquoi je continue :

– Et en toute franchise, Xao, si tu es impliqué dans une activité illégale, il serait normalement de mon devoir d'en faire part aux autorités.

Je me force à le dire, car s'il s'agit d'un piège, je veux l'éviter. Ma vie en dépend. Les épaules de Xao s'affaissent.

– Je vois. Tant pis. Je comprends. Laissons tomber, oublions tout. Ce n'était qu'un malentendu, et j'en ai trop dit. Reprenons nos vies et continuons à jouer nos rôles, c'est probablement plus sage. Mais tu sais ce que je crois ?

Il plisse les yeux et je fixe le sol enneigé, fuyant son regard.

– Je crois que tu ne diras rien à personne.

– Tu te trompes, je réponds, mais mes mots manquent de conviction et je sais qu'il n'est pas dupe.

– J'attendrai. Et quand tu seras prêt à me parler, j'écouterai.

CHAPITRE 45
Cobaye

Aujourd'hui est un jour important : mon commandant vient enfin me chercher pour me ramener à la maison. Je passe une mauvaise nuit. La vie d'une Nymphe paraît merveilleuse, mais en même temps, elle me fait peur, car je ne sais pas précisément à quoi m'attendre. Aleksei a esquivé mes questions lors de nos dernières rencontres, et cela m'inquiète.

Pourquoi ne pas m'avoir répondu ?

Et pourquoi mon médecin semble-t-il si gêné quand je lui demande en quoi consiste mon travail ? Il répond quelque chose de vague sur la satisfaction des besoins et les devoirs charnels, mais je ne comprends pas vraiment et je n'ose pas insister.

Rafikov arrive tôt le matin. Je le reconnais grâce aux photographies que l'on m'a montrées, mais sinon, il m'est étranger. Il est grand, brun et large d'épaules. Malgré sa taille, il semble étrangement timide.

– Comment vas-tu ?

Je réponds que je me sens mieux de jour en jour, que j'arrive maintenant à marcher toute seule et que mon appétit est revenu. Il a l'air satisfait. Quelque chose dans son visage me semble familier. *Ses yeux*. Je me souviens d'eux.

– Qu'y a-t-il ? demande-t-il quand il remarquc que je le fixe.

– J'ai l'impression de me souvenir de vous, je réponds, fière de moi.

Le commandant fronce les sourcils. Oui, j'en suis presque certaine, maintenant que je l'observe plus attentivement : sa peau grêlée, sa barbe foncée... Alors qu'il me regarde en penchant la tête, je sens soudain avec certitude que je n'aime pas cet homme.

Ce n'est pas un souvenir, mais autre chose – une sensation si profondément ancrée dans mes terminaisons nerveuses qu'elle ne pourra jamais en être effacée. Rafikov me touche la main et aussitôt, je frissonne ; j'ai instinctivement envie de m'éloigner de lui. Il jette un coup d'œil impatient au médecin. Celui-ci s'approche du moniteur à côté du lit et l'examine en fronçant les sourcils.

– Tout va bien ?

– Je ne sais pas, je réponds. Je me suis sentie mal d'un coup. Je ne suis pas sûre d'être déjà prête à partir. Peut-être devrais-je rester encore un peu.

Le commandant semble mécontent, mais le docteur me fait me recoucher, me donne des médicaments, puis conduit l'homme vers la sortie.

– Venez, laissons-la se reposer un peu.

– Vous m'aviez dit qu'elle serait prête, j'entends vociférer Rafikov à travers les brumes du sommeil qui s'empare de moi.

– Vous auriez dû nous informer que vous la connaissiez lors des entretiens initiaux, répond le médecin sur le ton de la réprimande. Cela pourrait compliquer les choses.

– Quelle importance ? Sa mémoire ne devrait-elle pas être vide ?

– En effet, mais certains souvenirs peuvent être réactivés par des stimuli exceptionnellement forts. Chaque cas est différent.

– Comment ça ? Vous voulez dire qu'elle se souvient vraiment de moi ? Pour autant que je sache, nous ne nous sommes rencontrés qu'une seule fois, et encore, très brièvement.

– C'est peut-être juste un souvenir-réflexe, nous allons investiguer. Il n'y a sûrement aucune raison de s'inquiéter. Mais venez, allons parler dehors, reprend la voix du docteur, de plus en plus lointaine.

– Je la veux absolument, vous comprenez ? Réglez ce problème.

Le sommeil m'entraîne comme un tourbillon. Je sombre.

Je me réveille dans une pièce blanche avec un bon mal de tête. Un instant, je ne me souviens pas d'où je suis, puis tout me revient progressivement. L'hôpital, l'accident, l'amnésie, Aleksei, le commandant qui viendra bientôt me chercher. Mon médecin se tient près de mon lit, dirigeant une lumière vive dans mes yeux.

– Comment allez-vous ? demande-t-il.

– J'ai soif.

Je bois quelques gorgées d'une eau qui n'est pas fraîche et sent le renfermé. Mon médecin se balance d'une jambe sur l'autre.

– J'ai de bonnes nouvelles pour vous. Vous allez revoir votre commandant aujourd'hui. Il est enfin revenu de son voyage d'affaires, m'annonce-t-il.

Je suis nerveuse. J'attendais sa visite avec un enthousiasme mêlé de crainte.

– Alors je vais bientôt rentrer à la maison ?

– Je ne sais pas, répond le médecin, qui paraît préoccupé. Voyons d'abord comment se déroule la visite. Procédons pas à pas.

J'essaie de m'asseoir, mais mes yeux se troublent et la pièce tangue de manière désagréable.

– J'ai encore eu une crise ? je demande.

Après chaque crise, je me réveille dans cette pièce blanche, l'esprit engourdi, dans cet environnement qui ne m'est pas familier et me semble instable.

– Oui, mais ne vous en faites pas, tout va s'arranger. Aujourd'hui est un nouveau jour. Votre santé s'améliore de plus en plus.

CHAPITRE 46
Aleksei

Durant les jours qui suivent mon arrestation, je tente d'éviter Xao, mais il apparaît partout où je me trouve, cherchant à croiser mon regard à travers la pièce. Ce serait un soulagement de tout lui dire. J'attache encore la caméra à mon col tous les matins, même si je ne sais même plus si mes enregistrements aboutissent quelque part ni qui les regarde. Je ne veux toutefois pas abandonner la tâche qui m'a été confiée. Elle me donne encore une raison de vivre.

Je parcours sans répit les corridors de l'institut. J'essaie fébrilement de collecter un maximum d'informations : les pâles ombres humaines du département de recherche physiologique, les salles d'opération, les cobayes que l'on conduit dans les couloirs. Si cela aide au moins un peu notre cause, j'aurai fait ma part. Ma connexion avec cette autre partie de mon univers est complètement rompue à présent, et je ne sais pas vers qui me tourner. Le regard de Xao ne cesse de me rappeler que je peux venir lui parler à tout moment, mais je feins toujours l'ignorance et reste bouche cousue. Je ne sais pas combien de temps je tiendrai.

Le soir, je m'assois à côté de mon père devant l'écran de notre projecteur, où nous regardons des gens parler sans fin d'exécutions, de troubles et de traîtres. Chaque fois que l'on nous montre les rebelles arrêtés, je scrute l'image, cherchant parmi eux le visage de Marija, mais je ne la vois jamais.

Depuis le transfert de ma mère, Melnikov est devenu encore plus silencieux. Nous n'en avons parlé qu'une seule fois, le jour de son départ, à mon retour de chez Nox. Il était dans la chambre de Maman, tenant sa brosse à cheveux aussi délicatement que s'il s'était agi d'un oiseau. Quand je l'ai rejoint, il a sursauté et a vite déposé la brosse sur la table de chevet, comme si je l'avais surpris en train de faire quelque chose d'illégal. Puis il a fait le tour de la pièce pour enlever de leurs vases les tulipes perroquet déjà fanées et les a jetées à la poubelle.

– Tout s'est bien passé ? a-t-il finalement demandé.

– Oui. Elle est bien transférée.

– Qu'allons-nous faire de sa chambre ?

Étonné par la question, j'ai observé la pièce. Les vêtements de ma mère étaient toujours dans l'armoire, des rouges à lèvres et des vernis à ongles séchés depuis longtemps étaient alignés impeccablement sur la coiffeuse, et un verre d'eau à moitié vide se trouvait sur la table de chevet.

– Je pensais la laisser telle quelle. Mais cela n'a pas vraiment de sens. Ce n'est pas comme si Valentina allait revenir.

– Tu as bien fait de la laisser partir.

Mon père m'a regardé avec surprise, puis a écarté les bras en signe d'impuissance.

– Qui étais-je pour la retenir prisonnière si elle souhaitait sincèrement s'en aller ?

Je me suis assis sur le lit et j'ai fixé l'espace vide où Maman était encore étendue il y a peu.

– Un fumoir, a suggéré Melnikov en évaluant la pièce du regard. Qu'en penses-tu ?

– Elle détesterait cette idée.

– Tu as probablement raison, a-t-il répondu avec un petit sourire. Nous pouvons peut-être laisser la chambre en l'état, après tout. Au moins pour le moment.

Le parfum de ma mère emplissait encore les lieux.

– C'est étrange, a alors dit Melnikov d'un air absent, certains pigeons voyageurs ne sont pas rentrés aujourd'hui. Où ont-ils bien pu s'arrêter ? C'est la première fois que ça arrive. Je me suis dit qu'ils avaient peut-être suivi Valentina.

Il a ri de ses propres paroles et longuement observé le ciel par la fenêtre – mais ce dernier est resté vide. Même après plusieurs jours, les oiseaux ne sont jamais revenus.

À présent, Melnikov est assis en silence à côté de moi et fixe le projecteur. La chambre de ma mère est restée inchangée, et je ne crois pas qu'il y touchera un jour.

Un soir, Xao vient me voir, alors que mon père est encore au travail et que je suis seul dans l'appartement. Il est très pâle et semble nerveux. Il me demande un verre d'eau avant de se laisser tomber lourdement dans un fauteuil.

– Que se passe-t-il ?

– J'ai quelque chose d'important à te dire. Ma source du cercle restreint m'a prévenu qu'un raid sera lancé demain sur l'institut. J'ai entendu dire que quelqu'un ici est soupçonné de collusion avec les organisations terroristes.

– Quoi… vraiment ?

Je suis glacé d'effroi. Est-ce qu'ils étaient sur mes traces depuis tout ce temps ?

– Tu as été prudent, n'est-ce pas ? demande Xao d'un ton entendu, même si je ne lui ai absolument rien dit de mon rôle dans les opérations du mouvement de résistance.

J'hésite un instant, ne voulant rien lui avouer.

– Je ne sais pas de quoi tu parles.

– Écoute, Aleksei, inutile de tourner autour du pot plus longtemps. Le temps presse, l'heure est grave. As-tu des raisons de suspecter quelqu'un d'être au courant de tes activités ? Réfléchis bien.

Il m'observe et, quand je baisse la tête en soupirant, il pose sa main sur mon épaule. Mon geste lui confirme ce qu'il avait déjà compris.

– Je ne sais pas, j'avoue. J'ai fait attention. Mon transmetteur est crypté, son signal est impossible à capter. Je n'ai pas pris de risques inutiles, sauf la fois où je me suis fait arrêter.

Le collègue de mon père pianote nerveusement sur le bord de la table.

– Mets de l'ordre dans tes affaires, mon garçon, et pars d'ici cette nuit. J'ai moi-même une porte de sortie, mais malheureusement, elle n'est que pour une seule personne. Je ne peux donc pas t'aider. Tu es pour moi comme un fils, Aleksei. Je ne veux pas que tu finisses en prison.

– Que faut-il que je fasse ? je demande.

Je sens que je n'arrive plus à dissimuler mon désespoir. Je réalise que je suis désormais seul.

– Ne t'ont-ils pas donné des instructions pour une telle éventualité ? s'étonne Xao, et je secoue la tête d'un air sombre. Quels irresponsables ! Eh bien, si j'étais toi, je tenterais de fuir vers le nord, et j'essaierais de monter à bord d'un cargo. Beaucoup prennent des passagers clandestins, s'ils ont de quoi payer. Tu as de l'argent ?

Je presse ma tête dans mes mains. Tout est en train de m'échapper. Je n'ai rien achevé. Je viens juste de commencer à comprendre le sens de ma vie, et voilà que tout est déjà fini. Xao se lève pour partir. Il serre ma main – la sienne est ferme, chaude et rugueuse.

– Merci de ton aide, Aleksei. J'aurais aimé travailler davantage avec toi. Il semble que nous ayons eu beaucoup plus de points communs que nous ne l'imaginions.

– Où pars-tu ?

– Vers le sud. C'est là que je vais me cacher pour le moment.

– Bonne chance.

– Espérons le meilleur et préparons-nous au pire, déclare-t-il en souriant tristement.

Alors qu'il s'éloigne, je ne peux me retenir de lui demander :

– Hé, Xao. Tu connaissais Yang ? Ou Marija, Petrov ?

Il réfléchit un instant avant de me répondre :

– Ces noms ne me disent rien. Nous fréquentions de toute évidence des cercles différents.

Je commence à préparer mon départ sans tarder. Mais juste avant, je tends la main une dernière fois vers les rebelles sur leur réseau indétectable. J'écris : « Urgence. J'ai besoin d'instructions. » Cette fois encore, seul le silence me répond. Je devrais faire mon deuil, mais je ne crois pas que tout espoir soit perdu. Marija n'est pas sur la muraille avec eux. Je suis incapable d'expliquer comment, mais j'en suis sûr.

Je rassemble quelques affaires et passe en revue mon ébauche de plan. Je dois prendre le prochain train de nuit vers le nord, puis chercher un navire qui m'embarquera sans poser de questions. Qu'est-ce que je vais laisser derrière moi ? Mon père, Marija, Satomi. Et tout ce que j'ai entrepris, qui reste inachevé.

Je m'assois au bord de mon lit et observe ma chambre. Malgré tout, cet endroit a été mon foyer, et le quitter n'est pas aussi facile que je le pensais. J'ai du mal à croire que cela se termine ainsi. Je suis reconnaissant envers Xao de s'être mis en danger pour me prévenir. J'aurais pu mettre à exécution ma menace et le dénoncer, mais il a quand même décidé de me faire confiance. Je lui dois la vie.

Quand Melnikov rentre du travail, nous dînons ensemble pour la dernière fois. J'aimerais lui dire ce que je ressens, mais je n'en suis pas capable. Je lui souhaite une bonne nuit, et il me répond sans lever les yeux de son projecteur d'informations. J'ai le cœur aussi lourd que du plomb.

Je voudrais faire mes adieux à Satomi. Je pensais que nous aurions plus de temps. Finalement, je n'ai pu en faire que si peu pour elle. Une dernière façon de l'aider me vient alors à l'esprit. Ce n'est pas grand-chose, mais ce sera peut-être suffisant pour la sauver de la noyade.

CHAPITRE 47
Cobaye

– Réveille-toi, dit une voix familière.

Quelqu'un m'attrape par le bras, me tirant hors de l'eau pour me ramener à la surface.

Il me faut un moment pour le reconnaître, car ses yeux sont totalement différents. Fiévreux. Mon garde du corps pose un doigt sur mes lèvres comme s'il craignait que je crie. Puis il place quelque chose dans ma main – un objet froid et oblong que je n'identifie pas.

– Je suis désolé, reprend-il, mais je dois partir. Je voulais te donner ça avant de m'en aller. Ne crois rien de ce qu'ils disent, ils te mentent sur tout. Tu comprends ce que je te dis ? Écoute l'enregistrement, et tu connaîtras la vérité. Garde-le en lieu sûr, ne le donne à personne.

Il déplace mon doigt sur un petit bouton sur le côté de l'appareil, puis le porte à mon oreille comme pour me montrer ce que je dois en faire. Je suis encore à moitié endormie, entre deux eaux, et je ne saisis pas tout de suite ce qu'il essaie de me dire.

– Que… quoi ? Tu t'en vas ? Mais où ?

– Je dois quitter la ville. Nous ne nous reverrons plus. Je suis désolé, j'aurais dû en faire beaucoup plus, mais je n'ai pas su comment t'aider.

– Attends, laisse-moi au moins me réveiller…

Son visage tout près du mien, il me chuchote :

– Ton nom est Satomi, tu n'es pas une Nymphe et ceci n'est pas un hôpital, mais un Institut de recherche sur l'humain. Tu es un sujet de test. Ils essaient de te faire croire que tu as perdu la mémoire dans un accident, mais la vérité est qu'ils en sont eux-mêmes responsables. Ils t'ont réinitialisée.

Les lumières s'allument dans le couloir, faisant sursauter Aleksei, qui se recroqueville instinctivement. Il m'étreint, me dit adieu une dernière fois, puis s'en va aussi soudainement qu'il est apparu. Après son départ, je me blottis sous la couverture et porte précautionneusement le dictaphone à mon oreille. J'ai peur. Il y a tellement de choses que je ne comprends pas. Les paroles d'Aleksei me paraissent obscures. Je pourrais écouter cet enregistrement. Tout comme je pourrais continuer à dormir, laisser l'eau m'emporter et oublier cet incident aussi. Je laisse durer cet instant d'indécision. L'obscurité revient. Tout l'hôpital dort.

Après avoir réfléchi encore un moment, j'appuie enfin sur le bouton, et je sursaute quand le son démarre. Quelqu'un parle avec ma voix.

« Comment t'appelles-tu ? » demande un homme.

Et je réponds : « Satomi Masaki. »

Mon cœur est tellement effrayé qu'il en oublie de battre. Je me blottis davantage sous ma couverture. On dirait bien que c'est moi qu'on entend parler, mais je ne comprends rien d'autre.

« As-tu fait des cauchemars la nuit dernière ?

– Je n'ai pas rêvé du tout.

– As-tu mal à la tête ?

– Pas aujourd'hui. »

Plus rien n'a de sens. Le monde s'effondre autour de moi. J'écoute notre conversation en essayant de combler les vides. Qu'est-ce qui est vrai ? En quoi puis-je avoir confiance ? Puis la voix masculine demande :

« Dis-moi quelque chose que personne d'autre ne sait. »

Et je comprends alors que cette voix est celle d'Aleksei.

« Je n'ai plus peur de vous. Je n'ai pas peur de mourir. »

Ma voix, méprisante, me donne la chair de poule. Je lâche l'appareil et repousse la couverture, hors d'haleine. Tout mon corps tremble et j'ai l'impression que ma tête va exploser. Je cache rapidement le dictaphone dans ma taie d'oreiller, mais les voix ne disparaissent pas pour autant. Elles ne font que s'amplifier, résonner, se répéter, se superposer jusqu'à ne plus être qu'un grand cri dans ma tête.

Je manque d'air. Je prends une profonde inspiration, mais j'ai l'impression de me noyer. L'eau m'emporte à nouveau. Je suis à sa merci. J'appelle à l'aide. Je veux une dose de ce silence qu'on m'injecte dans les veines, là, tout de suite. Je veux que le monde cesse de tanguer, que les pièces du puzzle trouvent leur place. Je ne veux pas réfléchir. Je ne veux pas avoir peur.

Bientôt, mon médecin arrive, compétent et rassurant. Je pleure et lui demande encore et encore qui je suis vraiment, pourquoi je suis ici, qu'est-ce qui est vrai et qu'est-ce qui n'est que pure invention. Il me calme comme une enfant, trouve une veine et adoucit mes tourments. Et encore une fois, sa bonté m'aide à échapper à la tempête.

Dans ma tête règne une éblouissante lumière où se meuvent des personnages, dont je ne distingue que les silhouettes sombres sur fond blanc. J'essaie d'ouvrir les yeux, mais ils restent obstinément clos. Quelque chose ne va pas. Je ne peux pas bouger.

Une jeune femme me tourne le dos, ses cheveux noirs flottant au gré du vent. Face à elle s'ouvre la mer. Je crie, mais aucun son ne sort de ma bouche.

Les mouettes sont suspendues sur place, les vagues figées au large, la femme ne se retourne pas malgré mes cris. Si seulement je me souvenais de son nom…

CHAPITRE 48
Aleksei

La gare est peu fréquentée la nuit. Seuls s'y succèdent les grincements des trains de banlieue et les quelques passagers qui y montent et en descendent – des hommes avec des porte-documents sous le bras, des femmes seules qu'on n'attend nulle part. La lueur jaune des lampes donne une teinte maladive à leurs visages. J'ai du mal à croire qu'il s'agit de la même gare d'où Marija et moi sommes partis pour Izaka il y a peu.

Mon shinkansen est annoncé et je m'avance impatiemment vers le bord du quai. La locomotive s'élance silencieusement vers nous, dans un courant d'air qui ébouriffe mes cheveux. Quelques rares personnes attendent à mes côtés, que ce soit pour aller au travail ou partir en voyage.

« Laisse-moi suffisamment de temps et je réglerai n'importe quel problème. » Les paroles de Marija me reviennent soudain à l'esprit. C'est ce qu'elle m'a dit dans notre petite chambre à l'onsen, alors que nous étions au lit, prêts à nous endormir. Même dans le noir, ses cheveux brillaient comme des rayons de soleil et sa voix était pleine de certitude. Mais désormais, le temps me fait défaut.

Il m'est difficile d'accepter que cette question restera à jamais sans réponse : que se serait-il passé si…

Mais ce n'est pas encore l'heure des regrets. Ce moment viendra plus tard. Je me concentre sur l'instant présent et ce que j'ai à faire : monter dans le train, m'en aller, trouver un bateau, traverser la mer. Peut-être que de l'autre côté de l'océan, je pourrai enfin pleurer tout ce que j'ai dû laisser derrière moi sans pouvoir faire mes adieux.

Les portes du wagon s'ouvrent et le contrôleur s'en approche. Je m'apprête à monter quand je sens un courant électrique me secouer le corps. Mes yeux se révulsent, le monde bascule. Je tombe à la renverse, inerte. Quelque part au loin, j'entends des gens crier. Je reconnais le goût métallique du sang dans ma bouche. Agité de violentes secousses, je me tords de douleur et me mords la langue. Puis je cesse de trembler et des mains me saisissent fermement, me forcent à me relever et m'entraînent sans effort.

C'est fini. Ils étaient à mes trousses depuis tout ce temps, j'ai été idiot de me persuader du contraire. Ils me poussent violemment dans un camion militaire aux flancs noirs. Derrière moi, j'entends le train partir avec un sifflement pour son voyage vers le nord. Sans moi.

On me conduit dans une salle sans fenêtre, puis on m'attache à une table. Le sang a séché sur mon menton, maintenant collant et malodorant, et l'avant de ma chemise est encore humide.

J'ignore ce qu'ils savent sur moi et je n'ose rien leur demander. Cette fois, j'ai peur pour ma vie. Il ne s'agit plus d'officiers de police ordinaires, mais d'agents du service de renseignements de l'armée, qui n'auraient pas agi sur la base d'une simple conjecture. Ils doivent disposer d'indices solides. Les deux enquêteurs, tous deux grands et d'origine russe, me font penser à Melnikov.

Ils prennent ma valise et la renversent, fouillent dans mes vêtements à la recherche du moindre élément compromettant, mais ils ne trouvent rien. Le transmetteur crypté est en morceaux dans la benne à ordures devant laquelle je suis passé en chemin pour la gare. C'était mon dernier lien avec Marija, mais je m'en suis quand même séparé.

– Où est le transmetteur ?

– Quel transmetteur ? Je ne sais pas de quoi vous parlez.

– La nuit dernière, notre service de renseignements a contrôlé le trafic de données depuis l'Institut de recherche sur l'humain, et nous avons intercepté un signal crypté provenant de l'aile est de l'établissement. Deux heures plus tard, tu étais à la gare en train de t'enfuir. Je ne crois pas que ce soit une coïncidence.

Je dois bien entendu tout nier. Je n'ai pas l'intention de leur donner quoi que ce soit gratuitement.

– Vous vous trompez, je ne ferais jamais une telle chose.

– Inutile de nous faire perdre notre temps, intervient le plus jeune des deux. Nous avons un informateur fiable du cercle restreint qui peut témoigner sous serment que tu as des liens avec une cellule rebelle opérant à Tokyo. Le signal du transmetteur et ta tentative de fuite ne font que confirmer ce que nous savions déjà de toute façon. Tu étais surveillé.

Son collègue pose sur la table ce qui semble être une mallette à outils et l'ouvre. Je contemple son contenu sans broncher. Des câbles, une scie, des instruments chirurgicaux. Combien de temps serai-je capable d'endurer la douleur avant que la vérité m'échappe enfin ? Les gens comme Marija et Yang emporteraient leurs secrets avec eux, solides comme du granit. Je ne sais pas si je suis aussi fort qu'eux.

– Notre source a enregistré tes aveux. Une confession orale suffit pour une condamnation à mort.

– Impossible.

J'essaie d'avoir l'air sûr de moi, mais je sens à nouveau ma gorge se serrer.

– Réfléchis attentivement à ce que tu vas dire, mon garçon. Nous allons sortir un instant et te laisser le temps de décider comment tu as envie que cela se termine : veux-tu faire, pour une fois dans ta vie, quelque chose de bien, ou comptes-tu trahir ta patrie jusqu'au bout ? À ton avis, Ilja, il nous faudra combien de temps pour le faire parler ?

– Ce gringalet ? Je ne crois pas qu'il supportera longtemps la douleur. Il balancera tout à la première décharge électrique.

– Vraiment ? Moi, je parie qu'il ne supportera même pas qu'on lui déboîte une articulation.

– Eh bien, nous verrons. Si tu veux éviter la peine de mort, confesse ton crime et assume ta responsabilité comme un homme. Tu ferais mieux d'avoir une réponse prête à notre retour, car nous ne nous répéterons pas.

Je prends une profonde inspiration lorsqu'ils s'en vont. Est-ce que tout va vraiment se terminer comme ça ? Seul le silence accablant de la pièce me répond. J'appuie ma tête contre le mur et ferme les yeux. Je ne serai pas un lâche. Ils devront me tuer, car je n'ai pas l'intention de parler. En pensée, je suis à nouveau dans l'ancien gymnase, mais cette fois, je me tiens de l'autre côté de la paroi transparente, aux côtés des autres prisonniers, et je regarde mes bourreaux dans les yeux.

Au bout d'un moment, la porte se rouvre, et les battements de mon cœur s'accélèrent immédiatement. Je me prépare à les affronter, mais je suis surpris de voir entrer Xao. Il se tient devant moi, sans la moindre contusion.

– Tu vas bien, je murmure avec soulagement.

Il jette un œil au drone de surveillance qui flotte silencieusement au plafond, une expression de politesse forcée sur le visage.

– Je suis désolé que les choses se soient passées ainsi, Aleksei.

Son regard circule de la caméra au mur de pierre derrière moi. Xao passe une main dans ses cheveux clairsemés. C'est à ce moment que je remarque que ses poignets ne sont pas entravés. Et que je comprends.

L'informateur. Oui, bien sûr. *C'était lui.* Je suis saisi d'un frisson qui se propage dans tout mon corps.

– J'étais obligé de leur dire la vérité. Je n'avais pas d'autre choix, s'explique-t-il tranquillement lorsqu'il remarque mon expression.

Je me repasse chacune de nos dernières conversations et tout se démêle progressivement comme un écheveau. Sa soudaine inquiétude concernant l'état de l'Union, toutes ses questions, ses aveux, sa visite juste avant ma tentative de fuite. Je secoue la tête avec incrédulité.

– Quand exactement ont-ils…

– Quand je suis venu te chercher au poste.

Je me souviens qu'ils l'ont emmené dans la salle d'interrogatoire quelques instants avant de me libérer. C'est à ce moment-là qu'ils lui ont offert l'opportunité de devenir un héros pour sa patrie.

– Tu m'as donc menti tout ce temps.

Son regard est lointain, semblable à celui de Jin, mais j'y devine aussi de la honte. J'aimerais croire que cette décision n'a pas été facile pour lui. Mais il a fait ce que n'importe quel citoyen de plein droit respectable aurait fait dans sa position : il a dénoncé un « cafard ».

– C'est un malentendu. Tu as mal interprété les choses.

– Trop tard. C'est terminé, répond-il, sans pour autant affronter mon regard.

– Explique-leur ! C'est un malentendu ! Xao, tu me connais !

Mais il fait semblant de ne pas m'entendre et me tourne le dos.

– *Tu devrais avoir honte*, siffle-t-il par-dessus son épaule.

Un instant, on dirait qu'il a envie de me cracher au visage. Puis il s'en va et me laisse seul. Je n'aurais jamais réellement cru que Xao révélerait mon véritable visage au monde.

Je n'ai jamais ressenti une telle douleur. Elle se propage depuis mon cerveau comme une explosion, éclatante et infinie, et me fait crier d'une voix que je ne reconnais pas comme la mienne. On me donne des coups de pied dans les flancs, au ventre, à la poitrine, au visage. Je vomis. Ma tête s'embrume.

Ils disent : « Avoue tout ce que tu sais, et tu vivras. »

Je force ma bouche à se taire et j'encaisse les coups. J'aimerais parler afin que la douleur cesse. J'aimerais parler afin de pouvoir vivre. Mais en pensée, je me tiens toujours auprès de mes frères et sœurs d'armes, dans le gymnase ; je ne sais pas si cela a de l'importance, mais au moins, je mourrai pour une bonne raison. Je suis avec eux sur la muraille. Je ne vis pas dans le mensonge, je meurs dans la vérité. Un coup porté à ma tempe me plonge dans le noir.

J'ai l'impression de barboter dans de l'eau chaude.

Comme à l'onsen. Je peux presque sentir le parfum du yuzu et toucher Marija à côté de moi. Suis-je en train de prononcer son nom à voix haute ? Je ne dois pas le leur révéler.

Je remonte à la surface, à bout de souffle. Mes cheveux dégoulinent de l'eau tiède du bain. Elle laisse un goût de fer dans ma bouche. C'est chaud et collant. Il me semble qu'ils sont bien plus que deux dans cette pièce, car les coups pleuvent de toutes parts. L'un d'eux plie ma jambe dans une mauvaise position et appuie sa botte sur mon genou.

Il dit : « Avoue tout ce que tu sais, et tu pourras encore marcher. »

Je ferme les yeux, collant fermement ma langue à mon palais. Je ne parlerai pas, je ne parlerai pas, je ne leur donnerai rien, j'emmènerai Marija avec moi sous l'eau. Un cri étrange sort de ma bouche lorsque son pied s'abat et que quelque chose se brise.

Je me réveille dans ma cellule vide, où stagne l'odeur de la peur. J'ai si froid que je claque des dents. Je tente de bouger, mais cela déclenche immédiatement un spasme de douleur. Ma jambe est bleue et pliée selon un angle anormal.

– Hé ho ! j'essaie de crier, mais ma bouche enflée me semble appartenir à quelqu'un d'autre. À l'aide !

En réponse, la musique commence, à plein volume. Elle se déverse sur moi comme une cascade et je mets tant bien que mal mes mains sur mes oreilles, essayant en vain de préserver mes tympans.

Combien de temps vais-je tenir ? Combien de temps encore ?

Donne-moi de la force, Marija.

Je pense à la mallette à outils noire et à tout ce qu'elle contient. Ce n'est que le début.

Marija, tu te souviens, quand nous avons couru face au vent, à quel point nous étions légers ce jour-là ?

Puis je replonge dans le néant.

Lorsque la porte s'ouvre à nouveau, j'emplis mes poumons d'air, les gonflant comme une voile qui pourra m'emmener hors de cette pièce, loin sur la mer. Je me dis que je supporterai tout ce qu'on va encore m'infliger, mais je n'en suis plus si sûr.

Une main légère posée sur mon épaule me fait sursauter, mais elle ne frappe ni ne blesse. J'essaie d'ouvrir les yeux ; l'un d'eux est enflé et fermé, mais de l'autre, je distingue Melnikov. Pour la première fois de ma vie, il me paraît petit. Mon ventre se serre.

– Papa, je dis, mais ma voix n'est pas aussi ferme que je le souhaiterais. Laisse-moi t'expliquer. Je…

Il secoue la tête, met son index devant sa bouche. Ses yeux passent rapidement sur les drones de surveillance, puis se plissent. Je me tais. J'essaie de lire son expression, sans y parvenir. Son regard est étrange. Il se penche maladroitement vers moi.

– Chut, ne parle pas. Économise tes forces.

– Je suis désolé.

– Ne leur dis rien, tu entends ? Pas un mot de plus. Ne capitule pas. De l'aide arrivera très bientôt, essaie de tenir encore un peu, murmure-t-il.

Il me serre dans ses bras, pour la première fois depuis mon enfance. Je sens l'odeur de son après-rasage et de son baume capillaire, qui me ramènent instantanément des années en arrière. Je redeviens soudain un enfant dans les bras de son père, en sécurité, protégé du monde extérieur ; rien ne peut me faire de mal. Melnikov ne me tient qu'un court instant, mais parvient à me chuchoter à l'oreille :

– Dans dix minutes, ils se rendront compte que ce n'est pas la bonne personne qu'ils retiennent prisonnière. N'aie pas peur, mon grand. Tout ira bien. Ton père est là.

Il relâche son étreinte, repousse tendrement les cheveux mouillés de mon front. J'étudie son regard, mais il est toujours aussi lointain que d'habitude. Il tousse et se ressaisit.

– Tu as toujours été un bon garçon, Aleksei. Un jour, tu deviendras un homme bien.

Ma gorge se serre face à ces mots. Melnikov affiche son flegme habituel, mais dans ses yeux se lit une tristesse que je n'y ai jamais vue auparavant.

– Ne pars pas, Papa, je le supplie, sanglotant, alors qu'il est déjà près de la porte.

Quand il se tourne pour me regarder par-dessus son épaule, je constate qu'il pleure aussi.

CHAPITRE 49
Aleksei

On vient me chercher un peu plus tard. Les deux hommes qui se présentent ne sont pas ceux qui m'ont fracassé la rotule et brisé les doigts de la main droite : ce sont des agents de sécurité, et ils ne me demandent rien. Ils m'aident sans douceur à me relever, puis me poussent hors de ma cellule, vers le couloir.

Ma tête tourne et je perds un instant la notion de la réalité. Quand nous nous mettons en marche, la douleur revient, me confirmant que tout ceci est réel. Je suis bel et bien en train de quitter les lieux. On doit me porter à moitié, car je ne tiens plus sur mes jambes.

Je demande où on m'emmène, mais personne ne me répond. Cela n'a probablement plus d'importance. Ma langue est enflée et douloureuse et mon visage me fait mal. Nous marchons le long d'un couloir qui me semble familier. *Les salles de nettoyage*, je pense confusément. Est-ce que je suis de retour à l'institut ? Je pense aux peaux pelées et aux regards absents des cobayes. Est-ce maintenant à mon tour d'y passer ? Nous croisons Melnikov dans le couloir alors qu'il se rend auprès de ses patients ; mais il ne porte pas sa blouse blanche et il n'a pas l'air d'être lui-même. Je trébuche. Les hommes à côté de moi me relèvent et la brûlure qui se répercute dans ma jambe blessée me ramène au moment présent.

Nous ne sommes pas à l'institut.

Je suis subitement de retour dans le couloir en béton de la prison. Et mon père… est vraiment là. Je cligne des yeux, mais la vision ne disparaît pas. Il arrive bel et bien face à moi, escorté par les agents qui m'ont roué de coups.

Melnikov secoue la tête en poussant des jurons.

– Cela ne devait pas se passer comme ça ! crie-t-il. Je vous ai spécifiquement demandé d'attendre qu'il soit parti. Nous en avons convenu avec votre supérieur. J'ai payé cher !

L'un des deux agents ricane et secoue la tête.

– Ah oui, vraiment ? Nous n'étions pas au courant.

Je ne comprends pas. Que fait Père ici ? Quand nous nous croisons dans l'étroit couloir, je le regarde une dernière fois. Nous ne pouvons pas nous toucher, nos poignets sont liés, pourtant, je peux encore sentir sa main sur mon épaule.

– Papa ! Où l'emmenez-vous ? Tout est de ma faute, il n'a rien fait !

– Ne t'accuse de rien, tu entends ? m'ordonne Melnikov avec autorité. C'était ma décision. J'en assumerai les conséquences. Tu es innocent.

J'arrive difficilement à jeter un regard par-dessus mon épaule. La porte de la cellule est ouverte et mon père est conduit à l'intérieur.

Je ne comprends pas. Pourquoi mon père est-il ici ? Où l'emmènent-ils ?

Mais je connais déjà la réponse à cette question.

Il a acheté ma vie au prix de la sienne.

On me pousse dans un fourgon de transport de prisonniers. Être assis me fait mal. Respirer me fait mal.

– Bon sang, Aleksei. Tu as une mine épouvantable, dit une voix familière à côté de moi, sans que je puisse mettre un nom dessus.

Mes yeux se ferment tout seuls. Je sens mon cœur se contracter péniblement, ses battements lents et sourds retentissant jusque dans mon crâne. J'ai peur de mourir.

Bientôt, le véhicule se met en marche et commence à s'éloigner de cette réalité.

– Ils ont mon père... Faites demi-tour. On ne peut pas l'abandonner.

Mais les mots ne sortent pas correctement de ma bouche, et l'homme assis à côté de moi ne doit pas les comprendre, car nous ne nous arrêtons pas. Nous bringuebalons à travers l'obscurité ; je tangue vers le sommeil.

Quand je me réveille de nouveau, je suis allongé sur un matelas dans une pièce qui m'est inconnue. J'essaie d'ouvrir les yeux, mais y parviens à peine. J'aperçois un mur au papier peint clair, un vieux tableau représentant une nature morte – des fruits dans un plat en verre. J'essaie de me relever, mais une douleur me transperce. Ma main droite, étroitement bandée, repose contre ma poitrine.

Cette vision me rappelle quelque chose, mais quoi ? Je me souviens alors du bout des doigts sans ongles de Satomi.

– Ah, enfin, tu es réveillé.

Igor entre dans la pièce en portant un plateau de nourriture. Le visage soucieux, il s'approche de mon lit et pose le repas sur la table de chevet.

– Où sommes-nous ? je demande.

– À l'hôtel Akaoka, à Shirakawa. À trois ou quatre cents kilomètres à l'ouest de Tokyo.

Mon ami m'aide à m'asseoir.

L'odeur salée de soupe miso qui s'échappe du bol à côté de moi me rend nauséeux. Igor me le tend, mais je ne peux pas manger. Je veux juste de l'eau. Je vide le grand verre qu'il me tend à gorgées lentes et laborieuses. Presque immédiatement, je me sens mal ; je ferme les yeux et mon front se couvre de sueur froide.

– Tu as été hors circuit pendant vingt-quatre heures. Je commençais vraiment à m'inquiéter.

– Pourquoi sommes-nous ici ?

– Tu ne te souviens donc pas du trajet ?

Je secoue la tête. Mon ami presse son visage dans ses mains, se frotte les tempes, essayant de décider ce qu'il peut me dire maintenant et ce qui devra attendre plus tard. Des flashs de souvenirs me ramènent à la prison, mais ce ne sont que des fragments qui ne forment pas une image complète.

– Ton père est venu me voir hier... Est-ce que c'était vraiment hier ? Bon sang, j'ai l'impression que c'était il y a une éternité. Quoi qu'il en soit, il est venu me voir et m'a dit que tu avais été arrêté pour suspicion de trahison. La situation était apparemment très grave. Il était complètement bouleversé, je ne l'avais jamais vu dans cet état. Il m'a dit qu'il craignait pour ta vie. Au début, je n'ai rien compris, toute l'histoire me paraissait tellement invraisemblable... Pour être honnête, je ne comprends encore pas vraiment tout. Mais Melnikov m'a demandé un service. Je lui ai promis de faire ce que je pouvais. Je lui dois beaucoup – tu sais qu'il nous a beaucoup aidés, ma mère et moi. Finalement, tout ce qu'il m'a demandé, c'est de prendre soin de toi et de t'amener vivant à destination.

– À destination ?

Igor hoche la tête.

– Le vol retour de la délégation étrangère vers le Nouveau Supercontinent part demain de Sendai. Ma mission est de te faire monter à bord sain et sauf. Ton père a réussi à te trouver un asile.

– Comment ça ?

Je me souviens du moment où je l'ai croisé dans le couloir, les mains menottées dans le dos, portant des vêtements amples de prisonnier.

– Tu vas partir d'ici, Aleksei. Ton père t'a payé une nouvelle vie. L'argent peut tout acheter dans ce pays – tout, sauf l'innocence. L'Union a toujours besoin d'un coupable.

Un écho lointain me parvient : « Dans dix minutes, ils se rendront compte que ce n'est pas la bonne personne qu'ils retiennent prisonnière. » Je sens encore sa main chaude sur mon épaule. Je n'arrive pas à croire qu'il ait endossé mon fardeau.

– Si tu mangeais un peu ? propose mon ami.

Mais je secoue la tête. Comment diable pourrais-je avaler quoi que ce soit ?

– Eh bien, repose-toi, alors. Nous devrons repartir au petit matin si nous voulons arriver à l'aéroport à temps.

Le lendemain, nous quittons l'hôtel à l'aube comme convenu. Notre véhicule de l'armée n'est pas arrêté aux points de contrôle, le voyage se déroule donc sans problème. Igor m'explique qu'il dispose de papiers de transport signés par la prison. Personne ne peut plus rien me faire désormais, je suis en sécurité. J'ai du mal à y croire, si bien que je sursaute à la vue de chaque soldat ou voiture militaire. À chaque fois, mon front se couvre de sueur et mon cœur bat la chamade.

Je me demande combien mon père a bien pu leur payer contre ma liberté, en plus de sa propre vie.

J'appuie mon front contre la vitre fraîche. Je laisse mon esprit se perdre peu à peu dans le panorama à mesure que les paysages changent – dans les versants des montagnes et leurs sommets aux contours aigus, dans les panneaux publicitaires au bord de la route. Il neige abondamment, tout est englouti dans la même blancheur – les arbres, les montagnes, les champs, les maisons.

Nous passons devant une zone clôturée que j'identifie immédiatement comme un camp. Des silhouettes maigres en salopettes grises de prisonniers déambulent entre les bâtiments de pierre. Je touche subitement le col de ma chemise en me souvenant de la caméra. Est-elle toujours là ? Je tâte le tissu au niveau du bouton le plus haut et soupire de soulagement lorsque j'y trouve mon œil qui voit tout. Fonctionne-t-il encore ? La batterie est probablement déjà morte.

J'espère qu'il a enregistré chacun des coups de poing et de pied. Les derniers mots de Melnikov pour moi. Je tourne l'objectif vers le camp qui défile à toute allure, vers la clôture électrique qui entoure le terrain nu dépouillé de ses arbres, les citoyens innocents, toute la cruauté dont l'homme est capable. Nous laissons le camp derrière nous et le paysage retrouve sa monotonie. Il serait tellement facile d'imaginer que tout va bien dans notre monde si l'on ne savait pas la vérité…

La route que nous suivons est peu fréquentée. Nous ne croisons que de rares camions et véhicules militaires. Les gens ordinaires voyagent rarement hors de leur territoire – ils n'ont ni le temps, ni les moyens, ni de raison de le faire.

J'ai du mal à croire que je suis vraiment en train de quitter ce pays. « Une fois que l'on prend la fuite, on se met à fuir pour le reste de sa vie », m'a dit Marija lorsque nous étions à Izaka. J'espère qu'elle a tort, car je suis fatigué de fuir. J'aimerais enfin m'arrêter et trouver un endroit où m'enraciner.

Nous faisons halte dans une ancienne aire de repos après plusieurs heures de voyage. L'endroit est loin de tout, il n'y a pas de restaurant ni d'autres voyageurs. Igor m'aide à sortir du fourgon et me soutient pendant que je cherche mon équilibre.

La douleur lancinante dans mon genou s'est désormais atténuée, et ma main ne me fait plus vraiment mal si je ne la bouge pas. Igor m'a proposé à plusieurs reprises la substance opioïde que nous avons fumée derrière le bar à mon retour, mais j'ai refusé. J'ai la sensation que cette douleur, je dois l'endurer pleinement. Pour Père. Pour Marija. Il me semblerait injuste de diluer la réalité pour la rendre plus facile à supporter.

La brume se lève. Le soleil est aveuglant, intensément réverbéré par la neige. Je protège mes yeux larmoyants tout en laissant ses rayons baigner mon visage. Sans l'autoroute qui fend le paysage comme une artère solitaire, on pourrait presque imaginer que cet endroit n'a jamais vu passer un être humain.

– Aleksei, m'interpelle Igor. Je suis obligé de poser cette question. Est-ce que c'est vrai ?

J'ai attendu ce moment pendant tout le trajet. J'acquiesce lentement. Mon ami me regarde avec incrédulité. Je sais très bien qu'il se demande comment cela a bien pu lui échapper.

– Tout ce que je peux dire, c'est que ton père a endossé un sacré fardeau, laisse-t-il échapper avant de poser une main apaisante sur mon épaule. Il tient vraiment à toi.

– Je sais.

J'ai beaucoup réfléchi aux dernières paroles que m'a adressées mon père. Il n'a exigé de moi aucune explication et ne m'a pas réprimandé, même si cela aurait été la chose la plus facile au monde. Il a pris ma place sans rien demander, alors que j'ai trahi sa confiance de la pire des manières. Je ne comprends pas pourquoi. Je suppose qu'il voulait lui aussi se racheter.

Quand je pense à Melnikov, la première idée qui me vient est que je ne l'ai probablement jamais connu. Jamais *vraiment*, je veux dire. Comment deux individus partageant le même sang, vivant entre les mêmes murs, peuvent-ils être à ce point des étrangers l'un pour l'autre ?

Mon père a vécu toute sa vie selon des règles imposées prédéfinies. Il exigeait beaucoup trop des autres, mais jamais autant que de lui-même. Il cherchait des réponses dans la science, car elle était pour lui plus facile à comprendre qu'un autre être humain. Il nous aimait, Maman et moi – en secret, parce que le reconnaître ouvertement aurait été pour lui presque une faiblesse. Et c'est justement ce que je trouve le plus difficile à comprendre : comment ai-je pu être si aveugle à l'amour de mon père ?

– Il m'a demandé de te donner ceci, reprend Igor en me tendant une boîte en bois.

Sur son couvercle sont gravées en doré les initiales de Melnikov. Je l'ouvre. Elle contient une lettre et une grosse liasse de billets. Je reconnais l'écriture penchée et difficile à déchiffrer sur l'enveloppe : « Pour Aleksei, de la part de Papa ».

J'ai le ventre noué. Je ferme le couvercle, laissant les mots de mon père encore un moment dans la boîte. Le soleil émerge à nouveau de la brume, et soudain, le paysage explose de lumière. Des cristaux scintillent comme des diamants sur le tapis de neige immaculé tout autour de nous, faisant briller le monde entier.

CHAPITRE 50
Marija

Là où je suis née, une étrange plante à tête blanche pousse dans le marais en été. Ma mère l'appelait *tupasvilla*. C'est son nom en finnois ancien. Maman n'avait pas le droit de parler cette langue, mais, au fil des années, elle m'a appris quelques termes inoffensifs que j'ai soigneusement stockés dans cette partie de moi qui savait déjà que les choses ne duraient pas. Je touchais le duvet blanc et articulais lentement : « *tu-pas-villa* », goûtant les étranges syllabes sur mes lèvres. Comment pouvait-il exister un mot qui décrivait si bien ces douces inflorescences ?

Ma mère était blonde aux yeux bleus – c'est d'elle que je tiens ces traits. Quand je suis née, elle avait tout juste l'âge que j'ai maintenant. Elle a travaillé toute sa vie dans une usine chimique, et elle avait déjà très jeune le dos voûté et les mains rugueuses. Mais elle n'a jamais cessé de me sourire et je ne suis jamais devenue trop grande pour qu'elle ne puisse me prendre dans ses bras. Mon père était un homme silencieux dont je ne me souviens plus beaucoup – il est parti en mission de travail quand je n'avais que huit ans, et n'a pas eu le temps de revenir avant que mon oncle ne me vende en secret à un trafiquant.

C'était le début du printemps, les neiges avaient déjà fondu dans les coins les plus ensoleillés, et il y avait partout une odeur de terre et de jeunes pousses. Le dernier soir que j'ai passé à la maison, je me souviens que Maman était agitée, comme si elle avait senti les ombres grandir dans les parages, hors de portée de son champ de vision. Quand elle était dans cet état, j'essayais de la garder ancrée dans la réalité. Je lui demandais de me raconter des histoires que j'avais déjà entendues de nombreuses fois, mais dont je ne me lassais jamais.

Elle répétait toujours les mêmes anecdotes sur son enfance. Elle était née ici, entre les limites étroites de ce même village, à quelques maisons de chez nous. À sa naissance, l'Union avait déjà pris les terres de ses parents. Ceux-ci se souvenaient toutefois de l'époque où chacun pouvait faire ce qu'il voulait, quelle que soit son origine. C'était pour moi impossible à concevoir.

Cette fois-là, ma mère m'a appris quelque chose de nouveau. Ma grand-mère avait été *musicienne* dans sa jeunesse. Bien entendu, je n'ai pas compris le sens de ce mot, n'ayant encore jamais entendu la moindre musique de ma vie. Elle m'a expliqué que Grand-Mère avait joué dans un grand groupe où chaque instrument, chaque musicien avait son rôle spécifique et important. Ensemble, ils modelaient les sons pour créer des paysages et des histoires. Ma grand-mère était violoniste, m'a raconté ma mère, tenant un violon imaginaire contre son épaule pendant que j'essayais d'imaginer à quoi pouvait ressembler cet instrument et quel son il pouvait produire.

La guerre avait éclaté peu après le début de la grande famine. Le pays avait été bombardé et incendié. Le peuple, affamé et désespéré, n'avait pu s'opposer à l'Union. Les territoires de l'Ancienne Finlande avaient été annexés lorsque ma grand-mère avait quarante ans. Celle-ci avait raconté jusqu'à la fin de sa vie l'histoire du bûcher qui avait brûlé pendant plusieurs jours dans la ville, consumant des livres, des tableaux, des cartes, des chevalets et des instruments de musique. Dont son violon.

– C'est comme cela que j'ai su qu'ils étaient sans âme, avait-elle dit à sa fille. Parce qu'ils ont emporté les mots, les couleurs et la musique.

Ma mère s'est agenouillée sur le plancher de la cuisine et a retiré très soigneusement une des lames, avant d'enfoncer sa main au-dessous et d'en sortir plusieurs objets que je ne connaissais pas. Elle en a choisi un et m'a fait signe de me rapprocher. Je me suis assise par terre à ses côtés et ai regardé l'étrange appareil plat qu'elle tenait dans ses mains.

Maman a appuyé sur un bouton sur le côté de l'appareil, faisant apparaître une lumière vive sur son écran. Elle a ensuite placé délicatement des petits embouts ronds dans mes oreilles. Elle m'a expliqué que ma grand-mère avait jadis caché cet appareil dans les fondations de sa maison et qu'elle-même le conservait à son tour. Il contenait de la musique, dont chaque mélodie, chaque note avait été capturée.

Quand la chanson a commencé, j'ai sursauté. Elle m'a traversé la tête et a fait s'accélérer mon cœur. J'ai instinctivement arraché les écouteurs, ce qui a fait rire ma mère. Elle les a ramassés et m'en a tendu un en gardant l'autre pour elle. Nous sommes restées assises par terre, baignées dans la lumière, laissant l'étrange mélodie nous envahir.

J'ai fermé les yeux, m'imaginant m'élever dans les airs aux côtés de ma mère. J'ai vu le village s'éloigner progressivement tandis que nous montions toujours plus haut vers le ciel.

Puis on a entendu une voix d'homme, douce et alanguie, qui chantait lentement dans une langue qui m'était étrangère. Maman a pressé son front contre le mien. Ses lèvres articulaient en silence les mots que l'inconnu prononçait. Je me suis sentie émue – pas à cause de la chanson, mais de ma mère. La musique s'envolait comme un oiseau, accompagnée par la voix de l'homme, et Maman continuait à fredonner à mi-voix, les yeux fermés. Je l'ai entourée de mes bras et l'ai réconfortée du mieux que j'ai pu.

Puis, d'un coup, la musique s'est tue. On aurait dit que quelqu'un lui avait coupé les ailes. Ma mère a secoué l'appareil, a appuyé sur tous les boutons, mais la lumière ne s'est pas rallumée. La musique s'était tarie.

Le lendemain, je suis partie aider mon oncle à abattre des arbres. Je me souviens encore de la forêt : les troncs droits des pins, leurs longues ombres projetées sur la congère et la lumière aveuglante entre eux. Je me souviens de l'expression de mon oncle lorsque les hommes sont arrivés. Il affichait un certain soulagement, comme s'il s'était enfin débarrassé d'un fardeau. Les hommes avaient la main dure et la poigne solide ; ils avaient parcouru des dizaines de forêts, longé des dizaines de villages avant de venir me chercher.

J'ai su que quelque chose d'irréversible était en train de se produire dès que l'argent a changé de mains. Je ne sais pas combien ils m'ont achetée, mais mon oncle s'est plaint qu'une somme plus importante avait été convenue, alors les hommes lui ont remis à contrecœur un billet supplémentaire. À ce moment, il ne me regardait plus.

À quatorze ans, j'étais maigre et craintive. J'ai pris d'innombrables trains, ai voyagé dans une cage comme un oiseau. On m'apportait de la nourriture et de l'eau, je faisais mes besoins dans un seau. Il y avait d'autres filles de mon âge avec moi, des maigres et des rondes, des blondes et des brunes. On nous a emmenées au fin fond du continent avant de nous vendre à nouveau. Dans ma première maison close, j'ai appris à réfléchir. J'ai appris à lire l'âme des gens dans leurs yeux, et bientôt, à ne craindre que ceux dont je ne pouvais pas déchiffrer le regard.

Peu de temps après, on m'a déplacée de nouveau, encore plus loin du village où poussait le *tupasvilla*. J'avais désormais une chambre rose et des cheveux longs, et une fenêtre donnant sur une cour intérieure où fleurissaient des rosiers grimpants.

Là-bas, le fossé entre mes souvenirs et moi s'élargissait petit à petit : je ne pensais plus à ma mère, ni à mon père, ni au village. Je faisais juste ce qu'on m'ordonnait. Parfois, j'étais heureuse, quand nous allions nous coucher le soir avec les autres filles et échangions des murmures dans le noir, et parfois, j'étais triste, quand il pleuvait et que je n'arrivais pas à dormir et que les roses perdaient leurs pétales rouges.

À quinze ans, j'ai atteint ma taille adulte. J'ai reçu encore un autre nom, ai encore été emmenée dans une nouvelle maison close. Là-bas, j'étais plus malheureuse que je ne l'avais jamais été. Ma nouvelle maquerelle était cruelle et les autres filles distantes, fatiguées, recluses dans leur propre monde. Le fossé était devenu un gouffre qui menaçait d'engloutir bien plus que mon passé. C'est alors que j'ai rencontré Petrov.

Il était le serviteur personnel du patron. Au début, je gardais une attitude réservée avec lui – on avait jeté de l'acide sur son visage lorsqu'il était enfant, celui-ci était donc recouvert de cicatrices luisantes qui rendaient sa peau cireuse et son expression difficile à déchiffrer. Mais il nous apportait parfois secrètement, à nous les filles, des fruits et des noix. Il me réservait les oranges les plus grosses et les cerises les plus juteuses ; c'est ainsi que j'ai commencé à l'apprécier sans m'en rendre compte. Petrov parlait peu, mais il m'écoutait. Il écoutait beaucoup.

Un jour, alors que nous discutions avant l'appel du soir, il m'a glissé :

– Si je te disais que je connais un moyen de laisser tout ça derrière nous, qu'est-ce que tu me répondrais ?

Nous nous trouvions dans la pénombre du jardin, moi, un panier de linge sur la hanche, lui, une cigarette à la bouche ; il haussait les épaules de sa manière familière, presque nerveusement, comme si chacun de ses muscles était prêt à s'enfuir.

– Si tu as un moyen de partir, alors pourquoi on est encore là ? j'ai répliqué.

C'est à ce moment-là qu'il m'a fait part de son plan. Il avait certains « contacts » (je me souviens encore qu'il a utilisé ce mot précis) et un plan pour traverser le golfe jusqu'à l'Ancien Japon, où un refuge l'attendait. Je lui ai demandé s'il m'emmènerait avec lui en partant. Il me l'a promis, mais je ne l'ai pas pris au sérieux.

Deux semaines plus tard, il est venu dans ma chambre et m'a tendu un scanner à empreintes digitales pour falsifier mes documents d'identité. J'y ai enregistré mon empreinte, qu'il a transférée sur un autre appareil où un nouveau nom s'est affiché : Marija Petrova. Dans le champ « Caste », on pouvait lire : « Citoyenne de plein droit ». Tout cela, il a dû me le dire, car en tant que citoyenne étrangère, on ne m'avait jamais appris à lire. J'ai répété les syllabes de mon nouveau nom, pour voir comment elles m'allaient. *Marija*. J'arriverais à m'y faire.

La nuit suivante, nous avons pris la fuite, et une semaine plus tard, nous étions déjà à Tokyo, assis sur une barque qui traversait la ville flottante. Alors que l'eau scintillait autour de moi, j'ai décidé que je ne perdrais plus jamais mon libre arbitre. Dans cette nouvelle ville, je ne pleurerais plus. Je devais beaucoup à Petrov, et je me suis promis de tout faire pour effacer cette dette.

J'ai eu la surprise de réentendre la chanson de ma mère récemment. Au fil des années, le gouffre dans ma mémoire a non seulement englouti mon village natal, mais aussi les maisons closes, la chambre rose, toutes les caresses auxquelles je n'ai jamais consenti. Mais certaines choses sont restées. Elles me reviennent parfois en rêve, par flashs fugaces.

Un après-midi, Vanja nous a fait écouter de la musique grâce à une boîte rectangulaire similaire à celle de ma mère. Il l'avait trouvée sur l'étal d'un ferrailleur et l'avait réparée – il était doué pour ce genre de choses. Nous nous sommes rassemblés autour de ce fragment du passé alors qu'une tempête grondait au-dehors. Soudain, j'ai reconnu la voix triste et familière qui chantait. Le gouffre en moi s'est comblé en un instant : j'étais de retour sur le sol de la cuisine de mon ancienne maison, dans la lumière hivernale, à côté de ma mère.

Pendant de longues années, j'ai voulu être comme un nuage d'orage, de ceux qui amèneraient la tempête dont les premières rafales s'abattent à présent sur nous. Je pense à ceux que nous avons perdus. Eux aussi ont participé à déclencher cet ouragan ; ils ne sont pas morts en vain. Je sais que c'est ce qu'on se raconte toujours afin de trouver du réconfort dans la perte, mais j'y crois vraiment.

Depuis le raid, je me suis cachée dans les tunnels, j'ai passé des nuits difficiles, souffert de la faim. Les rebelles restants sont désormais dispersés un peu partout. Cette nuit-là, j'étais certaine qu'ils me trouveraient aussi. Ça n'a pas été le cas. Il a fallu du temps pour que je me hasarde à me relever et à m'aventurer dans la cage d'escalier silencieuse. La porte de notre appartement était encore ouverte. Après avoir hésité un instant, je suis entrée. Je m'étais préparée à voir des cadavres, mais ils les avaient emportés avec eux. Il ne restait que silence et désolation.

Je me doutais qu'ils allaient exhiber les morts sur la place, les présenter comme des individualistes sans cervelle. Ils ont gagné cette bataille, mais ce n'en est qu'une parmi d'autres. Leur victoire n'est que temporaire ; nous nous retrouverons. Le nuage grondant apparaît déjà à l'horizon comme une colonne de fumée noire, sans qu'ils réalisent encore que la tempête est là, qu'elle approche, inévitable.

C'est ainsi que j'ai toujours imaginé que les choses se passeraient : quand l'heure de la révolution sonnerait enfin, je serais avec mes frères et sœurs, nous marcherions dans les rues d'un même pas, et nous n'aurions plus à nous excuser auprès de personne. Viendrait alors le jour où les statues seraient renversées et les vieilles fondations démolies, où les criminels seraient emprisonnés et où l'on hisserait de nouveaux drapeaux sur les mâts.

Mais dans l'obscurité des tunnels, je sens aussi autre chose en moi. J'ai longtemps pensé que partir serait de la lâcheté, mais j'avais peut-être tort. Après tout, j'ai déjà pris un premier nouveau départ avec Petrov dans mon autre vie.

Dans le noir, je ne suis pas seule. Aleksei est avec moi à chaque instant. Je serre le projecteur dans ma main et, lors de ma première journée sous terre, je vois qu'il part à ma recherche et je crie à l'écran : « Idiot ! Ne viens pas ! » Je dois plus tard assister à son arrestation à la gare ferroviaire, alors qu'il est déjà si proche de la liberté, et voir qu'on l'emmène sous terre comme moi. Je pleure quand ils le frappent, je me recroqueville sur moi-même comme si les coups atteignaient mes os et ma chair.

Pendant tout ce temps, je reste allongée dans l'obscurité sans bouger. Le silence qui grandit entre nous nous lie. J'ai peur de la façon dont tout cela se terminera. Dans le calme, dans les ténèbres – pas dans les parades ni dans les festivités. Je garde Aleksei près de moi tout en passant en revue toutes les choses qui auraient pu se passer autrement si le monde avait été différent, bienveillant envers nous.

Un matin, c'est sa voix qui me réveille. Il a longtemps été silencieux, mais il vient de reprendre connaissance.

– Où sommes-nous ? demande-t-il, étourdi.

L'homme en tenue d'agent de sécurité qui lui apporte à manger lui répond :

– À l'hôtel Akaoka, à Shirakawa. À trois ou quatre cents kilomètres à l'ouest de Tokyo.

Pendant leur conversation, un pont s'ouvre soudain devant moi. C'est la seule issue. Je me force à me lever. J'ai désormais un plan. J'attendais une autorisation, mais en fait, je n'en ai pas besoin : je peux moi-même décider de la fin de mon histoire.

CHAPITRE 51
Marija

Il existe deux sortes de fins : heureuses et malheureuses. Depuis que j'ai été arrachée à mon village, j'ai toujours pensé que la mienne appartiendrait à la deuxième catégorie. Je comprends à présent qu'il existe une autre issue.

Il y a aussi cette possibilité qui éclot alors que tout semblait perdu – celle de la tendresse d'un autre, de l'amour. C'est effrayant, aussi fragile que les ailes d'un papillon de nuit, mais c'est la chose la plus réelle qui soit.

Quand je monte à bord du train ce matin-là, je ne crains plus rien. Quand mon identifiant est lu, je n'ai pas peur, ni même lorsque je laisse la ville derrière moi alors que je ne sais pas ce qui m'attend au terme de mon voyage. Je garde Aleksei sous ma veste, contre ma poitrine, et j'espère juste que j'arriverai à temps. L'image est devenue floue : c'est le signe que la batterie est presque épuisée.

Le shinkansen file à travers le paysage, quittant les lumières de La Nouvelle-Tokyo pour la neige immaculée, le familier pour l'inconnu. Et quelque part, droit devant, Aleksei s'ouvre une route qui mène au même endroit que ces rails.

Nous ne sommes qu'à une heure de Sendai lorsque le train s'arrête sans raison. Je jette un coup d'œil par la vitre : je ne vois qu'un champ, des chaumières, et derrière elles, une chaîne de montagnes aux sommets enneigés.

Nous attendons quinze minutes, puis trente. Les passagers regardent autour d'eux, perplexes.

– Que se passe-t-il ? je demande à un homme d'affaires assis de l'autre côté de l'allée.

Il secoue la tête, m'ignore. Seules les femmes d'un mauvais genre voyagent seules. Il n'est pas convenable de leur parler.

Je vérifie mon projecteur et vois qu'Aleksei approche déjà de la ville : la caméra me montre des immeubles, des voitures et des postes de contrôle. Mon front se couvre de sueur froide. Je suis si près du but. Je dois arriver à temps.

Les minutes s'égrènent, puis une voix aiguë annonce dans notre wagon :

« Chers passagers, notre train s'est arrêté en raison d'un problème technique. Nous vous remercions pour votre patience. »

Maman, je supplie en serrant le projecteur dans ma main et en comptant les longues minutes qui défilent. *Maman. Aide-moi à partir d'ici. Fais que cette chance ne m'échappe pas.*

Un instant plus tard, le train se remet enfin en mouvement. Je vérifie le projecteur, mais l'écran est désormais éteint : Aleksei a glissé hors de ma portée. La batterie de la caméra est vide.

Quand j'arrive à l'aéroport de Sendai, je suis prise de panique. Je cherche Aleksei dans le hall des départs, mais il y règne une confusion totale. Je me déplace de porte en porte mais ne le vois nulle part. Des passagers se pressent un peu partout. Des avions de chasse de l'armée nous survolent avec un grondement assourdissant : j'en compte un, deux, trois, quatre, cinq, six. Je me bouche les oreilles. Il se passe quelque chose. Les gens restent debout dans le hall près des grands écrans d'information.

Soudain, au milieu du brouhaha, on entend le cri hystérique d'une femme, auquel se joignent d'autres voix.

– Oh mon Dieu ! s'écrie un homme en se frappant la tête du poing, comme en proie à une crise.

– Qu'est-ce qui se passe ? je lui demande.

– Le Commandant en chef, répond l'homme, des larmes coulant sur ses joues. Ils l'ont assassiné !

Les écrans diffusent une vidéo prise depuis un hélicoptère. On y voit le palais du Commandant en chef. Des drapeaux blancs flottent sur son toit. Nous avons donc réussi à y entrer ! *Ça a commencé*, je me dis, et je suis à la fois submergée par la joie et la déception. Aujourd'hui, les statues seront enfin renversées, et moi, je suis ici, sur le point de partir. J'ai le temps de voir quelqu'un agiter un drap blanc depuis la fenêtre du palais avant que la caméra ne se détourne. Il faut fermer les yeux, il ne faut pas galvaniser les gens, il ne faut pas leur montrer que tout est possible. Au milieu du chaos, je commence à douter. Était-ce une erreur de m'en aller ? Je peux encore faire demi-tour, retrouver ma place auprès des miens.

– *Marija ?*

Je me retourne, et il se tient là, le visage couvert de bleus, s'appuyant lourdement sur une canne. Il affiche une expression incrédule, secoue la tête comme s'il doutait de ce qu'il voit.

– Aleksei...

Je le rejoins si vite que tout disparaît autour de moi. Sa présence efface mes derniers doutes.

C'est un miracle, c'est un signe : il est encore là et il m'a trouvée. Je l'entoure doucement de mes bras, et il me serre avec force, comme s'il avait peur que je m'évapore. J'oublie les images des infos. J'ai fait le bon choix.

– C'est vraiment toi ? Comment tu m'as trouvé ?

Je lisse le col de sa veste.

– La caméra. Tu continuais à filmer. J'étais avec toi tout le temps.

Il presse son front contre le mien.

– J'étais certain de ne plus jamais te revoir.

– Est-ce que je peux venir avec toi ? je lui demande, comme je l'ai demandé à Petrov, à l'époque, dans cette maison close qui fut ma dernière.

Aleksei m'embrasse tendrement.

– Bien sûr que tu viens avec moi.

Et tandis que nous commençons à traverser le hall, il m'informe que la délégation étrangère est contrainte par la loi sur l'asile : ils ont le devoir de nous aider à nous mettre en sécurité si nos vies sont menacées. Mais nous devons leur demander nous-mêmes de l'aide.

– La révolution a commencé, je murmure tandis que nous zigzaguons entre les gens pressés. Imagine à quel point le monde sera beau demain matin lorsque les drapeaux blancs flotteront partout.

– Nous le verrons aux informations, répond Aleksei en me serrant la main un peu plus fort, comme s'il avait peur que je change d'avis. Viens, nous devons partir avant que l'espace aérien ne soit fermé.

Nous pressons le pas vers le lieu de rendez-vous. Nous ne parlons pas. Nous *n'osons pas* parler. À chaque instant, je m'attends à ce que quelqu'un nous arrête et nous dise : « C'est une erreur, ce n'est pas comme ça que votre histoire doit se terminer. » Mais personne ne nous remarque. Des soldats foncent ici et là, des avions de chasse continuent de nous survoler avec un bruit assourdissant, nous croisons des voyageurs paniqués.

Je me remémore la journée que nous avons passée à l'onsen, le gris sombre de la mer près de la côte, l'odeur des bains, la vapeur d'eau, les caresses lentes dans le bruissement des draps immaculés.

Ce jour-là, Aleksei m'avait déjà détournée de ma route, mais j'en étais heureuse. Cette paix, je ne la ressentais qu'avec lui.

Je prends une profonde inspiration. Je m'autorise ce choix.

On peut avoir deux visages. Je peux partir *et* m'impliquer dans la révolution. Je veux avoir une vie plus longue que celle de ma mère. *Je veux vivre.* Et peut-être qu'en me sauvant, je pourrai même sauver certains de ceux qui restent ici aujourd'hui pour mener notre combat.

Nous rencontrons notre contact sous le grand tableau d'affichage. Il nous scrute avec méfiance, objectant qu'il ne devait y avoir qu'une seule personne. Je lui explique que j'ai besoin d'aide, que je suis en danger de mort si je reste. Quand je l'exprime à voix haute, je me rends compte que c'est vrai. Je réalise à quel point j'ai de la chance d'être encore là. Il hoche la tête et ne pose pas plus de questions.

– Tu es prête ? demande Aleksei.

– Partons d'ici.

CHAPITRE 52
Aleksei

Quand l'hélicoptère s'arrache à la zone de décollage, mes oreilles se bouchent et mon corps s'enfonce dans le siège. Le paysage défile derrière la petite vitre, se fondant en un enchaînement de couleurs sans contours précis, et je n'arrive pas à croire que je suis réellement assis ici. Que je pars. Que Marija est vraiment à côté de moi. Elle est apparue dans l'aéroport comme un mirage, mais sa main dans la mienne est bien réelle.

Son visage se détend alors que nous nous élevons presque verticalement dans le ciel. Nous traversons d'épais nuages et plongeons profondément dans leur masse gris sombre, mais l'instant d'après, un soleil éclatant illumine nos visages. Le ciel est si bleu, si clair ; je n'en ai jamais vu de pareil de ma vie.

Marija presse sa tête contre mon épaule. Je sais qu'elle ressent du soulagement, mais aussi de la culpabilité, que je me promets d'effacer. Nous avons tous les deux perdu quelque chose, mais en contrepartie, nous nous sommes trouvés. Nous sommes imparfaits, mais je suis sûr que ce monde a justement besoin de gens comme nous.

Je suis heureux que nous soyons vivants, que nous soyons ensemble. Je prévois de le lui répéter encore et encore jusqu'à ce que sa culpabilité s'atténue et s'évanouisse.

Une fois en altitude, je lis enfin la lettre que mon père m'a laissée.

Aleksei,

Durant toutes tes années à Moscou, je ne t'ai jamais écrit. À vrai dire, je n'ai pas écrit de lettre – encore moins à la main – depuis des années. Je m'aperçois que plus le temps passe, moins j'ai à dire aux autres.

Je veux cependant essayer de te dire quelque chose à toi, mon fils.

Je t'ai observé ces dernières semaines et ai constaté un changement en toi. Tu as adopté une nouvelle attitude. J'ai bien sûr imaginé que c'était à cause de ton travail ici, et cela m'a rendu à la fois heureux et triste, car un père se réjouit autant qu'il s'attriste de voir son fils marcher sur ses traces. Pendant des années, j'ai ressenti de l'inquiétude en te regardant. Tu me semblais perdu. J'ai longtemps souhaité que tu me ressembles davantage, mais quand tu es revenu à l'institut, j'ai réalisé que ce n'était plus le cas. Je voulais mieux pour toi.

Je comprends maintenant que je ne t'ai jamais vraiment connu. J'ai bien compris que tu avais tes secrets, mais je n'ai jamais réellement essayé de te connaître. Maintenant que je sais la vérité sur toi, je devrais éprouver de la colère, mais il n'en est rien. Je ne cautionne pas tes actes, mais je veux que tu saches que je te pardonne. Il y a beaucoup de choses dans ce monde qui ne sont ni absolument bonnes, ni absolument mauvaises, même si nous voulons le croire.

Ma lettre est courte, car le temps presse. J'ai toujours imaginé que quand tu deviendrais adulte, nous pourrions avoir des conversations sur la vie. Mais celles-ci n'auront finalement jamais lieu. Je ne veux pas que tu te sentes coupable ; avance simplement vers demain. Cette décision m'appartient, et je la prends avec la certitude que c'est la bonne.

La fin de mon histoire n'est pas heureuse, mais pas complètement malheureuse non plus. Après tout ce que j'ai vécu, il est bon de savoir que je suis encore capable de faire quelque chose de bien. Que je suis capable d'aimer une autre personne plus que moi-même.

Je viens juste d'aller sur le toit libérer les derniers pigeons. Ils ont vite pris leur envol quand je les ai chassés. Je les ai observés s'élever dans le ciel jusqu'à ce qu'ils ne soient plus que de simples points à l'horizon.

Je te dis la même chose qu'à eux : tu es libre. Tu n'appartiens plus qu'à toi-même et aux vents. Envole-toi loin d'ici.

Je te le souhaite plus que toute autre chose, Aleksei : fais bon usage de ta vie. Pars à la découverte du monde et trouves-y un endroit qui sera le tien.

Et souviens-toi parfois de moi là-bas,

Ton père

Je replie la lettre et la remets dans son enveloppe, les yeux embués de larmes. Au-dehors, juste au-dessus des nuages, la terre n'est plus visible. L'île est déjà loin derrière nous. Nous nous dirigeons désormais vers le Nouveau Supercontinent. Vers une nouvelle vie.

CHAPITRE 53
Cobaye

Ma chambre dans la maison du commandant est petite mais lumineuse. Il y a un lit, une armoire, une table de chevet, des lys immaculés dans un vase, une fenêtre avec vue sur le jardin. Le parquet ciré est glissant et brillant, les vitres sont encadrées de rideaux blancs. Le papier peint est le seul détail qui attire le regard dans toute la pièce. Il est décoré de treilles grimpant aux murs, où poussent fleurs et fruits.

Je m'assois au bord du lit et contemple mon nouveau monde. Ma chambre à l'hôpital est en train de se transformer en un simple souvenir. *Ceci est ma maison, je vis dans cette pièce.* Mais j'ai beau examiner cet endroit avec attention, je ne le reconnais pas.

Ma perruque me gratte. Les longs cheveux noirs luisants tombent en mèches parfaitement lissées sur mes épaules et ma poitrine. Je les caresse doucement. Sur quelle tête ont-ils pu pousser, si longs et si beaux ? Le médecin m'a dit que mes propres cheveux repousseraient, mais que d'ici là, je devais en porter des faux.

Je suis rentrée chez moi ce matin avec mon nouveau garde du corps. Rafikov a dû se rendre sur le continent pour affaires urgentes. Je suppose que c'est lié d'une façon ou d'une autre à ce dont on a parlé aux informations – un homme a été assassiné, et désormais, le monde entier est plongé dans la tourmente, les rues sont pleines de véhicules blindés et des avions de combat grondent dans le ciel.

Le voyage a été long ; j'ai dormi la plupart du temps. Quand nous sommes arrivés, j'étais encore à moitié assoupie. La femme du commandant est venue à notre rencontre sur la terrasse et m'a saluée. Elle est plus jeune que je ne l'imaginais, svelte et amicale. Je ne sais pas ce qu'elle pense réellement de moi, mais elle semblait ravie de me retrouver.

Je frissonne et mon front se couvre de sueur. C'est l'heure de mes médicaments du soir. À l'hôpital, je me suis habituée à ce qu'ils me soient donnés trois fois par jour, mais je ne connais pas les règles ici. D'un côté, je préférerais ne pas avoir besoin de médicaments, car ils m'engourdissent, mais de l'autre, la sensation de langueur qu'ils me procurent ressemble à la caresse d'une main tendre et chaude.

Ma formation commence bientôt. « Tout vous reviendra sûrement, vous êtes une Nymphe-née », m'a maintes fois répété le médecin. Je suis en tout cas contente que le commandant ne soit pas là et que je puisse passer ces premiers jours seule avec sa femme. Elle, je ne la crains pas.

Mon regard suit les vignes du papier peint. Sur ma table de chevet, les lys dégagent un parfum entêtant et sucré. Ils ouvrent leurs corolles comme des bouches grotesques et le pollen jaune de leurs pistils se répand sur le bois sombre. Je frémis, me lève, traverse la pièce jusqu'à la fenêtre et appuie mon front contre la vitre froide.

On frappe à la porte. Madame Rafikova fait son apparition, tenant sur son bras une robe blanche, des gants et quelque chose qui ressemble à une capuche.

– Voici tes vêtements. Je vais probablement devoir raccourcir la robe, car tu es plus petite que la précédente.

– Que la précédente ?

– Qu'avant, je veux dire.

Elle me déshabille avec aisance et plie mes vieux vêtements sur le lit, puis m'aide à enfiler mon uniforme blanc. La robe me va parfaitement, comme une seconde peau – elle est seulement un peu trop ample au niveau des hanches. Rafikova remonte la fermeture éclair jusqu'à ma nuque.

– Voici ta robe pour la maison, explique-t-elle en écartant les mèches de cheveux de mon visage. Ici, tu ne portes pas de gants. Pour les fêtes et les apparitions publiques, tu as une autre robe, plus élégante.

– Et ça ? Qu'est-ce que c'est ? je lui demande en montrant la capuche.

Elle pose sa main sur le tissu, l'effleurant doucement de son index.

– Les Nymphes revêtent généralement une capuche lorsqu'elles ne sont pas en compagnie de leur commandant ou de sa femme. Mais nous, nous ne te demandons pas de la porter, sauf lorsque nous avons des invités.

– D'accord.

L'idée d'une capuche rabattue sur mon visage m'est inconfortable. Je prends une profonde inspiration, comme si l'on allait bientôt me priver d'air. Rafikova m'étudie du regard.

– Tu ne te souviens vraiment pas de moi ? demande-t-elle.

Je baisse la tête, la secoue légèrement. Elle m'attrape le menton et me fait lever doucement les yeux.

– N'aie pas peur. Je ne sais pas pourquoi le monde fonctionne ainsi ni ce qui nous guide vraiment, nous, les humains, mais si je suis sûre d'une chose, c'est que parfois, il est impossible de croire au hasard. Le fait que tu sois ici aujourd'hui est un miracle.

Elle me caresse la joue, et cela me fait du bien, après tout ce temps sans un contact.

– Je sais que je n'aurais pas dû sortir seule sans autorisation. J'ai été égoïste. Je ne vous décevrai plus.

Mais l'épouse du commandant répond que ce qui s'est passé n'est pas de ma faute. Que je n'ai rien fait de mal.

Je frissonne à nouveau. J'ai l'impression d'être en feu de l'intérieur. Rafikova le remarque et me demande comment je me sens. Je lui demande timidement le médicament, mais, à ma grande surprise, elle réplique que je n'en ai plus besoin.

– Cela sera un peu désagréable pendant quelques jours, mais ensuite, tu te sentiras mieux, promet-elle.

Les larmes lui montent aux yeux et elle s'éloigne vers la fenêtre pour les cacher. Pourquoi pleure-t-elle ? Est-ce à cause de moi ? J'aimerais lui dire quelque chose, mais je n'ai pas les mots pour la réconforter. Je ne sais même pas comment vivre cette vie que l'on m'a réservée.

– Je sais que tu es confuse, effrayée peut-être, mais je veux que tu le saches : je suis de ton côté. Je vais t'aider. Tu ne t'en souviens pas toi-même, mais tu m'as jadis sauvé la vie. Maintenant, c'est à mon tour.

Je soupèse ses paroles. Je ne parviens pas à saisir son expression – elle me tourne toujours le dos –, mais ses mots semblent sincères et je suis reconnaissante que quelqu'un ici soit là pour moi. Je ne suis pas sûre des intentions du commandant, mais je fais au moins confiance à son épouse. Rafikova se retourne et s'essuie les yeux.

– Je t'apporterai bientôt ton dîner. Repose-toi un peu d'ici là.

Plus tard dans la soirée, alors que je vide mon petit sac, je trouve un objet inconnu dans la poche de ma vieille tenue d'hôpital. Je le fais tourner dans ma main pendant un moment, avant de me souvenir que c'est un dictaphone. Je l'ai trouvé dans ma taie d'oreiller le matin où je suis partie. Sa bosse dure contre ma tête m'empêchait de dormir. En glissant ma main dans la taie, j'y ai trouvé cet appareil plein de questions auxquelles j'essaie depuis de trouver des réponses. C'est difficile : mon esprit est comme une eau vive, toujours en mouvement, changeant. Rien n'y persiste plus d'un instant.

Je me souviens vaguement que ce dictaphone m'a été donné par quelqu'un qui voulait m'aider. Quelqu'un qui voulait que je sache.

Je réécoute l'enregistrement la nuit, quand la maison dort. Cela me rapproche de moi-même un instant. Les choses que l'on m'a racontées à l'hôpital et les bribes de conversation enregistrées se mélangent dans ma tête, mais je me répète que ma place n'est pas ici. Tout ceci a été monté de toutes pièces, j'en suis sûre. Seulement, je ne sais pas grand-chose d'autre.

Je cache de nouveau l'appareil, mais pas trop soigneusement afin de pouvoir le retrouver, car je risquerais sinon de l'oublier. Cette nuit, il est encore dans ma taie d'oreiller, comme à l'hôpital, mais je dois réfléchir à un abri plus sûr. Trouver un moyen de conserver ma mémoire.

Avant d'arriver chez Rafikov, j'ai fait le même rêve à plusieurs reprises. Dans ce rêve, je suis en mer et je rame vers une lumière qui se disperse dans le vent. Son long faisceau brillant clignote entre les vagues, et à chaque fois qu'il glisse au-dessus de moi, il est un peu plus lumineux, un peu plus proche. *Si seulement je voyais d'où vient la lumière...* Et puis le phare apparaît. Le soulagement est tel que je le ressens dans tout mon corps, même à travers le sommeil. Sa présence signifie que je ne suis finalement pas seule. Quelqu'un, là-bas, sur cette plage, guide mon chemin et veut me garder en sécurité. L'espace d'un instant, je peux entendre une personne crier mon nom, le *vrai*, depuis l'autre côté de l'eau. Ce cri résonne sur la mer silencieuse.

Ils n'ont jamais réussi à trouver ces souvenirs. D'une manière ou d'une autre, j'ai réussi à les garder pour moi, même quand on m'emmenait dans la pièce blanche où ils installaient sur ma tête un lourd casque qui fouillait mon esprit et mes rêves. Ici, plus personne ne surveille mes pensées. Le phare, la personne qui m'y attend, sont en sécurité et n'appartiennent qu'à moi.

Plus tard dans la nuit, je me relève prudemment et me faufile jusqu'à la fenêtre sur la pointe des pieds. À la lueur des réverbères, mon visage se reflète, flou, sur la vitre. Un ovale pâle, des yeux foncés.

– Je m'appelle Satomi Masaki et je suis retenue ici contre ma volonté... je murmure à mon fragile reflet.

La fille dans la vitre me rend mon regard sans cligner des yeux. Elle sait. Nous partageons ce secret. Je ne suis pas celle qu'ils prétendent.

À l'hôpital, ils m'ont dit que mon passé serait sans doute toujours obscur, mais ils ne savent pas que la lumière s'infiltre parfois en particules si fines qu'on ne peut les voir à l'œil nu.

Il faut simplement la ressentir.

Et moi, je la ressens parfaitement.

Page Turners Book Club

Tu as frémi, pleuré, souri pendant ta lecture ?
Ce roman t'a fait vivre mille émotions ?
Parce que tu n'as pas envie de quitter son univers,
partage tes impressions et tes coups de cœur sur les réseaux.
Le bookclub Page Turners rassemble des passionné·es
de fantasy, romance, thriller, dystopie...
Retrouve celles et ceux qui ont vibré comme toi !
Pour que la lecture ne s'arrête jamais...

#lebookclubpageturners